本书系国家社科基金重大项目"中华民族共同体的伦理认同研究"（20&ZD037）阶段性成果；教育部人文社会科学研究青年基金项目"辽金元教化思想研究"（23YJCZH255）阶段性成果；2022年度黑龙江省社会科学学术著作出版资助重点资助项目（2022007-A）最终成果。

《世说新语》
伦理思想研究

徐雪野 著

人民出版社

序　言

　　《世说新语》作为承载魏晋伦理思想的重要载体，涵盖了整个魏晋时期伦理文化的基本内涵和士人的伦理生活群像，展现了魏晋士人卓越的精神风貌，反映了魏晋伦理思想的时代特征与基本内涵。《世说新语》是了解魏晋历史、魏晋思想及魏晋风度的重要典籍，其独有的魅力无法被忽视。近年来学界提出"世说学"概念，体现了该书重要的学术意义。基于此，学界较少关注的《世说新语》伦理思想无疑具有重要的研究价值。

　　本书以《世说新语》文献为基础，史论结合，文本分析与理论阐发结合，透视魏晋时期的社会背景和伦理状况，剖析《世说新语》的伦理主题，阐发《世说新语》的伦理精神，勾勒魏晋时期伦理传统的延续与嬗变，分析并思考其伦理思想的影响及现代意义。

　　《世说新语》的编撰与作者刘义庆生活时代的政治背景、社会风尚及刘义庆身为皇室成员好文尚著的家学传统息息相关。书中所记内容深刻反映了魏晋时期政权更迭的频繁、士族崛起的迅速、民族文化融合的深入以及儒学式微、三教会通的状况，是魏晋时代精神最直接的体现。作为《世说新语》伦理主题的名教与自然之辨，是中国传统哲学形而上学转向的标志，亦是魏晋时期伦理观的核心体现。它不但是人们从为学角度建立玄学义理的方法，还是人们自觉依循的生活方式以及对社会合理存在的现实追求。从《世说新语》伦理思想中，我们能够感受魏晋士人对传统人伦规范的延续与超越；体会魏晋风度作为《世说新语》伦理精神的承载形式，体现在魏晋士人身上的自我与规范的纠结、有情与无情的转换、重压下的生命觉醒及多故之世的生存智慧；分析其对魏晋玄学、中国伦理思想史及中国人精神世界的影响，进而思考自由精神的两面性，总结知识分子应尽之伦理责任。

本书认为,《世说新语》伦理思想从形下学的视角诠释了魏晋玄学的形上学意蕴,为中国伦理思想史研究提供了一种新角度,不仅纠正了两汉经学的弊端,也促进了隋唐"三教并举"局面的形成,为宋明理学的诞生提供了思想资源。此外,它也丰富了中国人的精神世界。魏晋士人对自由精神的追求是可贵而有限度的,一方面可为现代人追求人格之独立提供借鉴,另一方面也存在局限性和消极性。如若仅以主观上达至自由为最终目标,脱离社会现实,致使自然主义泛滥,这样的自由不会演变成真正的自在自为的和谐存在。《世说新语》伦理思想体现的魏晋士人的隐逸心态,一定程度上弱化了魏晋知识分子对社会应尽之伦理责任,从这个层面讲,知识分子既要沿袭继承魏晋士人充满自由精神的个体伦理智慧,又应对这种具有古典形态的、历史性的个体伦理精神作进一步改造,使其更具科学性、时代性与责任感,从而将其融入新时代社会伦理观,成为现代社会建设、民族发展的宝贵资源。

目 录

绪 论

一、研究背景

魏晋作为中国政治史上的混乱时代，却是精神史上自由、富于智慧与热情的转折性时代。这一时期的社会政治结构、思想文化导向、文学艺术追求均发生了显著变化。名教的式微及社会的动荡失序致使价值系统的重建逐渐成为时代的主要课题，士族阶层顺势成为魏晋社会的中坚。由南朝宋刘义庆组织编撰的《世说新语》一书，虽是一部早期小说，但它所涵盖的，却是整个魏晋时期文化的基本内涵和文人的众生之相，字里行间展现着魏晋士人卓越的精神风貌，由此反映着魏晋时期伦理思想的时代特征。在中国文化史中，凡是被称为"经典"的作品，一定具有独特且意义深远的时代价值，容载了丰富的文化信息，对民族文化的传承发展具有不容忽视的贡献。《世说新语》一书具有强烈的时代特征，作为了解魏晋历史、魏晋思想和魏晋风度的重要典籍，它以人物为中心，书中的许多小故事与重要的历史背景相关联，可说是微波之下有巨流。因为《世说新语》总体上有描绘魏晋时代士族社会精神风貌的意图，它的故事或真或伪无从知晓，但这些故事却能够反映出特定时代的历史氛围。所以，《世说新语》虽具小说的特点，却仍然带着史的色彩，同时具有子书与史书的特征。随着时光的流逝，其特有的魅力愈发彰显。近年来甚至有学者提出"世说学"的概念，这也在很大程度上体现了此书重要的研究价值。

二、研究意义

对《世说新语》一书进行深入研究，在相关领域已形成一种共识，经过多年的细心钻研，许多突出成绩开始显现。尤其是近三十年间，海内外学者不断创新研究方法、拓宽研究视角，"问题域"已相对稳定，在此基础上，开始对文本深处蕴含的不同学科层面的学术意义进行探讨，收获了许多有价值的学术成果，为其他学者开展进一步研究奠定了基础。然而我们必须承认的是，对于该书的研究，还存在一些特殊的空间。目前的研究重点主要集中在语言学、文献学、历史学、美学等领域，较少从哲学伦理学角度做集中、深入的挖掘。即便有少量研究魏晋时期哲学思想的著作问世，也甚少涉及其中的伦理思想，针对《世说新语》伦理思想的专题研究基本算是学界空白。事实上，魏晋时期伦理学的核心问题是：什么才是理想的圣人人格。这表明魏晋玄学既是一种本体之学，又是一种关涉价值观的哲学。《世说新语》的哲学基础即魏晋玄学，因为书中的内容均是围绕价值观问题展开的。它在内容上具有很大的包容性，允许多个领域的思想资源共同存在，很大程度上体现了儒、释、道三家思想并存的学术特色。它是历史与诗性的完美结合，是魏晋时期伦理思想的具体体现。作为魏晋时代人生哲学的结合体，作为承载儒、释、道三家思想文化的经典作品，《世说新语》所蕴含的伦理思想对后世影响甚巨。对它在历史文化情境中进行条分缕析，并将其置于中国哲学史和伦理思想史流变的大背景下，从而阐述其中所蕴含的伦理思想，对于拓展和丰富魏晋时期学术思想的研究内容，丰富魏晋玄学的形下学诠释，促进中国伦理思想史研究范式的转化，总结该书对中国伦理思想的发展与延续，无疑具有十分积极的学理意义。

由于《世说新语》具有极强的学术原创性和文化生命力，探索和研究书中集中体现的魏晋风度的文化底蕴和伦理价值，总结书中所描绘的魏晋士人对自由的追求、对生命的尊重、对人生的思考、对权威的挑战，可为现代人提供价值观念层面的启示。其对于传统道德规范和自然原则的调和，对于解决个人自由选择与社会道德规范之间的关系等问题具有重要借鉴意义。同时，基于伦理道德作为人内在和外在的行为之方，以及维持人与人之间相互关系的规范和准则，我们也应正视魏晋士人独特生活方式及其精神风貌所带来的负面影响。由于时代的局限及所处政治环境的复杂，魏晋士人虽然揭示了封建伦理纲常的虚伪性和不合理性，但却没有真正触动传统封建伦理纲常的大厦，他们的行为只是反映了一种古时中国传统文化的解脱机制。囿于魏晋士人违礼越俗的对个体人格的伦理精神追求，其思想内核虽然体现了"真实超脱""个性自由""桀骜旷达"，却是过于理想化，相对缺乏科学精神与伦理责任感。《世说新语》伦理思想中体现的魏晋士人不问世事的隐逸心态，一定程度上弱化了知识分子对社会应尽之伦理责任。从伦理层面对《世说新语》中魏晋士人面对社会道德的失序所作的选择进行辩证解读，有利于培养当今社会知识分子的伦理良知，从而唤醒其对现代社会伦理秩序建设的道德责任感。

三、研究现状

《世说新语》一经成书便成名著，流传不久便成经典，在中国思想文化史上具有重要的地位和影响。它作为魏晋时代人生哲学和士人精神的集合，由特定的社会、人生及思想诸因素酝酿而成。先贤时彦对这部著作的研究已取得了丰硕的成果，它不仅是我国古今文人的"枕边秘宝"，还受到诸多日本学者的欢迎，被称为"名士底教科书""风流之宝鉴""清谈之总集"，相关研究颇丰。

（一）国内研究现状

《世说新语》的国内研究现状，需从"时间线索"及"问题导向"两个层面梳理。从时间层面梳理国内学界针对《世说新语》进行的研究，能够在历史的流转中更好地了解每一阶段《世说新语》的研究重点，厘清各时期涌现出的具有代表性的学者及其代表作，使研究者大致勾勒出《世说新语》的时代研究脉络，这是文献梳理的第一步。而以"问题"为导向进行文献综述，重点在于深入了解每一时期具有代表性的《世说新语》研究学者的标志性观点，为后人围绕该书进行相关研究打下坚实的学理基础，这是文献梳理的第二步。

20 世纪之前对《世说新语》的研究主要集中在对其进行校勘、考证、注释、点评，我们在古人的札记中可略寻一二。宋明始，以刘辰翁、李卓吾、王世贞、刘应登等人为代表，不断对《世说新语》进行评点与翻刻。晚清时期，以李慈铭、叶德辉、王先谦等人为代表，着重对此书进行校勘、辑佚及考证。在此过程中，文字训诂、奥义索隐、艺术鉴赏逐渐清晰，这便是后人进行《世说新语》研究的重要古籍基础。20 世纪之后的研究主要分为两个阶段：第一阶段为 20 世纪初至 20 世纪 40 年代；第二阶段为 20 世纪 40 年代至今。对于文本进行校勘、注释及考证是第一阶段研究的主要内容，此外，人们逐渐开始尝试探讨魏晋哲学与魏晋思想，对《世说新语》的研究呈现划时代特色，在研究方法与研究角度上体现出由传统向现代过渡的特点。注重考证的著述按时间顺序梳理包括刘盼遂的《世说新语校笺》（1928）、李审言的《世说新语笺释》（1939）、程炎震的《世说新语笺证》（1943）等，他们在前人基础上做了大量文字疏解和疑难考释工作，为后人的学术研究奠定了基础；注重魏晋哲学及魏晋思想研究的如鲁迅的《魏晋风度及文章与药及酒之关系》（1927）、冯友兰的《中国哲学史》（1934）、荣肇祖的《魏晋的自然主义》（1935）、宗白华的《论〈世说新语〉和晋人的美》（1940）、冯友兰的《论风流》（1944）、陈寅恪的《陶渊明之思想与清谈之关系》（1945）、贺昌群的《魏晋清谈思想初论》（1947）等。学者们从学术思想着手对《世说新语》展开相关研究，使得针对此书的研究更具多样性。这一阶段涌现出许多对《世说新语》研究有重要贡献的专家学者，是《世说新语》研究的兴盛期。第二阶段研究实际上是对第一阶段的深化，这一时期校、注、笺、译成果不断；学术论文、研究著作相继问世。即便是受时代因素的影响，仍然出现了诸如陈寅恪的《书世说新语文学类钟会撰四本论始毕条后》（1956）、王利器的《世说新语校勘记》（1956）、徐震堮的《〈世说新语〉里的晋宋口语释义》（1957）、汤用彤的《魏晋玄学论稿》（1957）、刘叶秋的《试论〈世说新语〉》（1957）等文章。这一时期，中国香港和台

湾地区的《世说新语》研究进展也较为迅速。如徐复观的《中国艺术精神》
（1966）、杨勇的《世说新语校笺》（1969）、詹秀慧的《世说新语语法研究》
（1973）、王叔岷的《世说新语补正》（1975），其中杨著取材宏富、旁征博
引，总结了魏晋名士的具体品行，大有形成《世说新语》研究热潮的趋势。

　　20世纪80年代以后，《世说新语》改变了一度遭受冷落的命运，随着
余嘉锡《世说新语笺疏》（1983）及徐震堮《世说新语校笺》（1984）两本大
作的问世，大陆学者关于《世说新语》的研究再次兴起，涌现出大量的著
述、注本。这一时期的研究主要以问题为导向，集中在《世说新语》的作者
及书名、版本注释、思想性质倾向、魏晋清谈及其艺术审美价值、人物品藻
的美学意义等。其中，侯忠义、郑学弢、江兴祐、宁稼雨等学者针对《世说
新语》的思想性质进行了论述；徐传武、萧艾等人对刘孝标注进行了考察；
李毓芙、张万起、刘尚慈等人对全书的疏证考订进行了追述；唐翼明、叶柏
树、孔繁等人针对魏晋清谈开展研究；刘纲纪、李泽厚着重对其进行美学研
究。这一时期针对《世说新语》进行的综合性研究较为突出，且大多成书
于20世纪90年代。如王能宪的《世说新语研究》（1992）、宁稼雨的《〈世
说新语〉与中古文化》（1994）、范子烨的《〈世说新语〉研究》（1998）、蒋
凡的《〈世说新语〉研究》（1998）、申家仁的《〈世说新语〉与人生》（2003）
等。其中王著可称为国内首部《世说新语》研究专著，最重要的特点是对
《世说新语》的文献学考据做得非常细致，对于此书的版本问题，也进行了
条分缕析和考镜源流；宁著从大的文化史角度去审视《世说新语》中体现的
魏晋思想状况、士人言行、性格特征、审美人生观等内容；范著主要从文学
角度反复发挥评论，研究《世说新语》的原名、体例、成书、古注、作者、
故事原型等；蒋著力求在实证方法的基础上，从继承发扬传统经典文化的角
度，讲述《世说新语》所表达的魏晋时代社会风情和士人逸事，总结其精神
内涵；申著站在社会人生的视角，梳理《世说新语》中的善行美德、慧心良
品、正道直言、生活情趣、人生哲理及社会经验，使其在现代社会中发挥应
有的启迪意义。

2000 年以来，对《世说新语》的研究逐渐偏向用词、美学、名士风尚、思想性质等内容，涌现出一批角度新颖、内容扎实的专题论文及专著，如朱洁的《〈世说新语〉人称代词研究》（2006）、刘蕾的《〈世说新语〉成语研究》（2013）、李修建的《〈世说新语〉中魏晋士人形象的美学研究》（2005）、董晔的《〈世说新语〉美学研究》（2017）、王俊飞的《〈世说新语〉儒学思想辨析》（2007）及祁银凤的《〈世说新语〉中魏晋士人形象研究》（2017）等。当然有关《世说新语》的疏证、会评、建构和整合研究也方兴未艾。注释方面有李天华的《世说新语新校》（2005）及杨勇的《世说新语校笺》（修订版）（2006）；会评有刘强的《世说新语会评》（2007）、魏风华的《绝版魏晋——〈世说新语〉另类解读》（2008）、骆玉明的《世说新语精读》（2016）、戴建业的《戴建业精读世说新语》（2019）；建构和整合方面有夏德靠的《〈世说新语〉生成研究》（2018）、宁稼雨的《〈世说新语〉与魏晋风流》（2020）等。需要说明的是，龚斌的《世说新语校释》（2011），从词语考察、史料辑补、疑难阐释、评论辑录等诸方面全面总结前人硕果，堪称迄今为止最为完备的注释版本；刘强的《世说学引论》（2012），提出国际学界对《世说新语》的美学、文献学、语言学等各种角度的研究正在形成“世说学”。基于宏观的理论建构与微观的实证考辨，刘强认为，世说学可以分为文献学、文体学、接受学、美学、文化学、语言学等六个分支，是互为条件、相辅相成的，也有交叉互动与齐头并进的关系。

通过梳理，发现学界从伦理学视角对《世说新语》进行解读的文献几乎没有，因而在以“问题”为导向进行文献综述时，选择与此研究视角相关的几个方面进行总结，为本书提供借鉴。

一是对文本意蕴及学术价值的研究。有关《世说新语》现代意义的研究，最早可追溯至刘师培《论古今学风变迁与政俗之关系》（《政艺通报》，1907）一文，该文否定了老庄思想的盛行与国家兴衰之间的关系，认为国之倾覆源于政策的不恰，与文人之清谈并无必然联系。刘师培是肯定魏晋之玄风的，在他看来，魏晋之学风超凡脱俗，士人之情致标新立异，魏晋士人之思想虽然无益于治国，个体思想的极度自由却在学风上具有非常正面的意义——有利于克服"躁进""猜忌""贪残"等不良学术风气，对于峻严的政风、贪鄙的俗尚具有正面示范效应。1910 年，受刘师培影响，章太炎撰写了《五朝学》，批评了史家与学人认为魏晋之俗衰敝愈于前朝的成见，指出魏晋玄风对于文艺科学发展的重要作用："其言循虚，其艺控实，故可贵也。"鲁迅于 1927 年发表的《魏晋风度及文章与药及酒之关系》一文，开启了 20 世纪魏晋思想研究的第一次高潮。他从魏晋士人的行为出发探讨魏晋风度的价值，认为魏晋士人的放旷言行，实则都是以维护礼教为最终目的，这一论断具有重要的理论意义。"魏晋风度"一词也正是此文中首次被提出，用以概括魏晋士人的精神风貌，此后这一术语被持续沿用下来。1940 年，宗白华《论〈世说新语〉与晋人的美》发表，从美学角度分析和阐释《世说新语》对魏晋历史和人物的描画勾勒作用，认为《世说新语》对于"晋人的美"记述得十分生动，充分勾勒出了魏晋士人的精神风貌、人物性格、时代色彩及历史氛围，看到了玄学影响下的晋人理想人格与其创作的关系。1945年，陈寅恪发表《陶渊明之思想与清谈之关系》，分析了《世说新语》中频繁出现的清谈对中古思想史研究的意义：它的出现，使得始于汉末、于刘宋已显现颓势的魏晋清谈有了新的价值，成为了划时代的界石。此外，他还将清谈与政治联系起来，提出清谈与士大夫的政治态度、实际生活密切相关。近年来，对于《世说新语》学术价值的研究逐步增多。刘大杰《魏晋思想论》（1998）从学术思想史的角度分析魏晋思想的独特意义及价值，他肯定了魏晋思想具有的独特浪漫主义精神，肯定其对传统伦理道德及传统思想的延续与超越，亦肯定了其对中国文人心态的影响作用，提出魏晋思想使得魏晋时期的思想界"一改昔日因袭传统的旧观，而显现着万花缭乱的景象"，唐代的佛学、宋明的理学在此时埋下了种子。骆玉明《世说新语精读》（2007），从社会结构、政治变迁、思想演化、文人心态、艺术趣尚等方面总结出魏晋的历史文化，并通过与前后时代的对照，理解《世说新语》所代表的魏晋精神价值——体现了魏晋时代士人对尊严、德性、智慧和美的理解和热爱。董晔《〈世说新语〉美学研究》（2017），从文本意图入手，表述《世说新语》与人格审美、自然审美、文艺审美的关系，全面展示了此书的美学特征及意义，书中展现的魏晋士人的言行风度、精神气质、审美情趣及社会风尚，于美学史来说是具有开拓性的，透露出一种思想的时代转向。

二是对魏晋风度的研究。1927 年鲁迅在《魏晋风度及文章与药及酒之关系》中详细讲述魏晋士人的各种特异风姿，对文人之心态、时代之精神进行了详细解读，指出魏晋士人的风采是由彼时政治的黑暗与士人内心的苦闷结合而成的，可说是发"魏晋风度"研究之先声，自此魏晋士人的精神风貌便以"风度"的形式展开。宗白华在《论〈世说新语〉和晋人的美》（《美学散步》，1981）一文中认为晋人的美是在旧礼教的崩溃基础上形成的对自然的追求，主要表现在"个性自由、艺术审美、精神解放、社会交往、气质神韵、人物品藻、道德礼法"等多个层面。冯友兰先生于 1984 年发表《论风流》一文，后收入其著作《中国哲学史新编》（1986）中，将魏晋风流概括为"玄心、洞见、妙赏、情深"，认为晋人的精神风貌具有一种"超越感、解放感"。余英时的《士与中国文化》（1987）从"群体自觉""个体自觉"及其相互关系的角度阐释魏晋士人内心变化的发展过程，认为魏晋士风的发展不是单从外缘方面便能解释清楚的，其与名教危机是息息相关的。宁稼雨在《魏晋风度——中古文人生活行为的文化意蕴》（1992）一书中提出，魏晋时代是格外注重精神生活的时代，个体在其中扮演着时代的主角，从门第观念、南北差异、人物品藻、魏晋玄学、魏晋佛学、文人个性、文学艺术、人生态度、魏晋风俗等角度全面总结并展现了魏晋风度的独特魅力。马良怀在《崩溃与重建中的困惑——魏晋风度研究》（1993）一书中试图从思想文化的角度探讨"魏晋风度"这一特殊历史现象，认为"魏晋风度是在汉代天人感应的权威思想崩溃和宋明理学的权威思想重建之中形成和发展起来的"，它是"魏晋时代的士大夫在权威思想的崩溃与重建过程中的精神上的迷惘与困惑的外在表现"。范子烨《中古文人生活研究》（2001），从人物品藻及其文化意蕴、名士清谈及其历史时代、中古文人生活的若干"原生态"

三个大方面着手，为我们展示了魏晋士人特殊的风流气质。李泽厚在《美的历程》（2009）中指出，魏晋时期，门阀士族地主阶级的世界观和人生观形成了一种新的观念体系——人的觉醒，从而重新寻找并建立了理论思维的解放历程。这一历程表现在对生死存亡的重视与哀伤，对人生短促的感慨与喟叹，其核心是在怀疑论的哲学思潮下对人生的执着，主要表现在"看似如此颓废、悲观、消极的感叹中，深藏着对人生、生命、命运、生活的强烈的欲求和留恋"，这是魏晋风度的深刻表达。袁行霈在《陶渊明与魏晋风流》（《清思路：袁行霈自选集》，2010）一文中表示，"'魏晋风流'是在魏晋这个特定的时期形成的人物审美的范畴，它伴随着魏晋玄学的兴起，与玄学所倡导的玄远精神相表里，是精神上臻于玄远之境的士人的气质的外现"。认为"魏晋以后，儒学独尊的地位动摇了，天人感应的神学目的也崩溃了，士人们在探讨宇宙本体的同时也注重探讨'人'这个主体，探讨人生的意义和价值。魏晋风流的开始就是破执除障，打开人生的新窗户，还自我本来的面目"。

三是对魏晋哲学思想及道德问题的研究。学界对于魏晋哲学思想的研究是较为丰富的。主要分为以下几个方面：一是从哲学的角度探讨魏晋玄学思想。如汤用彤先生关于魏晋玄学的研究所做的开拓性工作，其对魏晋玄学的思想渊源、哲学本质、学术方法、发展阶段等方面均做了有创意的阐发，特别是把魏晋玄学的主题定为研究有无、本末问题的宇宙本体论的思想对后世玄学研究影响深远。1957年人民出版社出版的汤用彤先生主编的《魏晋玄学论稿》，是魏晋玄学现代研究的开山之作，书中从玄学的几个基本哲学主题——言意之辨、有无之辨、名教与自然之辨着手，概括出整个魏晋时期作为新思想的玄学的发展脉络，到现在仍是魏晋玄学研究方面的代表作。陈寅恪先生在《金明馆丛稿初编》（1980）一书中，对"曹魏四本论"所蕴含的特殊政治意义，对玄学名士的人格特征等方面都提出了新见，力图从玄学与政治之间的联系中寻求研究突破。侯外庐先生所著《中国思想通史（第三卷）》（1957），研究了魏晋玄谈的历史背景和玄学思想的阶级根源、社会意义等问题。任继愈先生的《中国哲学史（第二册）》（1963）考察了魏晋南北朝时期的社会经济状况和阶级斗争、思想斗争状况，分析了魏晋玄学中唯物论与唯心论、辩证法与形而上学的成分及哲学实质。唐长孺先生《魏晋南北朝史论丛》（1955），以一个史学家的眼光从名教地位的动摇、名理之学的出现到魏晋玄学的形成，从玄学贵无到崇有的发展，以及东晋以后玄学余波和佛教与名教之关系等方面对魏晋玄学做了深入研究。冯友兰先生的《中国哲学史》（1982）一书，提出魏晋时期玄风大盛，儒学式微，玄风始于何晏、王弼，传播于阮籍、嵇康，直至东晋佛教兴起，盛于齐梁。刘大杰的《魏晋思想论》（1998）以进化的角度从各方面去论证魏晋思想，研究这些思想在魏晋时代社会环境下的传承、发展和革新。二是魏晋玄学伦理思想方面。这方面的著作非常少，主要代表是许建良《魏晋玄学伦理思想研究》（2003），他认为魏晋玄学的伦理观是名教与自然之辨的产物，基于伦理道德作为人的内在和外在的行为之方，以及维持人与人之间相互关系的规范和准则，向人示明社会价值的方向和当为的行为所追求的立场。内容方面，他围绕魏晋玄学伦理思想展开论述，在理论层面探讨道德根据、产生的问题及与"人性"相关的伦理范畴问题，在实践层面究明道德教化、道德修养、理想人格等问题。罗宗强在《玄学与魏晋士人心态》（2005）一书中，强调魏晋士人的心态及伦理观的产生与魏晋时期错综复杂的政治环境是息息相关的，这一时期关于"名教与自然"之间的激辩，使得玄学伦理观得以显现。关于名教与自然关系的思考，源自东汉末名士政治理想之破灭及现实之残酷。士人们开始失望于名教的堕落，将自身投入对个体自由的向往。尚建飞《魏晋玄学道德哲学研究》（2013），从道德哲学的视角出发，具体考察汉末及汉魏之际名教衍化所蕴含的形式主义及功利主义趋向，分析了玄学在克服这种趋向方面所做的理论努力，指出了玄学通过沟通自然之性与道德原则而为后者寻找形而上根据并由此建立社会秩序的伦理进路，肯定玄学的这一基本立场，使"自然之性"所蕴含的个体性原则、自愿原则受到空前重视。三是魏晋道德问题方面。学界通常将魏晋时期道德观念的崩溃和反道德现象的风靡与彼时动荡的社会秩序及个体意识的觉醒相联系，归因于个体意识觉醒后对封建礼教束缚的反抗。李泽厚在《美的历程》（2009）中表示，魏晋时期人们的人生观及世界观，"在表面看来似乎是颓废、悲观、消极的感叹中，深藏着的恰恰是它的反面，是对人生、生命、命运、生活的强烈的欲求和留恋"。李晃生在《儒家的社会理想与道德精神》（2006）中提出，"从道德精神的发展史来看，魏晋时期的道德观念应该是一种变异阶段、重组阶段"。他觉得虽然玄学与佛学在这一时期对人们的道德观念产生了一定影响，但不能代替儒家思想去整合社会，更不能代替儒家思想作为主流社会思想和社会意识形态，但它们与儒学相结合、相渗透已成定势。陈战国《魏晋人的道德观》（《社会科学战线》，1985）全文以魏晋人的道德探索为主线，认为魏晋人的道德观具有一定的积极因素，并提出合理道德规范应是以满足人的自然本性为前提的。四是《世说新语》所反映的魏晋学术思潮方面。侯忠义在《〈世说新语〉思想艺术论》（《北京大学学报（哲学社会科学版）》，1987）中指出，刘义庆本身是个思想颇为矛盾的个体，他不仅具有封建社会赋予的贵族身份，对名教礼法颇为维护，还崇尚清谈，爱好佛学，对魏晋风度颇为向往及推崇。最近十年，对《世说新语》哲学思想的认识逐渐向单一思想性质过渡，认为该书主要的思想性质是单纯儒家思想的是王俊飞的《〈世说新语〉儒家思想辨析》（兰州大学硕士毕业论文，2007）；认为《世说新语》书中反映了较多宗教（道教、佛教）色彩的如孙翀的《从〈世说新语〉看晋宋之际道教的发展》（《宗教学研究》，2010）及戴丽琴的《〈世说新语〉与佛教》（华中师范大学博士毕业论文，2010）。

国内学界围绕《世说新语》所作的研究呈多点面分布，可谓成果丰硕，但关于该书伦理思想的专题研究却是一个学术空白地带。前人围绕此书进行的各学科层面的深入挖掘，为《世说新语》新的研究视域的打开提供了强大的研究基础，预留了充足的研究空间。

（二）国外研究现状

早在 7—8 世纪，《世说新语》就已传至海外，在东亚地区的日本和朝鲜半岛等地影响较大。在朝鲜半岛的"三国"时代，儒释道的和合——以"花郎道"为中心，从选"士"的方法到标准都直接受到《世说新语》人物品鉴的影响。特别在朝鲜时期，此书的流传和研究均达到了顶峰，不但经常被精英人士挂在嘴边，还有许多从中国传入的版本著录。而现存最早的《世说新语》版本刻本都在日本，江户时代一度掀起了"世说热"，至今日本学界仍然盛行研读此书之风。1978 年，日本明治书院目加田诚等人的《世说新语》日文译注本面世，日本学者吉川幸次郎指出："我们注意到《世说新语》在平安时代的《见在书目》就出现了。这个时代的一个抄本现在仍然可见。德川时代的儒学家，尤其是荻生徂来，对它推崇备至，为它作了十本以上的注解。"足见《世说新语》在日本的广泛影响。在研究方面，韩日两国也较为突出。韩国学者金长焕围绕《世说新语》一书从文学角度进行了较为系统的研究，具有代表性的作品有：硕士毕业论文《世说新语研究》（延世大学，1987）、专著《魏晋世语：辑释研究》（2015）以及期刊论文《〈世说新语〉辑佚研究》（《中国语文学论集》第 94 号，2015）等。此外，韩国学者沈志娟的《〈世说新语〉国内受容和影响研究》（庆熙大学，2013），系统总结梳理了《世说新语》在韩国的流传与接受情况，并以此为依据，列举该书对韩国学界产生的诸多影响。日本学者井波律子作为当代日本中国文学研究的专家，对《世说新语》的研究颇具特色。她的研究在前人基础上展开，先是从研究书中个别人物如谢朓、阮籍开始，继而作了部分的注释与翻译，最后对全书进行译注。此后，《中国人的机智：以〈世说新语〉为中心》（1998）一书顺利问世。以此为基础，她又为《鉴赏中国的古典》系列丛书（1998）撰写了《世说新语》一章。作为《世说新语》研究的展开，井波律子以中国不同人物为类型，撰写了多部著作。在研究过程中，她注重把其中的内容放到魏晋时代政治交替的历史环境中去解读，把各个不同篇章有关人物不同侧面的记载汇聚起来，以求立体地展现人物的形象和他们在社会波澜中所处的位置。她的研究包含了对书中人物语言表述、思维方法和生活方式特点的概括及总结。正因如此，其著作不仅是对古典文献的注释与解说，还是对文学、哲理的追索，描绘的不仅是显现的人的表象，更注意探索各种人生深层的生命理念。

海外其他国家对于《世说新语》的研究亦颇具特色：如从《世说新语》作者对故事的采录、编撰特点中，澳大利亚悉尼大学教授萧虹发现其独特的幽默技巧。她将中西方文学对幽默表现手法的差异进行对比，发现《世说新语》文本的幽默性来自撰写过程中语言运用的反差及叙事场景的对比，以此烘托出"不协调"之感。她认为《世说新语》是通过从哲学层面挑战逻辑思维的方式去表现幽默的，方法较为"温和"，不尖刻、不过头，对于底层人物无歧视，只单纯是一种在士族文人圈内的分享。从欧美范围来看，1974 年，比利时学者布鲁诺·贝莱佩尔（Bruno Belpaire）完成了法译本《世说新语》；1976 年，美国明尼苏达州立大学汉学家马瑞志（Richard B.Mather）的英译本《世说新语》面世；1980 年，莫斯科出版了苏联学者索洛金（V.T.Suhonkov）的俄译本《世说新语》，都表明此书在世界范围内的影响逐渐扩大。此外，20 世纪 80 年代以来，国外学界亦有多篇博、硕士学位论文与《世说新语》直接相关。

可以说，《世说新语》在日本及朝鲜半岛的传播是非常广泛的，影响是较为深远的。东亚地区的学者们围绕《世说新语》所做的研究历史悠久、程度深入，这是中国文化强大传播力及渗透力作用的结果。欧美学者围绕《世说新语》进行的研究，主要集中在译介方面，相关专题研究较少，这虽然是一种缺憾，但从不同语种的译著中研究者可找寻到中西文化对比的一种途径，为《世说新语》的系统研究从不同文化视角提供了启发。

四、研究思路、方法及独创性

（一）研究思路及方法

《世说新语》集中呈现了魏晋士人的精神风貌，反映了魏晋伦理思想的基本特点。本书以文献为基础，立足于《世说新语》及相关研究著作，从第一手资料出发，以逻辑为导引，以历史为验证，先把此书放在它所处的文化情境中进行解读，再将其置于中国哲学史和伦理学史大背景下，通过纵向梳理和横向对比的方式，找到《世说新语》与魏晋伦理思想的主要关联，再以这些关联为依据进行综合剖析，阐释它对中国伦理思想的重要意义。从《世说新语》的文本述要、魏晋时期的精神缩影、《世说新语》的伦理主题、人伦观、伦理精神、影响及现代省思着手，确证《世说新语》伦理主题名教与自然关系的表现形式，总结书中所描绘的魏晋时期围绕名教与自然关系而形成的特殊人伦关系及规范，探讨书中集中体现的伦理精神——魏晋风度的文化底蕴和伦理价值，梳理魏晋士人对自由的追求、对人生的思考、对生命的尊重以及对传统权威的挑战，以期给予现代人以伦理价值重塑方面的启示。

本书的基本伦理学前提为：以名教与自然关系为主题开展研究。魏晋伦理思想是魏晋时期各种道德学说的总称，此时占主导地位的哲学形态是魏晋玄学。而《世说新语》作为承载魏晋伦理思想的重要学术经典，其所记述的内容自然是围绕魏晋玄学思想而延展开来的。魏晋玄学有四大主要论题——有无之辨、言意之辨、才性之辨及名教与自然之辨，这四大主要论题从不同角度讨论了哲学所关注的一系列具体问题：有无之辨作为哲学的本体论基础，使其他问题上升到了抽象的高度；言意之辨是涉及认识论的问题；才性之辨是魏晋玄学中人论的精髓部分，讨论人的本质、人的本性问题；而名教与自然之辨则是关于社会规范的依据问题，属于社会哲学。《世说新语》伦理思想的哲学基础是魏晋玄学，影响并贯穿整本书的伦理旨趣，其实质是从本体论的角度去探讨政治问题、人生问题和精神境界问题，再从认识论的角度去彰显魏晋时代玄学思想家面对时代的局限性及社会价值秩序重建的迫切性时所体现的打破传统礼教束缚的新的价值判断。《世说新语》伦理思想所讨论的很多问题，虽然不少内容涉及玄学的其他几个主要议题，但最主要是通过魏晋玄学落实到社会人生层面的名教与自然之辨体现的。在《世说新语》中，名教与自然之辨不但是人们在为学的角度上建立玄学义理的方法，是对纯粹哲学问题的深刻思考，还是他们自觉依循的生活方式以及对社会合理存在的现实追求。魏晋玄学产生的根源及产生后的实际社会效应使得名教与自然之辨这一伦理主题与魏晋士人的价值判断及人生态度有着极为密切的关联。而《世说新语》中包含了诸多反映魏晋士人名士风度、人伦关系以及道德规范等与社会伦理相关的事例，这些事例所反映出的代表魏晋时代风尚的社会伦理样态，几乎无一不被关于名教与自然关系的探讨裹挟前行，因而将名教与自然之辨作为本书的理论前提，是顺理成章的。

　　研究方法方面，本书主要采用文献资料法和现代比较法，坚持文献、文本、文化相结合的整体研究思路，综合运用伦理学、哲学、美学、文化学、社会学、民族学等多学科的交叉理论，采用分析与综合、归纳与演绎、比较与分类、宏观与微观相结合的研究方法，比较《世说新语》与不同时代的相关著作，使文本在结构及结论上具备必需的历史感和学理性，比较《世说新语》中所反映的魏晋伦理思想与其他时代伦理思想的不同，从而彰显此书独有的学术特质，勾勒出一个与众不同的魏晋风华。

　　（二）独创性

　　1. 主题新颖。过去针对《世说新语》的研究，大多着眼于文学文献、历史文化、语言修辞、艺术审美、思想倾向，但当我们将它视为代表中国古代思想文化的一部具有经典意义的著作时，着眼点就不能仅限于此。依托对《世说新语》文本的深入解读，基于其本身具有的深厚的玄学思想背景和时代背景，站在哲学研究视角，经过大量文献阅读及整理，本书认为，对其进行伦理思想方面的解读是研究此书的既独特又具有价值的崭新视角，这一视角至今在学界并无相对完整的学术成果。因而本书的完成，在一定程度上有助于填补这方面的学术研究空白。

2. 视角独特。"伦理"即"伦"之理，黑格尔在其著作《法哲学原理》中将"道德"与"伦理"的概念加以区分，认为"道德"是"自为自在"的自由，表现为人的主观意志，因而是从个体的角度讲的，是有其特殊性的；而"伦理"则是"自为自在"地存在的意识，表现为主客观的统一，是从社会角度讲的，是具有普遍性的。在我国古代，"伦理"是"建基于'礼'这一宗法等级制的人际关系及其秩序之上的"[①]，从这个角度讲，本书主要从社会伦理的角度对《世说新语》伦理思想进行剖析。虽然在研究过程中，对书中彰显的魏晋士人个体的风度精神进行了探讨，也是为了反映在魏晋那样一个特殊的历史背景下，社会伦理对个体精神的呈现。本书抓住名教与自然之辨这一《世说新语》的伦理主题，基于伦理道德作为人内在和外在的行为之方以及维持人与人之间相互关系的规范和准则，向人示明社会价值的方向和当为的行为的追求立场，看到了自然与名教关系展现的除哲学层面外的社会伦理层面的意义，从形而上学的层面逐渐向人们生活方式的价值观层面延伸。在此基础上，通过分析名教与自然之辨在《世说新语》文本中的伦理投射，彰显魏晋时期名士们理想与现实、自由与道德、个体与社会的冲突问题。魏晋风度可以表现在许多不同的层次上：既可表现为世俗文化形态，包括人们的行为倾向、生活方式等；也可表现为思想意识的表达方式，如文风、学风等；还可表现为深层次的意识形态方面，包括价值观念等。本书更多是从意识形态方面加以探讨，创造性地将魏晋风度看作魏晋士人一种艺术性地表达人生的风度，以体现魏晋名士在思想和行为等方面所表现出来的特殊风格和时代精神，从而映射《世说新语》的伦理意蕴。本书看到了作为

---

① 朱贻庭：《"伦理"与"道德"之辩——关于"再写中国伦理学"的一点思考》，《华东师范大学学报（哲学社会科学版）》2018 年第 1 期。

维系封建宗法等级制度基本伦理大义的传统人伦观在魏晋时期的一系列变衍——父与子、君与臣、夫与妻之间开始相互激赏，人与人之间的伦理关系呈现出前所未有的新气象。子女、臣下、妻子作为三个独立的群体，在政治、生活、个体尊严方面表现出了强烈的自主意识，逐渐成为魏晋时期人的自觉、魏晋文化和魏晋人文精神的重要组成部分。最后，本书对《世说新语》伦理思想的影响进行了客观评判，从魏晋士人自由精神的两面性出发探讨现代知识分子承担社会伦理责任的重要性。

· 第 一 章 ·
《世说新语》文本述要

　　《世说新语》又名《世说》《世说新书》《刘义庆世说》等，乃南朝宋临川王刘义庆（403—444年）组织编撰的一部笔记体小说，是古代笔记小说的代表作品。今本《世说新语》共三卷，每卷又分上下部分，全书包含《德行》《言语》《政事》《文学》等三十六门，前十三门即上卷和中卷，主要以表现魏晋士人的节操、品格、个性为内容，大多是值得赞美的士人品性；下卷从《容止》到《巧艺》的八门是具有肯定的伦理、社会、审美价值的，从《宠礼》到《简傲》三门的态度偏中性，从《排调》到《仇隙》十二门虽多贬义，但少数地方仍难掩欣悦之情。这三十六门每门记载名人逸事若干则，所记内容上自东汉（仅极少数条目为西汉）、下至南朝宋初，绝大部分是描述魏晋人物的言行逸事。记录人物逸闻琐事的书目之所以在魏晋时期特别盛行，应与当时社会品评人物的清议谈玄之风有密切关系。《世说新语》中所载名人言行，虽然多为片言只语，但是涉及魏晋上层社会士大夫的政治斗争、社会风尚、人际关系乃至学术思想理论等多方面，往往可小中见大，反映当时整个社会的政治形势和面貌，记录魏晋士人旷达的人生态度和鲜明的个性，代表了魏晋士人的伦理精神。

第一节　《世说新语》的编撰

　　编于南朝宋的《世说新语》，不仅是我国古今文人的"枕边秘宝"，还是很多其他国家的中国文化研究焦点。其"虽系小说家言，未可直以小说视之，其于魏晋社会政治、哲学、宗教、文学以及士人之生活风貌、心理状态，莫不有真实记录"①。它的出现，既有时代的原因，也与编撰者刘义庆本人的家世背景及人生际遇是分不开的。

一、刘义庆与《世说新语》

《世说新语》自其问世，流传至今已有一千五百余年。此书编撰的情形，由于年代久远，文献不足，许多问题异说纷呈，迄今尚无定论。关于编撰者，自《隋书·经籍志》至《四库全书总目》，历代之官、私书目均以南朝宋临川王刘义庆为其作者。前乎此者，刘孝标也已言及作者。从《世说新语》刘注的内容我们便可窥探一二："葛令之清英，江君之茂识，必不背圣人之正典，习蛮夷之秽行。康王之言，所轻多矣。"②"康王"是刘义庆的谥号，亦是义庆卒后南朝人对他的习称。这就为历代之通说提供了一个极为有力的佐证。然而在明清之际，陆师道、毛际可等人却提出了不同的意见，他们虽均未完全否定刘义庆是《世说新语》的作者，却谓其幕下文士有"赞润"之功，潜认为《世说新语》是集体撰作的结晶，这便是历代之通说中生出的一丝变调，但此说影响甚微，直至鲁迅先生著作《中国小说史略》的问世，对此进行剖析："然《世说》文字，间或与裴郭二家书所记相同，殆亦犹《幽明录》《宣验记》然，乃纂缉旧文，非由自造：《宋书》言义庆才词不多，而招聚文学之士，远近必至，则诸书或成于众手，未可知也。"③鲁迅先生对《世说新语》做出成于众手的推测是谨慎的，也是经过深思熟虑的。在做出这一富有价值的推测时，他又充分表现出对传统说法的尊重。如他在《中国小说的历史的变迁》一文中写道："六朝志人的小说，也非常简单，同志怪的差不多，这有宋刘义庆做的《世说新语》，可以做代表。"④

---

① 王能宪：《世说新语研究》，江苏古籍出版社 1992 年版，（序）第 1 页。
②（南朝宋）刘义庆著，（南朝梁）刘孝标注，余嘉锡笺疏：《世说新语笺疏》，《假谲 10》，中华书局 2011 年版，第 741 页。
③ 鲁迅：《中国小说史略》，上海古籍出版社 1998 年版，第 38 页。
④ 鲁迅：《鲁迅小说史大略》，陕西人民出版社 1981 年版，第 37 页。

　　史籍中有关刘义庆生平事迹的资料，主要是《宋书》和《南史》中的本传以及其他刘宋皇室的本纪、传记。《宋书·刘义庆传》最后一段文字记述曰："为性简素，寡嗜欲，爱好文义，才词虽不多，然足为宗室之表。……招聚文学之士，近远必至。"《南史》所记与《宋书》内容基本相同，仅略加压缩而已，但却提到了其编撰《世说新语》一事："所著《世说》十卷，操《集林》二百卷，并行于世。"①《宋书》本传并没有提到《世说新语》，但《南史》本传、《隋书·经籍志》及两《唐书·志》均明确记载刘义庆撰《世说新语》一事。《宋书》为齐梁间人沈约所撰，纪传成于南齐永明六年（488年），距刘义庆去世（元嘉二十一年，444年）不到半个世纪；《南史》乃唐初人李延寿续其父李大师旧稿而成，与著录有《世说新语》的《隋书》大体同时成书，在唐高宗显庆四年（659年），与刘义庆卒年已相去二百余年。两者相较，沈约的《宋书》貌似更为可信。但是我们不能仅凭时间早晚作出判断，虽然《宋书》中并没有言及《世说新语》，也不能说明刘义庆就没有编撰此书。我们都知道，史家立传，总归要有所取舍的。鲁迅先生先前提出疑问，其态度也是极为审慎。事实上，不管《世说新语》成于刘义庆一人之手还是成于众人之手，不管谁才是《世说新语》真正的执笔人，我们不能否认的是，刘义庆作为此书编撰的组织者，发号施令，谋篇布阵，总揽全局，在此书的成书过程中具有功不可没的作用。正如夏德靠先生所说："《世说新语》主要是'编'而不是'著'，因此，作为'宗室之表'的刘义庆完成《世说新语》的编撰并不是全无可能。"②又因《世说新语》历来著录为临川王刘义庆所撰，此书最著名的注者刘孝标亦承认其出于刘义庆之手，我们亦应尊重历史的记载，将其定为《世说新语》一书的作者。

　　刘义庆是宋武帝刘裕之侄，袭封临川王，生于东晋安帝元兴二年（403年），卒于宋文帝元嘉二十一年（444年）。《宋书·刘义庆传》提到其"足

---

　　①（唐）李延寿撰：《刘义庆传》，《南史》卷十三，中华书局2000年版，第234页。

　　②夏德靠：《〈世说新语〉生成研究》，天津出版集团2018年版，第177页。

为宗室之表"，说明其在当时就是极为优秀的人物。据载，刘义庆幼时便深受宋武帝刘裕的喜爱，常曰："此我家之丰城也"①，用产于丰城的干将、莫邪宝剑来比喻义庆的珍贵。刘宋王朝以剿灭桓玄起家，而后刘裕自立称帝。《宋书·武帝本纪》载刘裕："奋臂草莱之中，倡大义以复皇祚。"刘裕有两个弟弟，少弟临川王刘道规也曾参与谋诛桓玄，他履任军职，四处征战，与刘裕共创基业。中弟长沙王刘道怜为国子学生，曾为谢琰的"从事史"。刘义庆原本是刘道怜的次子，但因为刘道规无子，为了继承香火，将义庆过继为嗣子。道规少时便胸有大志，才能十分出众，刘裕非常偏爱他。刘裕的第三子，即后来继位的宋文帝刘义隆，少时亦曾为刘道规所养，刘裕曾命之为继。但"以礼无二继，太祖还本而定义庆为后"②。文帝即位后，对刘道规感慕不已，曾作《追崇临川王道规诏》，纪念道规。道规本为刘宋功臣，东晋后期刘裕征讨桓玄时，就是在他的配合下取得胜利，为奠定刘宋基业立下了汗马功劳。这样的家世背景，便决定了刘义庆在刘宋宗室中所具有的特殊地位。

刘义庆"十三岁袭封南郡公，十四岁从伐长安，归来后拜辅国将军、北青州刺史，十五岁任豫州刺史，十八岁袭封临川王，征为侍中，二十二岁时，转散骑常侍、秘书监，徙度支尚书，迁丹阳尹，加辅国将军、常侍并如故"③。义庆任秘书监时，主要工作职责即管理国家藏书，耳濡目染之下，其组织编撰《世说新语》便成为可能。五年后的元嘉六年（429 年），义庆晋升为尚书左仆射，此时他只有二十七岁，正是年轻得志、大展宏图的年纪。

————————

① （梁）沈约撰：《刘义庆传》,《宋书》卷五十一，中华书局 2000 年版，第 972 页。

② （梁）沈约撰：《临川烈武王道规传》,《宋书》卷五十一，中华书局 2000 年版，第 972 页。

③ 宁稼雨：《刘义庆的身世境遇与〈世说新语〉的编纂动因》,《湖北大学学报（哲学社会科学版）》2000 年第 1 期。

但不到两年，义庆便以"太白星犯右执法"为由"乞求外镇"①，不过没有得到文帝的允许，但因为他执意离去，遂免去其仆射一职。三年后，方得以持节出镇荆州。义庆在荆州八年，是一段生活较为安定的时期，《宋书》本传载《徐州先贤传》和《典叙》的撰写系于此时。元嘉十六年（439年），刘义庆调任江州刺史，次年又调任南兖州刺史，直至四十二岁在京邑病逝。

纵观《宋书·刘义庆传》，义庆虽然历任要职，但关于他政治才能和政绩的表述却比较少，基本是个文人政治家，这除了与他的秉性有关外，主要还是因为当时皇室内部权力之争非常复杂。刘裕原本选定刘义符为继承人，即后来的宋少帝，少帝登基时年仅十七岁，国事实际由徐羡之、傅亮、谢晦三位辅政大臣掌权。因义符少不更事，三人废杀少帝及刘裕次子刘义真，推举刘裕第三子刘义隆为帝。上台后的刘义隆害怕重蹈少帝的覆辙，遂以谋反罪将此三人杀害，并开始对可能威胁到其皇位稳固的宗室及兄弟大开杀戒。刘义康是刘义隆一众兄弟中较为出众的一位。就在刘义庆任尚书左仆射的同一年，刘义康也从荆州调任京城辅佐朝廷，一度与王弘一道辅政，王弘因病推谦，他便大权在握，"自是内外众务，一断之义康"②。义康权势日隆，甚至要架空文帝，觊觎皇位，也正是因为他的锋芒毕露，才招致刘义隆的猜忌迫害，于是形成帝党与相党的派系斗争。义隆大开杀戒，陆续将义康身边的亲信赐死，并由最初的解除义康要职到免其为庶人到最终将其处死。然而事实上，这些被杀戮的大臣和宗室多数是无辜的，义隆此举拉开了刘宋王朝骨肉相残、滥杀无辜的序幕。此后的宋孝武帝、宋明帝也因对宗室大加猜忌而残暴异常，清人汪中在《补宋书宗室世系表序》中总结，刘宋王朝共60年，皇族总计129人，其中121人被诛杀，这其中又有80人是骨肉之间的自相残杀；而罗振玉的《补宋书宗室世系表》中记述的是："帝之本支实百五十

---

① （梁）沈约撰：《刘义庆传》，《宋书》卷五十一，中华书局2000年版，第972页。
② （梁）沈约撰：《刘义康传》，《宋书》卷六十八，中华书局2000年版，第1183页。

有八人，其令终者三，而子弑父者一，臣弑君者四，骨肉相贼者百有三，见杀于他人者六，夭折者三十六。"①

也许正是因为看到了政治的残酷黑暗，刘义庆才必须做到万事小心，于元嘉八年（431年），借故离开京城，远离是非之地。刘义隆的另一族弟刘义季忌惮义康的结局，因而"不欲以功勤自业，无它经略，唯饮酒而已"，"遂为长夜之饮，略少醒日"②，心态与义庆相近。义庆在外镇后内心仍没有真正踏实，据《旧唐书·音乐志》记："元嘉十七年，徙彭城王义康于豫章。义庆时为江州，至镇，相见而哭，为帝所怪，征还宅，大惧。妓妾闻乌夜啼，叩斋阁云：'明日当有赦。'及旦，改南兖州刺史。"这样看来，义庆对义康是有着兔死狐悲之感的。义庆并非偏爱政治之人，更多的是具有文人心态。据统计，"《宋书》本传著录其《徐州先贤传》十卷和《典叙》；《南史·刘义庆传》除了以上二书外，又收录其《世说》十卷和《集林》二百卷；《隋书·经籍志》著录其《江左名士传》一卷、《宣验记》十三卷、《幽明录》二十卷、《世说》八卷、《宋临川王义庆集》八卷、《集林》一百八十一卷；两《唐志》另外著录其《后汉书》五十八卷、《小说》十卷"③。以上这些，除《世说新语》外，均已年久失察。由于其颇有文采，因此《宋书》本传中记述，太祖义隆与他来往书信都要"加意斟酌"，以免出现尴尬。

关于《世说新语》的具体编撰时间，史籍中并未明确记述，但多数学者认为成书于元嘉年间（424—453年）。其中萧艾认为《世说新语》是在元嘉九年（432年）至元嘉十六年（439年）刘义庆在荆州任刺史期内，即儒、玄、史、文四馆开设之际着手编撰的。萧艾的说法具有一定参考价值，他将编撰时间又具体到元嘉十五年（438年）开设儒、玄、史、文四馆后至

① 罗振玉：《补宋书宗室世系表》，上海古籍出版社2013年版，第3页。
② （梁）沈约撰：《刘义季传》，《宋书》卷六十一，中华书局2000年版，第1093页。
③ 宁稼雨：《刘义庆的身世境遇与〈世说新语〉的编纂动因》，《湖北大学学报（哲学社会科学版）》2000年第1期。

元嘉十六年（439 年）这个时间段，这一时期的社会思潮虽仍以儒学为主导，但玄学的影响日高，这对创作《世说新语》来说均有一定影响。本书认为，将《世说新语》着手编撰的时间划定在刘义庆任江州刺史期间，即元嘉十六年至十七年（439—440 年）是较为合理的。原因有二：一方面，据《宋书》本传记载，元嘉十六年（439 年），刘义庆在担任江州刺史时招揽了大量文人，对其委以重用，与其探讨文学，形成了一个非常有学识的文人集团："太尉袁淑，文冠当时，义庆在江州，请为卫军谘议参军；其余吴郡陆展、东海何长瑜、鲍照等，并为辞章之美，引为佐史国臣"①，编撰《世说新语》或许正是义庆招揽文人的重要原因；另一方面，元嘉十七年（440 年），刘义庆调任南兖州刺史，前来接替他职位的正是刘义康。兄弟二人见面后相拥而哭，仿佛因相同心境而心照不宣，只能以此纾解愤懑情绪，此举被义隆责怪，义庆处境开始变得艰难。此时的他开始寻求在魏晋文人的精神气质中得到超脱，是比较合理的。

二、编撰动因

在梳理了史籍中对刘义庆生平及《世说新语》编撰时间的研究后，结合他的文人气质与修养，我们不难找出其中的因果关联。刘义庆主编《世说新语》，主要从以下几方面总结原因。

（一）政治原因

著名史学家周一良先生在魏晋南北朝史领域用功颇深，其所作《〈世说新语〉和作者刘义庆身世的考察》，注意到《宋书》本传中"少善骑射，及长，以世路艰难，不复跨马"一句，认为这是修史人的"隐晦之词"，隐含的实则是彼时刘宋皇室种种复杂的政治矛盾。"刘义庆处在宋文帝刘义隆对

---

① （梁）沈约撰：《刘义庆传》，《宋书》卷五十一，中华书局 2000 年版，第 974 页。

于宗室诸王怀疑猜忌的统治之下，为了全身远祸，于是招聚文学之士，寄情文史，编辑了《世说新语》这样一部清谈之书。……《世说新语》里记载的人物、事件、议论，都和刘义庆当时的政治社会背景相去甚远，不相涉及，而这正是他著述的宗旨所在。"①对于《宋书》本传中所记的"不复跨马"，周先生从历史的角度给予了充分的、科学的解释。他认为，自东晋南朝后期始，"骑马"已不仅具有表面上的含义而是隐含着政治方面的"野心"。例如南齐王融力图拥立竟陵王萧子良为新帝，故"晚节大习骑马"②。此外，据《梁书》记载，梁武帝问大连与大临："汝等习骑不？"对曰："臣等未奉诏，不敢辄习"③，说明彼时骑马是需要得到皇帝允许的，即便是皇帝之孙也并无例外。这样看来，"不复跨马"确泛指广义上政治方面的消沉和冷漠。前文提及义庆是具有文人修养的，他的身份尴尬——位居地方藩王，使其不像义康般锋芒毕露，亦不像义季那样借酒消愁。眼前政治纷争的残酷，加之刘义隆彼时对于每一名宗室的猜忌与打压，使得他颇感畏惧；此外，魏晋名士风流作为汉代清议的延续与革新，虽是残酷政治环境中化解现实矛盾的被动选择，却也可称为一种人生艺术，它蕴含着一种人生哲理，使士人们心向往之，形成了一种解脱机制。义庆素来对文人的气质修养十分向往，此时的他与魏晋士人有着相似的感受与心境，冥冥之中与其达成了精神上的契合。这种感受与彼时刘宋王朝对魏晋名士风流及其所体现的伦理精神的尊重是一体的。这样一来，义庆便开始将目光转向魏晋士人的精神自由及人格魅力，《世说新语》正是以此为基础，是这一精神潮流中律动的产物。

---

① 周一良：《魏晋南北朝史札记》，中华书局 1985 年版，第 159—161 页。
②（梁）萧子显撰：《王融传》，《南齐书》卷四十七，中华书局 2000 年版，第557 页。
③（唐）姚思廉撰：《南郡王大连传》，《梁书》卷四十四，中华书局 2000 年版，第428 页。

（二）社会原因

刘宋相距魏晋未远，自西晋始，士人与统治阶级的矛盾关系逐渐缓和，门阀士族的地位有所提高，社会开始关注名士风流中发生的逸闻逸事，这些与"经国大事"无关，而是于士人日常践履中找寻相似的价值导向，体现的是人自身的精神风貌及追求。面对过去残酷的政治杀戮，人们将关注的重点转向士人的精神生活与风流情操。《世说新语》即此社会风气最直接的反映。《宋书·王准之传》曰："王准之，……曾祖彪之，……彪之博闻多识，练悉朝仪，自是家世相传，并谙江左旧事，缄之青箱，世人谓之'王氏青箱学'。"[①]同书卷八十一《顾觊之传》称觊之"尝于太祖坐论江左人物"，可见此类活动在当时是经常性的。

刘宋士人对于汉魏晋三朝的名士应是十分仰慕的，我们可在其为子孙后代取名中体会出来。《宋书·羊玄保传》："子戎，有才气，……戎二弟，太祖并赐名，曰咸，曰粲。谓玄保曰：'欲令卿二子有林下正始余风。'"[②]王戎、阮咸并属"竹林七贤"，前者在《世说新语》中出现四十次，后者出现八次。荀粲，字奉倩，正始名士之一，在《世说新语》中出现四次，此即羊氏三兄弟之名的由来。《宋书·刘湛传》曰："湛负其志气，常慕……崔琰伟人，故名……第二子曰琰，字季珪。"崔琰是汉末名士，字季珪，声姿高畅，眉目舒朗，刘湛非常崇敬崔琰，因此给孩子起名字时也参照他的名讳。

此外，刘宋时被人们追捧的人物品藻活动也经常以魏晋名士为标准。《宋书·王微传》记载，"……微报之（何偃）曰：'……卿少陶玄风，淹雅修畅，自是正史中人。吾真慵性人耳，自然志操不倍王、乐……'"，这里的"王、乐"二人，分别指的是西晋名士王衍与乐广，前者在《世说新语》中出现三十九次，后者出现十五次。在平日的言谈中，刘宋士人也经常将魏

---

① （梁）沈约撰：《王准之传》，《宋书》卷六十，中华书局 2000 年版，第 1072 页。

② （梁）沈约撰：《羊玄保传》，《宋书》卷五十四，中华书局 2000 年版，第 1012 页。

晋名士的嘉言懿行作为谈资,《宋书·江智渊传》记载:"时……沈怀文并与智渊友善。怀文每称之曰:'人所应有尽有,人所应无尽无者,其江智渊乎。'"怀文的话,原是桓彝称赞徐宁之词,"人所应有,其不必有,人所应无,己不必无"①。

刘义庆生于东晋安帝元兴二年(403年),东晋灭亡时,已年满十八岁。作为一名才华横溢的侯王,魏晋士人的嘉言懿行他应该是非常清楚的。正如王世懋先生所言,"……晋人雅尚清谈,风流映于后世。而临川王生长晋末,沐浴浸溉,述为此书"②。而易宗夔称义庆"去晋未远,'竹林'余韵,'王谢'遗风,不啻身亲酬酢,掇其语言而揶其丰采也"③。义庆组织编撰《世说新语》这本名士之书,正是对那种独特社会风气的推崇。

(三)家学原因

范子烨先生曾说:"彭城刘氏虽发迹行伍,但素来推重文章学术。"④刘义庆组织编撰《世说新语》,与其家学传统深有关联。刘宋文学在魏晋南北朝文学史上具有重要的地位,这与刘宋皇室的大力提倡有很大关系。原本皇权政治就需要文学来为其"润饰宏业",再加上刘宋皇室成员对文学的喜爱,其选才标准以及文化政策都深深影响刘宋一代的文学发展,因而形成了普遍的好文尚著的局面。《宋书》中记载了诸多受刘宋皇室器重的善学文人的故事:刘瑀"少有才气,为太祖所知"⑤;谢晦"涉猎文义,朗瞻多通,高祖深加爱赏,群僚莫及"⑥;张敷"风韵端雅,好玄言,善属文,……武

---

① (南朝宋)刘义庆著,(南朝梁)刘孝标注,余嘉锡笺疏:《世说新语笺疏》,中华书局2011年版,第412页。

② 此语出自明万历九年(1581年),松江乔懋敬刊刻王世懋批点的《世说新语》八卷本,《批点〈世说新语〉序》。

③ 易宗夔著,张国宁点校:《新世说》,山西古籍出版社1997年版,第5页。

④ 范子烨:《〈世说新语〉研究》,黑龙江教育出版社1998年版,第97页。

⑤ (梁)沈约撰:《刘瑀传》,《宋书》卷四十二,中华书局2000年版,第859页。

⑥ (梁)沈约撰:《谢晦传》,《宋书》卷四十四,中华书局2000年版,第885页。

帝闻其美，召见奇之"①……《文心雕龙·时序》记述："自宋武爱文，文帝彬雅，秉文之德。孝武多才，英采云构。"此外，史籍中关于刘宋皇族热衷文艺的记载也有很多。宋文帝"博涉经史，善隶书"②；孝武帝"少机颖，神明爽发，读书七行俱下，才藻甚美"③；前废帝"少好读书，颇识古事，自造世祖诔及杂篇章，往往有辞采"④；明帝"好读书，爱文义，在藩时撰江左以来文章志，又续卫瓘所注论语二卷"⑤；宋孝武帝"好文章，天下悉以文采相尚"⑥。查阅《隋书·经籍志》，发现著录有关刘宋皇族文集的内容甚多，如《宋武帝集》十二卷、《宋文帝集》七卷、《宋长沙王刘道怜集》等。因而彭城刘氏是非常重视文学的，甚至将其作为整个氏族的家学传统，义庆作为刘家之"丰城""宗室之表"，经历了刘义隆的"元嘉之治"——在南朝百余年间，这是一个相对稳定的较为繁荣的时代，史述"氓庶蕃息，……凡百户之乡，有市之邑，歌谣舞蹈，触处成群，盖宋世之极盛也"⑦。加之彼时的学术文化出现了相对繁荣的局面，思想论争也比较活跃。刘义庆生活在这样一个良好的社会文化环境中，以其皇家亲王之贵，多方招致文学之士为宾幕，有可能也有能力广泛搜集魏晋士人的逸闻逸事、文坛佳话，生动地描绘当时的清谈之风和士人心态，活脱脱地在历史动态中展现魏晋时代的社会风情。其撰写《世说新语》，也应有家风的因素。

---

① （梁）沈约撰：《张敷传》，《宋书》卷四十六，中华书局 2000 年版，第 917 页。

② （梁）沈约撰：《文帝纪》，《宋书》卷五，中华书局 2000 年版，第 49 页。

③ （唐）李延寿撰：《孝武帝纪》，《南史》卷二，中华书局 2000 年版，第 35 页。

④ （梁）沈约撰：《前废帝纪》，《宋书》卷七，中华书局 2000 年版，第 97 页。

⑤ （唐）李延寿撰：《明帝纪》，《南史》卷三，中华书局 2000 年版，第 55 页。

⑥ （唐）李延寿撰：《王俭传》，《南史》卷二十二，中华书局 2000 年版，第 392 页。

⑦ （梁）沈约撰：《良吏传》，《宋书》卷九十二，中华书局 2000 年版，第 1505 页。

第二节　文献梳理与研究

《世说新语》之所以被后世史学家、文学家、哲学家、美学家等极为重视，甚至被部分研究者视为毕生学术研究之追求，正在于其内容所蕴含的强大知识底蕴。认真梳理《世说新语》在史书中的著录情况、成书之所依蓝本及注本的演变情况，有助于深入理解此书所具有的深层知识内涵。

一、史籍之著录

以"二十四史"为代表的纪传体史书，在中华文明史上占有极其重要的地位。自《汉书·艺文志》以来，文献往往被纳入史书中特定的部类，以昭示该文献特有的身份内涵。《世说新语》未见沈约《宋书》记载，直到唐代才有对其进行的专门著录，最早见于魏徵等人组织编撰的《隋书·经籍志》，被安放的位置是子部小说类。此后《旧唐书·经籍志》《新唐书·艺文志》《宋史·艺文志》这些史志目录大都也遵循不改。也即，《世说新语》属于子部"小说"。鉴于这些史志目录的权威身份，这一看法在很大程度上也就是传统社会的主流认识。需要说明的是，这里的"小说"并非现如今我们所讲之"小说"，据《汉书·艺文志》对小说家所下之定义，我们可将传统"小说"的特征归纳为两个方面：一是"小"，二是"说"。对于"小"的解释，一是"丛残小语""以作短书"[1]，这是相对于其他家的长篇宏论而言；二是"道理细小"，即《汉书·艺文志》所谓"虽小道必有可观"。《世说新语》之所以被历代史书纳入小说一类，应是其底蕴刚好符合古时对于"小说"内涵之理解。王能宪先生曾总结："'说'在《世说新语》书名中是占有核心地位的。而《世说》的'世'，便是人世，便是社会，便是'志人'，便是所谓

---

[1]（汉）桓谭著，吴则虞辑校：《桓谭〈新论〉》卷五，社会科学文献出版社2014年版，第75页。

'记人间事'。"①《世说新语》中所记人事，皆为魏晋时期真实人物身上发生的真实故事，因而称为"世"说。在此我们将"二十四史"中著录《世说新语》的内容加以列举，以分析记述此书信息变化的具体特征。

> 世说八卷，宋临川王刘义庆撰。世说十卷，刘孝标注。梁有俗说一卷，亡。（《隋书·经籍志》）
>
> 世说八卷，刘义庆撰。续世说十卷，刘孝标撰。小说十卷，刘义庆撰。（《旧唐书·经籍志》）
>
> 刘义庆世说八卷，又小说十卷，刘孝标续世说十卷。（《新唐书·艺文志》）
>
> 刘义庆世说新语三卷。（《宋史·艺文志》）

此外，成书于唐高宗显庆四年（659年）的《南史》本传中记载刘义庆"所著世说十卷，撰集林二百卷，并行于世"。可见，史籍中关于《世说新语》记载的变化主要体现在两方面：一是书名变化，二是卷帙变化。关于书名，《隋书·经籍志》《南史·刘义庆传》《旧唐书·经籍志》《新唐书·艺文志》皆称《世说》，《宋史·艺文志》则称为《世说新语》。关于这一点，学界已进行过深层探讨，大致结论为：《世说新语》原名为《世说》，后人称《世说新语》为《世说》，更加倾向于其用法之简便，然《隋志》诸书之著录，乃是遵从原名、存其旧貌之意。《世说新语》一称一般认为始于宋初，《宋史》成书于元末，故这样记述是具有合理性的。

关于卷帙，《世说新语》的版本流传，经过了几次大的变动。历代记载及现存传本颇为不一。卷帙有八卷、十卷、六卷、三卷等说法。其中，《隋志》及两《唐志》著录《世说新语》有八卷本和十卷本，十卷本既有著录为"刘孝标注"，也有著录为"刘孝标撰《续世语》"者。关于这一点，今人刘盼遂指出："《世说》临川王本，原为八卷，孝标作注，以其繁重，厘为十

---

① 王能宪：《世说新语研究》，江苏古籍出版社1992年版，第31页。

卷。"① 这种说法还是较为合理的，《唐志》是误以为刘注为刘续。八卷本和十卷本是《世说新语》的最早版本，然而这两种版本都已经亡佚。到了南宋绍兴八年（1138 年）的董弅刻本三卷三十六篇流行后，十卷本开始泯灭无传。《宋书》成书于元末，书中所载《世说新语》为三卷本，亦是具有合理性的。

二、成书之蓝本

通过研究我们发现，《世说新语》的成书受到了魏晋时期历史撰述的影响。瞿林东指出："魏晋南北朝时期，史学视野开阔，撰述多途，除记一代皇朝之史外，在民族史、地方史、家族史、人物传、域外史、史论、史注等许多方面，都有丰硕的成果。"② 此种围绕"撰史"而成之风气，深刻影响了《世说新语》的编撰。"刘孝标注《世说新语》，曾引用经史子集四部著作四百十四种，其中以史部著作二百八十四种为多。而在史部著作中有杂传一百四十三种，占史部著作半数以上。而杂史之中却有别传八十九种，又都是《隋书·经籍志》所没有著录的。……除此之外，并引用其他的杂传，如郡书、家传、类传、志异作品五十四种。"③ 纵观《世说新语》全书三十六门所依之蓝本，《魏晋世语》《名士传》《语林》《郭子》四本是极具代表性的书目。

先说郭颁的《魏晋世语》。该书至宋代亡佚，通过查阅现存佚文，发现其与《世说新语》存在内容上的传承关系。《三国志·三少帝纪》裴松之注："张璠、虞溥、郭颁皆晋之令史，……惟颁撰《魏晋世语》，……干宝、孙盛等多采其言以为《晋书》。"从《魏晋世语》的内容看，主要是记录魏晋时期与军政风云变幻相关的发生在重要人物身上的重要历史事件，其中记载了魏晋时期的文人士大夫因有感于汉末清议运动的失败而逐渐产生疏离政治中心的政治态度与精神面貌。士人们因思想派别不同而形成不同阵营，一部分

---

① 刘盼遂：《唐写本世说书跋尾》，《清华学报》1925 年第 2 期。
② 瞿林东：《中国史学史纲》，北京师范大学出版社 2010 年版，第 136 页。
③ 逯耀东：《魏晋史学的思想与社会基础》，中华书局 2006 年版，第 123—124 页。

讲究名教，一部分崇尚自然，这一全新的伦理精神动向受到郭颁的关注，亦影响了刘义庆。这样一来，《魏晋世语》所蕴含的士人们疏离政治、追求自我、崇尚自然的伦理精神便成为《世说新语》所要诠释的基本精神。清人叶德辉在《世说新语佚文》之序中提出刘孝标注常引《魏晋世语》与《世说新语》互证，因而得出"则临川此书或即以之为蓝本也"的结论。《魏晋世语》对《世说新语》将"反映社会精神之变迁"作为基本成书要义的选择起到了引领作用。此外，《魏晋世语》对于《世说新语》的成书体例也有一定影响。据王枝忠所言："《魏晋世语》所记均为作者生活时代之事，可谓是时人记时事。而《世说新语》除去极少数为西汉事外，均为汉末至东晋间事，也与生活时代极近。所以，前者与后者的渊源关系也不容忽视。"[①] 又因《魏晋世语》将裴松之《三国志·魏志·裴潜传》注文所提韩宣列入"名臣"之流，因而可证《魏晋世语》是按门类系事的，其中之一即为"名臣"。而《世说新语》也是按门类划分具体内容的，可见其在体例上是受郭颁做法影响的。

其次是袁宏的《名士传》。汉魏以来，谱牒学及名士传记的写作随着门阀士族力量的壮大及名士社会地位的提高得到了空前发展。《名士传》作为当时具有丰富故事性及文学性的代表作品，为人们所关注。该书将魏晋时期的名士作为表现主体，详细记述了士人们的言行逸事。《世说新语·文学94》"袁彦伯作《名士传》成"条注："宏以夏侯太初、何平叔、王辅嗣为正始名士，阮嗣宗……为竹林名士，裴叔则……为中朝名士。"刘孝标在为《世说新语》做注时，引用《名士传》之处颇多，具体如《世说新语·任诞11》"阮步兵丧母"条、《世说新语·文学69》"刘伶著《酒德颂》"条等。阮籍与刘伶均是魏晋之际名士的代表，而《名士传》影响《世说新语》之处，正是反映魏晋士人精神变迁的写作初衷。

《语林》于晋哀帝隆和年间（362—363 年）编撰完成，彼时清谈大师的卓越风姿及思想意趣仍影响着士人们的言行，但社会对清谈推崇之高峰已

---

① 王枝忠：《汉魏六朝小说史》，浙江古籍出版社 1997 年版，第 143—144 页。

过，此时对清谈者的风采给予客观评价有了可能。而《语林》作者裴启"少有风姿才气，好论古今人物"①，因而这一任务由他来完成是最合适不过的。檀道鸾在《续晋阳秋》中说："晋隆和中，河东裴启撰汉、魏以来迄于今时，言语应对之可称者，谓之《语林》。"②该书自问世后引起了很大反响，"裴郎作《语林》，始出，大为远近所传。时流年少，无不传写，各有一通"③，"时人多好其事，文遂流行"④。经过对比我们可以发现，在《语林》现存的180条佚文中，有一半以上均为《世说新语》所袭用，其文字多为记录魏晋士人卓越风姿及放旷才情的精彩片段，成为《世说新语》中的精华。如"子猷种竹"及"山阴遇雪"两则反映王徽之任诞放旷心态的故事，均为《世说新语》所取。没有被采用的，则由于有的内容缺乏故事性，有的带有怪异及游侠色彩，与《世说新语》反映魏晋士人之风采的初衷有所偏离。

最后是《郭子》。《晋书·郭澄之传》记载，《郭子》的作者郭澄之"少有才思，机敏过人。……刘裕引为相国参军。……所著文集行于世"。他生活在晋宋易代之际，是刘裕集团的重要成员。《郭子》中很多故事生动地反映了清谈活动的场面，从这些记述中，清谈活动的具体过程及人们对清谈的热衷均被清晰展现。此外，《郭子》书中还收录了许多反映魏晋时期精神变迁的，敢于同传统礼教相抗衡的新女性故事，这些内容均被收入《世说新语》。现存鲁迅辑《古小说钩沉》本《郭子》的八十四条佚文中，被《世说新语》收录的多达七十七条。

---

①（南朝宋）刘义庆著，（南朝梁）刘孝标注，余嘉锡笺疏：《世说新语笺疏》，中华书局2011年版，第236页。

②（南朝宋）刘义庆著，（南朝梁）刘孝标注，余嘉锡笺疏：《世说新语笺疏》，中华书局2011年版，第729页。

③（南朝宋）刘义庆著，（南朝梁）刘孝标注，余嘉锡笺疏：《世说新语笺疏》，中华书局2011年版，第236页。

④（南朝宋）刘义庆著，（南朝梁）刘孝标注，余嘉锡笺疏：《世说新语笺疏》，中华书局2011年版，第729页。

三、注本之演变

《世说新语》作为中国图书史上的一流著作，已问世的全校注本与选注本约有三十种之多，其中古代注本当属南朝梁人刘孝标所著最为有名。当代注本中最具学术性的首推余嘉锡的《世说新语笺疏》、杨勇的《世说新语校笺》、徐震堮的《世说新语校笺》和朱铸禹的《汇校集注世说新语》四种。其中，余嘉锡注释量大，注重史料疏证，极见研究功力，是公认的最佳注本；杨勇校多注少，有"体大思精"之誉，对于原文和刘孝标注文勤于比对，极有助于疏通理解；徐震堮注重语言文字疏通，极利于初学，且笺注得较详细，可补充《世说新语笺疏》之不足；朱铸禹最受称道的是收入了两位日本注家的注释，并将宋明清诸家评点置诸天头。兹据网上所见学人书友所论，四种注本以余嘉锡《世说新语笺疏》为最佳，因而这里主要梳理刘孝标注，并将余嘉锡注作为补充，为我们进一步了解《世说新语》打下基础。

大约在刘义庆《世说新语》成书五十余年后的南齐，此书已引起人们的注意，影响日渐扩大。最早为《世说新语》作注的是南朝齐人敬胤，他的注本已经亡佚，该注本今仅存五十一条，其中十三条无注。流传至今而最负盛名的旧注本，乃南朝梁人刘孝标的注本。周祖谟先生为其岳父余嘉锡《世说新语笺疏》所作的《前言》中指出："孝标博综群书，随文施注，所引经史杂著四百余种，诗赋杂文七十余种，可谓弘富；而且所引的书籍后代大都亡佚无存，所以清代的辑佚家莫不视为鸿宝。……敬胤注与刘孝标注全不相同，虽采录史书较详，而缺乏剪裁，除杂引史书外，间或对临川原作有所驳正。……敬胤原书早已亡佚，而刘孝标注独传至今，这或与孝标书晚出，且引据该洽，注释详密，剪裁得当有关。孝标的名声又高于敬胤，自不待言。今本孝标注几经传写，宋刻本已与唐写本不尽相同，疑其中也不免有敬胤按语夹杂在内。"①敬胤之《注》的始注之功不可没，它为刘孝标《注》的成功作了探索与铺垫。目前所见《世说新语》的重要版本都是刘注本，自问世以来，便极为后世所推崇，它与《世说新语》原书已经水乳交融，密不可分了。《四库全书总目提要》云："孝标所注特为典赡。高似孙《纬略》亟推之，其纠正义庆之纰缪，尤为精核。所引诸书，今已佚其十之九，惟赖是注以传。故与裴松之《三国志注》、郦道元《水经注》、李善《文选注》同为考证家所引据焉。"②

刘孝标（462—521年）生于刘宋末年，卒于萧梁中叶。《梁书》《南史》《北史》《魏书》《南齐书》均有其传。他为性刚直，不随众沉浮，因触怒梁高祖，一生不得志。博学多才，勤于撰著，一生著述颇丰。"《隋书·经籍志》著录其《汉书注》一百四十卷，《梁文德殿四部目录》四卷，《类苑》一百二十卷，《世说注》十卷等。除了《世说注》流传至今，其余均已亡佚。"③刘注征引经史百家之书，其典赡浩博，令人惊叹，其注引书达四五百种，注文字数已远远超出临川原文。正如王能宪先生所言，总的来说，孝标之注，择其大端，可归纳为以下特色"一是补充史料，发明文意"；"二是考订异说，纠驳原文"；"三是注明典实，疏释词语"；"四是先后互见，详略得当"④。

首先说第一个特点。刘孝标注虽以浩博著称，为临川《世说新语》补充了大量史料，然而它不是简单的材料堆砌，而是细端原文后依据真实史料对原文内容增广固实、阐发文意。这样，刘孝标的注文就不仅仅是对原文的注释，而是与原文紧密相关的有机组成部分。再说第二个特点。因为《世说新语》是采撷旧文纂辑而成的，材料来源十分广泛，书中人物、事迹难免有异说并存或疏失之处。孝标在注释之时，遇有异说则加以考订，遇

①（南朝宋）刘义庆著，（南朝梁）刘孝标注，余嘉锡笺疏：《世说新语笺疏》，中华书局2011年版，（前言）第1页。

②（清）纪昀总纂：《世说新语三卷》，《四库全书总目提要》卷一百四十，河北人民出版社2000年版，第3562页。

③王能宪：《世说新语研究》，江苏古籍出版社1992年版，第85页。

④王能宪：《世说新语研究》，江苏古籍出版社1992年版，第87—93页。

有疏失则加以纠驳。《世说新语·言语3》"孔融（文举）年十岁"条，原文为："韪曰：'小时了了，大未必佳。'文举曰：'想君小时，必当了了。'"刘注引《融别传》则有所不同："韪曰：'人小时了了者，长大未必能奇。'融应声曰：'即如所言，君之幼时，岂实慧乎？'"除此之外，孝标不仅罗列异说，还考订正误。刘知几《史通》曾多处肯定刘孝标注纠驳《世说新语》之纰缪，云："近者，宋临川王义庆著《世说新语》，上叙两汉、三国及晋中朝、江左事。刘峻注释，摘其瑕疵，伪迹昭然，理难文饰。"[①]凡义庆原文与史实不符或与情理相乖者皆为之纠正。接着是第三个特点。《世说新语》中所涉及的典故及引文很多，孝标均一一为其注明了出处。如《世说新语·言语31》"过江诸人"条，刘孝标注引《春秋传》以释"楚囚"一典。对诸如此类的用典进行一一解释，其实是很难的。尤其是文中有些用典已经化入文意，并非原文的直接引用，如果不是孝标的学识渊博，是没有办法解释得如此详尽准确的。除此之外，虽然孝标之注重在考订史实，对于字词的训诂较少，但对于一些方言俗语或是生僻的词语也会有所解释。孝标所生活的年代距离刘宋相去非远，因此他的训诂我们基本可以认定为准确的。如《世说新语·赏誉53》"胡毋彦国吐清言如屑"，刘孝标注曰："言谈之流，靡靡如解木出屑也。"最后说第四个特点。因为《世说新语》将数量庞杂的人物之逸事言行专设了门类，因而造成了前后人物重复的情况。如果将每个人物出现时都加以注释，那就太过庞杂，且没有任何意义。刘孝标在注释的时候采用了"互见"的方式，涉及人物事迹补充的，则大体以该人物在该则处于中心地位为准，如果别处再次出现这个人物的时候则标注"已见"字样。而某人物虽然是首次出现，但是并不占当则故事的中心地位时，则于后面该人物处于中心地位时再标注，在此处标明"别见"。这样一来，整个注文便详略得当非常清晰。这样的注释方法看似容易，其实需要标注者对通篇文章非常熟

---

① （唐）刘知几撰，（清）浦起龙通释：《史通》外篇卷十七，上海古籍出版社2015年版，第446页。

悉，并且在反复考虑权衡比较的基础上才能够做到。

孝标之注，材料极其丰富、见解十分精当，所据典籍大部分已散佚，因此许多珍贵史料赖其注而得以保留，且能纠正原本之误。孝标的注，公认体例和价值与裴松之《三国志注》相近，是后世研究《世说新语》时不可不读的经典古注。虽然其也存在一些诸如词语训诂较少、对《世说新语》所引典故有失注之处的问题，但与其成就相比，只不过是白璧微瑕而已。此外，1983 年，中华书局出版了余嘉锡的《世说新语笺疏》，此本系据余数十年来批校之笔记，经周祖谟、余淑宜先生整理而成。余氏自谓"一生所著甚多，于此最为劳瘁"①。书中采录近世诸家研究成果最多，如李慈铭、文廷式、程炎震、李审言、刘盼遂等，并加按语，考证得失。可以说此书是研究《世说新语》的集大成之作。周祖谟先生曾总结该书的特色，云："笺疏内容极为广泛，但重点不在训释文字，而主要注重考案史实。对《世说》原作和刘孝标注所说的人物事迹，一一寻检史籍，考核异同；对原书不备的，略为增补，以广异闻；对事乖情理的，则有所评论，以明是非。"②1984 年，中华书局又出版了徐震堮的《世说新语校笺》。徐书的特点，主要在于对《世说新语》中一些难于理解的语词进行了训释疏解，同时又以史籍为基础与本书考核异同，书后附录《世说新语词语简释》，对于初学者极有帮助，故此本与余嘉锡本相得益彰。

---

① （南朝宋）刘义庆著，（南朝梁）刘孝标注，余嘉锡笺疏：《世说新语笺疏》，中华书局 2011 年版，（前言）第 3 页。

② （南朝宋）刘义庆著，（南朝梁）刘孝标注，余嘉锡笺疏：《世说新语笺疏》，中华书局 2011 年版，（前言）第 3 页。

· 第 二 章 ·
《世说新语》：魏晋的时代缩影

如前所述，《世说新语》所记上自西汉、下至南朝宋初，绝大部分内容是描述魏晋士人的言行逸事，可谓魏晋时代的缩影。正如李泽厚先生所言："魏晋在中国历史上是一个重大的变化时期，无论经济、政治、军事、文化和整个意识形态，包括哲学、宗教、文艺等，都经历了转折。这是继先秦之后第二次社会形态的变异所带来的。"① 这是中国先秦诸子以后的哲学时代，是弥漫着最多悲剧、演绎着跌宕起伏的命运变奏曲的时代：八王之乱、民族纷争、南北分裂，使王朝更迭频繁，百姓生活困苦；封建统治秩序在政治纷争中受到威胁，中央集权渐趋松动，门阀士族地位不断提升；受战乱影响，中国境内外汉族与其他部族迁徙不断，民族文化渐趋融合；旧礼教的崩溃，使得儒学的思想统治地位受到威胁，虽然仍旧具有作为主流价值导向的思想惯性，但其与玄、佛会通的趋势渐趋明朗。汤一介先生曾说："一部《世说新语》记载着当时名士的言行，是他们代表着时代精神，表现着魏晋哲学的风貌。"② 在《世说新语》的文本中，我们随处可见对于魏晋时代特征或直接或间接的反映，称其为魏晋时代"风流之宝鉴"一点不为过。

第一节　王朝更迭，政荒民弊

中国历史上的魏晋时期，我们以公元 220 年三国魏文帝曹丕称帝为开

---

① 李泽厚：《美的历程》，生活·读书·新知三联书店 2009 年版，第 88 页。
② 汤一介：《郭象与魏晋玄学》，中国人民大学出版社 2016 年版，第 77 页。

始的标志，以公元 420 年刘裕废晋恭帝自立，建国宋，定都建康为结束的标志，共有 200 年的历史。这二百余年在中国有文献记载的历史上并不算长，却是朝代更迭最为频繁的时期。长期以来，"有人把魏晋时期看作是中国历史上的黑暗时代，认为它一团漆黑，社会经济停滞不前"①。曹操在《嵩里行》中描述的"白骨露于野，千里无鸡鸣。生民百遗一，念之断人肠"的悲惨、悲凉、悲苦景象，在世人的眼前挥之不去。这一时期是由治到乱，又从乱到统一的过程。这是一个充斥着征战、血泪的时代，《世说新语》中多处留有表述彼时国家状况的对话及故事：

> 孙皓问丞相陆凯曰："卿一宗在朝有几人？"陆曰："二相、五侯，将军十余人。"皓曰："盛哉！"陆曰："君贤臣忠，国之盛也；父慈子孝，家之盛也。今政荒民弊，覆亡是惧，臣何敢言盛。"（《世说新语·规箴5》）

孙皓是三国吴孙权之孙，孙亮死后，立为吴主，在位十七年。晋灭吴，降晋，封归命侯。陆凯是吴末帝孙皓的左丞相，凯忠直敢言，故有此谏。"政荒民弊"四个字，道尽彼时国之将倾的悲哀。又如：

> 郗太尉拜司空，语同坐曰："平生意不在多，值世故纷纭，遂至台鼎。朱博翰音，实愧于怀。"（《世说新语·言语38》）

这里的"郗太尉"，指的是东晋成帝时任太尉的郗鉴，他少年时孤贫，但博览经籍、躬耕吟咏，以清节儒雅著名，不应朝廷辟名。晋惠帝时曾为太子中舍人、中书侍郎。永嘉之乱，聚众避难于峄山。其后被琅邪王司马睿授为兖州刺史。参与讨平王敦之乱、苏峻之乱，并与王导、卞壶等同受遗诏辅晋成帝。他强调的"世故纷纭"，是彼时朝代更迭频繁的高度概括。

魏晋时期，在我国南北大地上，先后有二十一个汉族或其他部族占统

---

① 王仲荦：《魏晋南北朝史》，上海人民出版社 2016 年版，（序言）第 5 页。

治地位的王朝政权更迭嬗递——从 220 年曹丕代汉称帝，到 280 年晋武帝灭亡东吴，那是中国历史上"三国鼎立"时期，为时 60 年。继起的西晋王朝只存在了短短的半个世纪，316 年西晋灭亡后，晋室南渡，建立起了东晋王朝，而在北方由汉族和匈奴、鲜卑、羯、氐、羌等其他部族建立的成汉、前赵、后赵、前燕、前秦、前凉、后燕、后秦、西秦、后凉、南燕、南凉、北凉、西凉、夏和北燕等十六个政权，此时仅中国北方便出现了三次分裂三次统一。这一时期战乱频仍，官渡之战、夷陵之战、淝水之战以及西晋灭吴之战，诸如此类战争不胜枚举。政权的统治时间，长的达百年以上，短的不过一二十年。真正意义上的统一实际上只有西晋初期的 21 年——280 年司马氏灭吴至 301 年"八王之乱"的爆发。尽管如此，西晋王朝亦不曾恢复东汉鼎盛时期的政治版图。西晋之前，三国鼎立；西晋之后，东晋与北方十六国南北对立。长江、黄河两大流域始终被不同政权所管辖。其中黄河流域始终存在两个以上政权。对立政权之间或欲统一全国，或全力争夺势力范围，导致魏晋时期群雄角逐，战乱不已，政治风云，变幻莫测。有鉴于秦汉的长期统一及春秋战国以来儒家的"大一统"理念，魏晋时期各民族政权虽然旋起旋灭，但大多向往大一统局面，因而各政权均将消灭其他政权作为责任。在条件允许的情况下，多次发动兼并战争。"在政局或南北分裂或东西对峙或地区割据的长期影响下，即便在同一政权的内部，也有着明显的地区军事割据倾向，既造成了中央与地方的争衡、内外的对抗，也进一步加深了魏晋时期大分裂局面下的地区割据与对抗倾向。"①

封建政权更迭频繁，割据因素加剧，民族关系复杂，又导致了其具有长期战乱的特征。根据大略统计，这一时期共发生较大规模的战争约 300次。在频繁的战乱过程中，生产遭到严重破坏，粮食供应极端困难，人民的饥饿窘状可想而知。《世说新语》中记载了一则郗鉴吐饭的故事：

---

① 胡阿祥：《六朝文化研究刍议》，《东南文化》2009 年第 1 期。

郗公值永嘉丧乱，在乡里，甚穷馁。乡人以公名德，传共饴之。公常携兄子迈及外生周翼二小儿往食，乡人曰："各自饥困，以君之贤，欲共济君耳，恐不能兼有所存。"公于是独往食，辄含饭著两颊边，还，吐与二儿。后并得存，同过江。（《世说新语·德行24》）

永嘉末年，天下大乱，饥馑相望，冠带以下，皆割己之资供鉴。彼时庶民流离、士族南奔，官拜中书侍郎的郗鉴回到山东老家，吃饭都成了问题，他尚且如此，更何况普通百姓。长年的战乱使得社会危机日益加深，百姓无法生存，结果必然导致其背井离乡去流亡。东汉末年仅见于记载的逃亡民户，先后共达三百余万口。人民大量死于战乱、流离、灾荒和疫疾，所谓"名都空而不居，百里绝而无民者，不可胜数"①，甚至造成"千里无人烟""白骨蔽平原"的悲惨景象。西晋"八王之乱""永嘉之乱"以及其他部族贵族的反晋斗争，时间长达三十余年，其主战场在北方，使黄河流域的社会生产遭到空前的破坏，造成"千里无烟爨之气，华夏无冠带之人，自天地开辟，书籍所载，大乱之极未有若兹者也"②。在长期战乱的摧残下，最受苦的是下层民众。为躲避兵祸、饥荒和死亡的威胁，他们被迫四处流徙，形成了西晋末年长时间的流民浪潮。据估计，各地流徙总人数大约有30万户，150多万口，实际流徙人数要更多。人口的大量流徙，对于以农业生产为主的社会是一场巨大的灾难。史称："自永嘉丧乱，百姓流亡，中原萧条，千里无烟，饥寒流陨，相继沟壑。"③刘琨在上表中记他亲眼所见，曰："目睹困乏，流移四散，十不存二，携老扶弱，不绝于路。"又说："及其在者，鬻

①（宋）范晔撰，（唐）李贤等注：《仲长统传》，《后汉书》卷四十九，中华书局2000年版，第1113页。

②（唐）房玄龄等撰：《虞预传》，《晋书》卷八十二，中华书局2000年版，第1430页。

③（唐）房玄龄等撰：《慕容皝载记》，《晋书》卷一十九，中华书局2000年版，第1886页。

卖妻子，生相捐弃。死亡委危，白骨横野，哀呼之声，感伤和气。"①可见无论流亡或未流亡的民户，在战乱中同样在死亡线上挣扎，其生活痛苦至极。十六国时期，北方长时间陷入分裂，除战乱不已外，民族仇杀亦掺杂其中，破坏性尤剧。只有在北魏统一北方之后，政治形势稳定，社会经济逐渐恢复，人民在战乱中的悲惨生活才开始有了转机。南方地区自晋氏南迁后，大小战乱不曾断绝，社会经济遭受严重破坏。

战争给人民群众的生活带来极大的影响。首先，参战双方因战争而消耗大量人力财力，加重了对民众的剥削。魏晋时期人民服役时限，比两汉和隋唐都要长，而且经常征妇女服役。其次，战争造成大量民众伤亡，劳动群众的生命受到威胁，因而削弱了社会生产力。再次，大的持续时间较长的战争使社会秩序混乱，部分军队烧杀抢掠，奸淫妇女，无恶不作，农民无法进行正常生产。最后，战争带来灾荒及疫疾，战乱中的政府无力接济百姓。所有这一切，使得在战乱中，城市被毁灭，田园被荒芜，广大人民群众战死、饿死、病死，或被迫四处流散，大批劳动力和土地分离，使农业生产遭受严重破坏，粮食供应奇缺。军队用人肉作军粮，或将领鼓励战士勇敢作战，以俘虏充饥，在历史上是罕见现象。

第二节　皇权衰微，门阀林立

魏晋时期战乱频仍，严重破坏了社会经济的发展，这种纷乱使得"普天之下莫非王土"的局面被大肆冲击，皇权必然无法得到有效维护。由于诸国的分立，各个国家的君主都宣称自己是天命所归，导致皇帝称号出现了"多贱寡贵"的现象，皇权变得不那么神圣了。面对纷乱的时事，没有足够强大的中央王朝解决乱局，这种宣扬天命的行为不过是徒劳无功，皇帝的权

---

①（唐）房玄龄等撰：《刘琨传》，《晋书》卷六十二，中华书局2000年版，第1112页。

威开始变得有限。随着皇权的弱化，社会阶级分化变得复杂。"由于宗法封建性大土地所有制的发展而引起的生产关系的变革，加之按照家族系统分配政治、经济权利而出现的门阀政治，以及民族矛盾和各种社会矛盾的剧烈运动而造成的动荡、对峙、分裂局面，使得这一时期的等级性、宗法性、民族性、宗教性特征尤为强烈与明显。"① 以宗法性与等级性为内核的门阀世族地位不断提高，进一步削弱了皇帝的权威。

在魏晋时期，皇权的衰微与门阀士族的崛起基本是同时进行的。门阀制度的形成是一个历史过程。西汉武帝时期提倡经学入仕制度，通过这一制度，培养了一批累世经学的官僚豪族，这部分豪族构成了两汉宗族势力之主流。东汉时期，通过察举和征辟成功获得官职的士人成为举主与府主的门生故吏。他们为了功名利禄，不惜趋炎附势，贿赂官僚，于是成为大官僚政治集团中的重要分子。这样一来，由地方性势力发展起来的贵族阶层——士族逐渐形成。他们经济实力雄厚，文化资源颇丰，所统驭的依附者在必要时可直接转化为独立军事力量。士族们积极入仕，参与国家政治活动以维护家族权益。士族之间又通过通婚相互结盟，力量不断巩固和扩大。这些人的门生故吏遍布天下，又是士大夫的领袖，所以东汉时期选仕首先要看族姓阀阅，因此门阀大族的子弟在察举中得到特殊照顾，甚至当朝外戚与宦官都要同他们联合与周旋。然而士族权力并不是从皇权派生的，它来源于自身的实力。在战乱的时代，由于中央失去对地方的控制，国家处于涣散无力的状态，皇权必然遭到削弱。世家大族虽然同样不能避免战乱的影响，但为了自保，宗族内部的凝聚力却会加强。因此，相较于皇权，其实力反而显得更加强大，独立于皇权的作用也变得更加突出。到了东汉中后期，士大夫阶层、外戚集团及宦官集团甚至是同时存在的。值得注意的是，宦官受到皇帝的信用，是因为他们被皇帝视为家奴，所以尽管在极端情况下也会出现宦官集团操纵皇帝的现象，但说到底，它的权力是皇权的延伸，或者说是一种皇

---

① 胡阿祥：《六朝文化研究刍议》，《东南文化》2009 年第 1 期。

权的变异形态。而士大夫则发展为传统政权中不依附于皇权的重要力量，东汉以来士族势力的不断发展，使这一阶层更为重视自身在国家权力结构中的作用。当皇帝或其他皇权代表试图借助宦官控制国家权力，甚至通过他们卖官鬻爵聚敛财富，这在士大夫看来，既是对自身合法权益的侵犯，亦从根本上破坏了国家的政治与伦理秩序，因此他们经常带着轻蔑和仇视反对宦官干政，这种斗争说到底是士大夫阶层与皇权相抗衡的表现形式。这一时期，士族已基本垄断了地方政权，拥有了地方州郡的统治权，并不乏世代为朝廷公卿的显贵家族。《世说新语》中对于这种盛况空前的家族地位有所描写：

> 孙皓问丞相陆凯曰："卿一宗在朝有几人？"陆曰："二相、五侯，将军十余人。"皓曰："盛哉！"（《世说新语・规箴5》）

陆氏一门，在朝者竟有十余人，其宗族不可谓不"盛"。陆氏家族在三国吴郡是著名的四大姓之一，彼时有"张文，朱武，陆忠，顾厚"之说，四姓均盛极于吴郡。①甚至部分史学家认为，彼时东吴迁都秣陵，正是基于缓解吴郡大族压力之考虑。南方如此，北方大族受人崇敬之况也并不少见：

> 南阳宗世林，魏武同时，而甚薄其为人，不与之交。及魏武作司空，总揽朝政，从容问宗曰："可以交未？"答曰："松柏之志犹存。"世林既以忤旨见疏，位不配德。文帝兄弟每造其门，皆独拜于床下。其见礼如此。（《世说新语・方正2》）

曹操这位"乱世奸雄"，虽然对宗承是有所不满的，然而却也对其有所忌惮，主要即因为宗承家世背景显赫。余英时先生曾指出，士大夫的群体自觉是自东汉末年开始出现的，"惟自觉云者，区别人己之谓也，人己之对立愈显，则自觉之意识亦愈强"②。随着与宦官集团冲突的愈演愈烈，士大夫阶

---

① （南朝宋）刘义庆著，（南朝梁）刘孝标注，余嘉锡笺疏：《世说新语笺疏》，中华书局 2011 年版，第 381 页。

② 余英时：《士与中国文化》，上海人民出版社 2003 年版，第 251 页。

层开始意识到自身的特殊性——作为特殊社会阶层，他们始终坚持并维护自身之政治理想与政治利益。需要强调的是，当士大夫群体依据自觉意识从事政治活动之时，亦是其与皇权在某种意义上相背离之时。这一阶层的领袖虽依然肯定皇权的主体地位，然并不承认自身与其之间的依附关系。后来士族权力与皇权成为并行权力的政治结构也由此初见端倪。东汉末年社会动乱不安，在此期间士大夫群体非常活跃，三国政权的建立，与其此时的政治活动不无关联。由于曹操出身于宦官家族并不被士大夫阶层所尊重，故而一再发布"唯才是举"的求贤令，然而他是尊重士大夫阶层所提倡的道德标准的，对名士也是求贤若渴。曹操去世后，曹丕接受了陈群之建议，实行"九品中正制"的选官制度，事实上是从国家层面对世家大族特殊政治地位的一种承认。自魏晋政权更迭后，世家大族具有了政治上世代为官、经济上免除徭役的特权，门阀士族渐趋形成。西晋虽沿用"九品中正制"进行选官，然其将所评对象的封爵与官位作为主要考核标准，造成了"上品无寒门，下品无士族"局面的出现。因此非但没有改变世家大族垄断入仕的局面，反而成了巩固士族力量的工具。此后，等级森严、世代相沿的门阀士族占据了政治舞台的中心，门阀时代的序幕就此拉开，到东晋进入鼎盛时期。田余庆先生甚至认为，真正意义上的"门阀政治"仅仅存在于东晋，那"是士族与皇权的共治，是一种在特定条件下出现的皇权政治的变态"①。东晋政权就是在流亡江南的门阀士族拥戴下建立起来的。彼时在统治阶级内部存在着错综复杂的矛盾，甚至出现虚君共和、士族执政、"王与马共天下"的一种过去没有过的皇权与士族权力平行存在、相互制衡的政治局面。《世说新语·言语》"顾司空未知名皇"条刘孝标注引邓粲《晋纪》云：

> 导与元帝有布衣之好。知中国将乱，劝帝渡江，求为安东司马，政皆决之，号"仲父"。（《世说新语·言语33》）

---

① 田余庆：《东晋门阀政治》，北京大学出版社2005年版，第1—2页。

晋元帝曾对王敦说："吾与卿及茂弘当管鲍之交"[①]，茂弘即王导，是东晋名相。王家原是北方乔迁世家大族，为琅琊境内势力最大的宗族。西晋末年中原陷于战乱，建邺的司马睿在晋宗室中原来的名望有限，且没有一套现成的权力机制可以供他操持，调和南北方士族的矛盾，笼络人心，主要是靠政治经验丰富且家族势力壮盛的王导。至东晋王朝建立，王导在内主持中枢，其从兄王敦在外统率军队，王家所拥有的实际权力绝不在皇室之下。且看《世说新语》中的表述：

> 元帝正会，引王丞相登御床，王公固辞，中宗引之弥苦。王公曰："使太阳与万物同晖，臣何以瞻仰！"（《世说新语·宠礼 1》）

这一事件不能单纯理解为皇帝对大臣的"宠礼"，它实际表明了王导及他所代表的世家大族真实的政治地位。彼时的皇权虽然仍占主导，然而其并不能忽视士家大族的权力地位。究其原因，正在于与官僚权力派生于皇权不同，士族特权建立在自身雄厚力量的基础之上。

> 元帝始过江，谓顾骠骑曰："寄人国土，心常怀惭。"（《世说新语·言语 29》）

这一条涉及东晋建立与江东士族的关系。江东士族兴起于三国东吴，在西晋灭吴之后，江东士族作为"亡国之余"，本来是被北方士族看不起的，但到了中原丧乱，北方人试图在南方重建晋朝时，却不得不借助江东士族的力量。在这段对话中，司马睿所谓的"寄人国土，心常怀惭"，表明他承认江东虽是晋王朝统治下的土地，但在某种意义上，它真正的主人仍是自孙吴遗存的当地世家大族。总的来说，西晋时期以至东晋，门阀世族的统治不断强化，社会地位非常稳固。政治上的这种独占性，使其成为其他社会阶层的

---

①（唐）房玄龄等撰：《王敦传》，《晋书》卷九十八，中华书局 2000 年版，第 1707 页。

觊觎对象，后者力图挤进门阀士族的行列以提高自身社会地位。直至南朝以降，门阀世族的政治地位才有所下落，寒门庶族才开始崛起。

第三节　民族迁徙，文化融合

魏晋时期是我国历史上人口大流动、民族交往不断加深、文化融合不断加剧的年代。中国境内汉族与其他部族的关系，经历了由相互独立到逐渐融合的复杂过程。不仅如此，内迁各族之间、留在塞外的各族之间也在相互融合，而且各族之间还出现了合而再分、分而复合、交叉融合的现象。民族的融合自然会带来各族文化的相互融合，这一时期的文化发展在中国历史上具有举足轻重的地位。

魏晋时期四周边民南下北上、东进西出，迁徙频繁，民族融合不断加剧。西汉及东汉政权与北方草原的游牧民族匈奴等反复交战，匈奴、鲜卑、羯、羌、氐等部族主动或被动、集中或分散，从边境向中原靠拢。到了三国时期，由于东汉末年的战乱，北方汉族人口迅速减少，此时其他部族向内迁徙的趋势已成定局。西晋灭亡后，匈奴、羯、鲜卑、氐、羌等各部族在北方纷纷建立政权。然而前秦苻坚在南征东晋时，于淝水之战惨败。其后各族于关东及空虚的关中叛变，加上东晋北伐，前秦全面崩溃，北方再度混乱。《世说新语》"康帝会群臣"一条记载：

> 何次道、庾季坚二人并为元辅。成帝初崩，于时嗣君未定。何欲立嗣子，庾及朝议以外寇方强，嗣子冲幼，乃立康帝。（《世说新语·方正41》）

庾冰所言"外寇方强"，嫡长子年幼，于是立康帝，正出于对东晋偏居江左，长江以北内迁诸族实力强大，与晋成对峙局面，必须加以警惕的考虑。当时，有一千一百余万其他部族人口融入汉族。东汉末和西晋末北方两次大批人口流居江淮之南，其中仅永嘉之乱以后一段时间内便有五十余万人，甚至出现"关中之人百余万口，率其少多，戎狄居半"①的局面。这样大规模的其他部族与汉族在全国范围内的大流徙，在历史上实属罕见，对于我国民族关系及文化发展的影响是极其深远的。随后，于北方草原常年游牧的鲜卑拓跋部趁其他各部衰弱之际迅速南下，建立北魏，统一北方。十六国、北魏形成魏晋时期两个前后相继的民族融合高潮。

由于魏晋时期的民族融合主要发生在汉族传统聚居地，汉族人口在总数上多于其他部族，根基深厚的汉族传统文化对其他部族具有强烈的影响力与吸引力，因此大体上讲，民族融合的主流是其他部族的汉化，主要反映在三个方面：第一，其他部族统治者与汉族地主于政治上相互联合，改用汉制，崇尚儒学；第二，诸族之语言差异慢慢消失，汉语成为绝大部分内迁各族的通用语；第三，姓氏、服饰、礼仪等生活习俗方面的民族特点逐渐消失，人们开始杂居通婚，于血统之上混为一体。南方则表现为逐渐迁入的北方汉族与原南方汉族及其他少数民族的自然与强制融合。《世说新语》中写道：

> 郝隆为桓公南蛮参军。三月三日会，作诗，不能者罚酒三升。隆初以不能受罚，既饮，揽笔便作一句云："娵隅跃清池。"桓问："娵隅是何物？"答曰："蛮名鱼为娵隅。"桓公曰："作诗何以作蛮语？"（《世说新语·排调35》）

从这段对话中可以看出，东晋也有使用内迁诸族语言的习惯。东晋王导拜扬州刺史时，宾客数百人中有胡人，导特到胡人前用胡语褒誉胡人，"群胡同笑，四坐并欢"②。应该说，魏晋时期民族融合的程度和范围是空前的。匈奴、羯、氐、羌、鲜卑等部族部分地实现了"汉化"，成了民族共同

---

① （唐）房玄龄等撰：《江统传》，《晋书》卷五十六，中华书局2000年版，第1016页。

② （南朝宋）刘义庆著，（南朝梁）刘孝标注，余嘉锡笺疏：《世说新语笺疏》，中华书局2011年版，第154页。

体的一分子。然而民族融合是双向的，彼时的"汉化"和"胡化"往往是同时存在的。由于政权频繁更迭、统治中心不断转移，以及随之而来的强制性人口大迁徙，不仅改变着民族布局，也促进各族人民在广泛杂居条件下的文化交流，文化融合不断加剧。这一时期形成的各具特色的多元文化成果，居于彼时世界文化的前列，与历史上我国其他"治世"相比亦毫不逊色。内迁诸族畜牧业的品种、技术乃至农牧产品传入中原，尤其是胡服、胡饼、胡床的传入，深受汉族人欢迎。东晋的王导喜欢吃奶酪，《世说新语》中记载：

> 陆太尉诣王丞相，王公食以酪。陆还遂病。明日与王笺云："昨食酪小过，通夜委顿。民虽吴人，几为伧鬼。"（《世说新语·排调10》）

奶酪这种食物是魏晋时期内迁诸族与汉族融合的产物，三国时期，食用奶酪开始在上流社会流行，吃食奶酪在当时是北方人的饮食习惯，这里实际是用"伧鬼"来嘲弄王导这个南渡的北方人。再如，中国人本吃麦饭，不食饼、不食粉食，饼、面包（馒头）是由中亚经胡人逐渐传入中原的。胡床自十六国以后，自北而南，广为流行，促使高足家具出现，改变了过去席地而坐的习惯。此外，在语言、文字、艺术等方面，胡语、胡歌、胡乐、胡舞、胡戏对中原文化的影响也极为深远。事实上，这一时期各族的相互融合正是对同质文化体系中不同民族伦理文化的认同，这种融合属于"地方性的多民族的统一"①。对此，白寿彝先生解释说："我们习惯上认为，魏晋南北朝是个分裂时期。而多民族的统一的提法是一个历史的概念，经过长期发展的过程，过去历史上的分裂往往是为进一步的统一作准备。"②民族作为一种动态的历史文化共同体，并没有明确的边界，聚合和分化是民族形成与演化的基本规律。魏晋时期民族多元，民族融合的程度和范围均是空前的，各族

---

① 白寿彝：《白寿彝民族宗教论集》，北京师范大学出版社1992年版，第11—12页。

② 白寿彝：《白寿彝民族宗教论集》，北京师范大学出版社1992年版，第11—12页。

之间通过政治联盟、册封盟约、朝贡回赐、和亲联姻、因俗而治、经济互惠、"恩泽教化"等方式，形成了相互依存、共同发展的关系。

总体上看，魏晋时期的民族融合有"汉化"，也有"胡化"，但不是简单的民族同化，而是你中有我、我中有你的并存式发展。其总特征则是融合性，包括民族血统上的融合和思想文化上的融合。各民族的大融合不仅改造了汉族文化，也改造了少数民族文化，对他们产生了深远影响。彼时各族人民的思想较为开放，原先的封闭状态被打破了。基于对汉族文化的认同，内迁各族不断调整自身的文化形态以迎合汉族文明，汉族对内迁各族文化则表现出了一种包容和吸取的积极精神，从政治制度、经济生活、礼制风俗、道德准则、学术思想等各方面，对各族文化兼收并蓄、包罗宏富，取其精华，去其糟粕。在此基础上，民族融合的程度不断加深，各族文化不断发展。因而这一时期是我国历史上又一个百家争鸣的时代：民族融合带来了物质和精神文化的大交流，玄学、佛学、儒学以致法家、名家相互争胜又相互吸收，引起思想文化上的繁荣；各种科学技术、宗教、历史地理、文学艺术、音乐舞蹈、书法绘画、雕刻塑像，均有空前的发展，标志着这是一个政治社会和文学艺术开放型的时代。白寿彝先生在谈及我国民族关系的主流时强调："尽管民族之间好一段、歹一段，但总而言之，是许多民族共同创造了我们的历史，各民族共同努力，不断地把中国历史推向前进。"① 魏晋时期的汉族文化不断消化吸收各族文化之优长，丰富了自身的内容。同时，汉族文化在此过程中亦充分传播，不断得到整合与扩展，从而推动中华文化的发展进程。

---

① 白寿彝：《关于中国民族关系史上的几个问题》，《北京师范大学学报》1981 年第 6 期。

第四节 儒学式微，玄学兴起

魏晋时期，用于维护封建统治秩序的儒学逐渐式微。根本原因在于时局的动荡和儒学自身在东汉末年表现出的流弊。当然，太学的荒废，选官的不公，道德的沦丧，信任的危机等，也是不可忽视的外因。然而正如骆玉明先生所说："儒学并没有从社会政治生活中退出，儒学的某些内容（如关于'礼'的探究）受重视的程度甚至超过前代。但它的独尊性的权威地位已不复存在。自东汉后期以来，在对儒家经典加以重新阐释的同时，老庄学说不断兴盛，佛教思想流布日广，两汉时期形成的儒术独尊的旧文化格局被打破，代之以援道入儒，佛玄双流，乃至儒释道三家相互融摄、协调发展的新的文化格局，从而成为隋唐和隋唐以后中国传统文化发展演变的基本趋势。魏晋时期成为自春秋战国以后又一个思想解放、异说并存的时代，因而也是思想史上创获尤其丰富的时代。"①

汤用彤先生在《王弼之〈周易〉〈论语〉新义》一文中说："汉魏之际，中华学术大变。然经术之变为玄谈，非若风雨之骤至，乃渐靡使之然。"② 两汉的学术思想走出"独尊儒术"这一步，自然有其现实的理由。儒家之学历来重视经典，记录、阐释儒家经典的学问被称为经学。汉武帝"罢黜百家"致使经学成为汉代意识形态的重要组成部分。汉代经学有今古文之分，占据统治地位的是今文经学③，是为官学。儒家思想在意识形态领域占据统治地位的历史时代，经学在很大程度上影响着国家的政治经济政策，直接关系着思想、学术的发展。面对两汉交替之际日益尖锐的社会矛盾，经学家们束手无策，统治阶级亦然。于是他们将希望寄托于"天"。当时的统治权威以今

---

① 骆玉明：《魏晋的〈世说新语〉为什么不可复制》，《意林文汇》2020 年第 7 期。
② 汤用彤：《魏晋玄学论稿》，上海人民出版社 2015 年版，第 69 页。
③ 汉初并未有"今文经学""古文经学"的名称，将这两种经学加以区分，是西汉晚期的事情，这里为了叙述方便，直接将西汉时的经学称为"今文经学"。

文经学为其立身行事的指导思想，于是，经学中便混合了阴阳五行观念，并且夹杂谶纬思想。经学受当权派重视，以入世为己任的儒生们自然不会放过这个机会。同时，又因为恢复儒家典籍本身之需要，使得学者孜孜于解经注经工作，掀起了经学之洪流。然而今文经学的弊端也日渐暴露。问题首先在于，学者一味将阴阳五行、谶纬等观念附会于经，强说其理，结果不仅造成对儒家经典的解释支离蔓延，且亦趋荒诞。此外，注经运动盲目发展，其恶果是烦琐到"一经说至百余万音，大师众至千余人"[1]，"说五字之文，至于二三万言"[2]。经学本身面目因而支离破碎。如此一来，不仅儒家根本义理被歪曲，亦背离了经学研究之本旨，今文经学遂为人所厌弃。有学者以"今文经学的动脉硬化"来形容这种状况，可谓形象至极。今文经学弊端暴露之后遭遇了诸多批判，许多学者因为不能容忍今文经学的虚妄怪诞之说，对其展开了口诛笔伐。面对今文经学的危机，又有经学家发起"古文经学"以抵制今文经学的烦琐虚妄。古文经学更重义理，举大义而不为章句，训诂简明而不架空臆造。随着古文经学之肇兴，儒学反求本义之精神的发挥，谶纬思想、阴阳五行观念被剔除出经学，等于儒学实用性的削弱。对统治者来说，既然经学本来所具有的实用价值已丧失，则他们对经学的热情自然降温。统治者对经学的兴趣降低，意味着经学不再是仕宦之路，无疑也会影响那些准备入仕之人对经学的兴趣。从而，儒学的式微不期而至。

　　经学的变化乃汉代儒学式微的重要表现之一，经学之外儒家伦理规范对汉代尤其是东汉社会也有支配性影响。时人不仅在日常生活中遵循儒家道德准则，且在政治方面亦以其为依据。东汉察举征辟制度即取儒家所崇尚之价值据以选拔人才。因此，所谓某种程度上的"儒学式微"，亦可透过其时选举制度方面显现的问题以见。两汉时期，士人们走的是"通经出仕"之

---

①（汉）班固撰，（唐）颜师古注：《儒林传》，《汉书》卷八十八，中华书局2000年版，第2084页。

②（汉）班固撰，（唐）颜师古注：《艺文志》，《汉书》卷三十，中华书局2000年版，第1365页。

路，经学成为利禄之阶。在选拔人才方面，东汉奉行察举征辟制。这种制度建基于候选人的名声，尤其是乡里对此人之评价，评价标准则落在一些儒家道德准则和伦理规范上。按通行说法，即以名教为准据。在这种情形下，那些怀有入仕愿望的人，不得不想尽办法迎合这种价值取向。于是东汉的士子争相投靠名士名吏求为弟子，作为以后飞黄腾达的门径。而名士为提高声誉扩充实力，也大量收取弟子，弟子们对领袖人物"趋死不避"。《世说新语》中对此有很多论述，例如：

> 李元礼风格秀整，高自标持，欲以天下名教是非为己任。后进之士，有升其堂者，皆以为登龙门。（《世说新语·德行4》）

东汉末清议领袖人物李膺被士子尊为天下楷模，太学生争趋门下。以至于"驯至东汉，其风益盛。盖当时荐举征辟，必采名誉，故凡可以得名者，必全力赴之"[1]。求名者愈多，难免有人采取一些手段以达到被征辟的目的。比如矫饰虚伪、交结朋党、彼此标榜等。桓灵时民谣描述如下："举秀才，不知书，举孝廉，父别居，寒素清白浊如泥，高第良将怯如鸡。"[2] 这样一来，就必然导致名不副实现象的出现。葛洪《抱朴子》中痛砭汉代名士乖离乱象，曰："其利口谀辞也似辨，其道听途说也似学，其心险貌柔也似仁，其行污言洁也似廉，其好说人短也似忠，其不知忌讳也似直，故多通焉。"[3] 指出人们通过朋党交结，互相标榜来获得名声。因为名不副实弊端之浮现，时人开始对选举制度加以反省。反省所得之结论认为察举征辟制已不能发挥选拔人才应有的作用，必须加以改革。曹操比较早地意识到这一问题，倡"唯才是举"，名教在指导政治过程中发挥效用的范围再次缩小，封建伦理纲常遭到质疑。

---

① 此语出自清代赵翼所撰《廿二史札记》卷五《后汉书》"东汉尚名节"条。

② 这是东汉末年的一首民谣。全诗纯用口语，通俗易懂，全摆事实，不着述评。

③ 杨明照撰：《名实》，《抱朴子外篇校笺》卷二十，中华书局1982年版，第490页。

除此之外，东汉末年，统治阶级基于自身利益的考虑以卑劣的行径践踏了其所宣扬的名教。随着王朝的瓦解，教条的名教亦逐渐暴露出虚伪、苍白的面目。人们发现，除了自己外，曾经所恪守的以儒学为核心的封建伦理纲常已不能再为其提供庇护之所了。这样一来，便对外在的道德规范、伦理纲常等不再一味膜拜，取而代之的是将内在于人的才情、气质、个性、风度作为追寻的对象。于是，一种新的理想人格模式开始为士人所推崇——"由从前主要是伦理的存在变为精神的个体，由寻求群体的认同变为追求个性的卓异，由希望成为群体的现世楷模变为渴望个体的精神超越"①，这一理想人格模式的转变也对儒家"经世致用"的思想提出了质疑。《三国志·王肃传》注引《魏略·儒宗传序》记："从初平之元，至建安之末，天下分崩，人怀苟且，纲纪既衰，儒道尤甚。"可见儒学在彼时式微之甚。

然而思想的发展总是破立交替的。汉末之际，君主以篡夺残杀相尚，仕宦以巧媚游说相欺。地主阶级中的有识之士，面对社会全面的政治腐败和道德沦丧，面对汉末农民大起义的沉重打击，对旧思想的束缚愈发不满，新思想的产生已迫在眉睫。在寻求新认同的过程中，儒学以外的各家思想受到青睐，魏晋学术表现得异常活跃。从社会政治看，统治阶级意识到，为了继续维护自身利益，必须寻找可融汇儒学的新的思想武器和理论依据。同时，随着社会形势的变化，有识之士在生活和治学态度上也不得不做出相应调整。生于变乱动荡之世，过着居无定所的生活，烦琐经学闭塞人心，汉末两次党锢之祸的惨痛教训，使士人大多身不由己地卷入政治旋涡，上下沉浮、朝不保夕、满怀忧惧。"常畏大网罗，忧祸一旦并"（何晏《言志诗》），"心之忧矣，永啸长吟"（嵇康《四言赠兄秀才入军诗》），"但恐须臾间，魂气随风飘"（阮籍《咏怀》）。魏晋士人面临的不仅是"进退失据，无以自处"②的迷茫，还有欲顺应环境而无术，欲苟全性命而不

---

① 戴建业：《戴建业精读世说新语》，上海文艺出版社 2019 年版，（导言）第 9 页。

②（南朝宋）刘义庆著，（南朝梁）刘孝标注，余嘉锡笺疏：《世说新语笺疏》，中华书局 2011 年版，第 72 页。

得的忧思。于是，人们对现实政治的论证变得有所保留，将注意力转向关心抽象玄理，避免涉足时政招致杀身之祸。在这样的情况下，崇尚自然和自由的老庄道家思想无疑非常适合士人的心境，产生思想共鸣。老庄之学在魏晋知识分子中盛行之状，在《世说新语》中可见一斑，例如《世说新语·文学》载：

> 殷仲堪云："三日不读《道德经》，便觉舌本间强。"(《世说新语·文学 63》)

> 初，注《庄子》者数十家，莫能究其旨要。向秀于旧注外为解义妙析奇致大畅玄风。(《世说新语·文学 17》)

> 何平叔注《老子》始成，诣王辅嗣，见王注精奇，乃神伏，曰："若斯人，可与论天人之际矣。"因以所注为《道》《德》二论。(《世说新语·文学 7》)

道家思想在学术上也迎合了当时的需要。经学烦琐虚妄，道家思想将具体感应化为抽象思辨，从而对经学暴露的问题起到一定的对治作用。道家思想成为汉魏之际思想转化资源方面，也存在其他助因。罗宗强先生强调："魏晋之际任情而行的风尚，只能是一种过渡的现象。一个社会不可能没有它的思想信仰。玄学就是在这种情况下出现的。它是士人寻找来的一种思想归宿，一种用来填补儒学失落之后的思想位置的新的理性的依归。"[1] 这样，在汉末学术思想潜移默化的变迁中，魏晋玄学便呼之欲出，完成了从汉代经学向魏晋玄学的转变。事实上，自建安以后，儒学独尊性的权威地位已不复存在，它对士人思想的制约作用也渐趋松动。然而正如刘强先生所说："儒家正统思想一直没有退出政治舞台的中心，'名教'在国家的意识形态中一直居于不可撼动的主导地位"[2]，儒家思想某些内容在此期间的受重视程度甚

---

① 罗宗强：《玄学与魏晋士人心态》，天津教育出版社 2005 年版，第 59 页。

② 刘强：《归名教与任自然——〈世说〉研究史上的"名教"与"自然"之争》，《学术研究》2019 年第 6 期。

至超过前代：

> 会稽贺生，体识清远，言行以礼，不徒东南之美，实为海内之秀。（《世说新语·言语 34》）

当时的士人仍然是以"礼制"为自身行事的标准的，然而不可否认的是，儒学的独尊地位已发生松动，"当汉代经学的宇宙生成论难以支持儒家伦理价值体系之际，以'本末体用'方法解释儒道关系，即以道家的人性自然解释儒家伦理纲常合理性的魏晋玄学应运而生"①。魏晋思潮的总趋势即要融合儒道，其融合儒道的根本办法是建立一个本末体用的思想架构，把道家崇尚的自然作为本体，而把儒家崇尚的名教作为末用，末用出于本体，即名教出于自然，二者一致不矛盾。因而玄学家并不排斥儒学，而是努力将玄学注入经学内里，将儒道思想加以融合：

> 阮宣子有令闻，太尉王夷甫见而问曰："老、庄与圣教同异？"对曰："将无同。"（《世说新语·文学》18）
>
> 自儒者论以老子非圣人，绝礼弃学，晏说"与圣人同"，著论行于世也。（《世说新语·文学 10》刘孝标注引《文章叙录》）

在何晏看来，应该否定的不是名教本身，而是在现实生活中被异化了的名教，这样做的目的是重建合理的社会秩序。何晏的思想揭开了玄学发展的序幕，从正始至元康的六七十年间，玄学家围绕孔老异同开展辩论，力求形成一种儒道兼综的新思想——于哲学理论方面依据道家所明之自然，于价值取向方面依据儒家所贵之名教。玄学兴起时的理论特色，是用老庄之思想诠释儒家的《易经》和《论语》，于儒道兼综中探求保持儒家道德标准的新形式。它并不是儒道两家思想的简单相加。对于魏晋玄学之盛，也不能过于夸大。我们应该看到的是，玄学只是洛阳之学，而且只是洛阳第一流士族

---

① 王晓毅：《浅论魏晋玄学对儒释道的影响》，《浙江社会科学》2002 年第 5 期。

之学。洛阳城外，仍有儒家的传统地位。洛阳城外的士子，仍是读儒家传习的经书。汤用彤先生称玄学为"新学"，认为："盖玄风之始，虽崇自然，而犹严名教之大防。……然则其形上学，虽属道家，而其于立身行事，实仍赏儒家之风骨也。"①在整个魏晋时期，既"尊儒家之教"，又"履道家之言"成为一种社会风气。即使是嵇康、阮籍的"以道攻儒"，从形式上看是反儒的，但本质上是对异化名教的一种矫枉过正，是在偏激的语言下掩盖着对名教制度的关注。

然而儒道兼综致使整个社会思潮出现了不必要的玄学化，魏晋社会开始充斥着消极、颓废的情绪。东晋时期，北方战乱频仍，于是初步兴盛、宣扬因果报应、慈悲戒杀及生死轮回的佛教般若学成为解救儒道融合之困境的新思想资源。佛法初来中国，多系口传，国人尚难以解其真义，与当时流行的神仙方术相得益彰、彼此混杂、互相推演。当时信教者与传教者，都未能将佛道二家分辨清楚。楚王英、汉桓帝的并祀佛老，襄楷的兼读佛道家书，都可看出佛教传入中国的初期，与道教结合，几乎成为一体。汤用彤先生说："佛教自西汉来华以后，经译未广，取法祠祀。其教旨清静无为，省欲去奢，已与汉代黄老之学同气。而浮屠作斋戒祭祀，方士亦有祠祀之方。佛言精灵不灭，道求神仙却死，相得益彰，转相资益。"②《世说新语》中关于佛道相通的表述有很多，如：

殷中军见佛经，云："理亦应阿堵上。"（《世说新语·文学23》）

伴随着佛教的兴盛，原本儒道融合的社会思潮开始转移关注的重点，与佛教般若学相结合，"三教融合"③肇始于此。"由于玄学本身是儒、道兼

---

① 汤用彤：《魏晋玄学论稿》，上海人民出版社2015年版，第84页。
② 汤用彤：《汉魏两晋南北朝佛教史》，武汉大学出版社2008年版，第42页。
③ 汤用彤先生讲"三教融合"，这里主要是借用"儒教"概念，特指的是儒学。

综，因而两晋的玄佛合流实际上也就具有了三教融合的意义。"① 甚至有学者将这一时期的佛教哲学称为玄学化阶段，与道家思想的融合使佛教得以广泛传播，与儒家思想的融合有助于其获得统治阶级和普通民众的接受，实现"以道立身、以儒立世"。彼时的很多高僧，如释道安、支道林、竺法深、释慧远等，不仅宣扬佛理，而且精通儒道思想，为时人所敬重。西晋时期，名士与僧人交游之风开启；而到了东晋，此风日盛，僧人加入清谈之列，士子研究佛理：

> 三乘佛家滞义，支道林分判，使三乘炳然。诸人在下坐听，皆云可通。支下坐，自共说，正当得两，入三便乱。今义弟子虽传，犹不尽得。（《世说新语·文学 37》）
>
> 殷中军读小品，下二百签，皆是精微，世之幽滞。尝欲与支道林辩之，竟不得，今小品犹存。（《世说新语·文学 43》）
>
> 殷中军被废，徙东阳，大读佛经，皆精解，唯至事数处不解，遇见一道人，问所签，便释然。（《世说新语·文学 59》）

整个魏晋时期，儒释道三家在发展过程中虽然始终保持各自独立的形态，各有影响范围，其间亦常有高下先后之争，但在观念和思想方式上，是调和多于排斥的。三者实质上都将维护社会道德和政治统治作为立说的出发点和归宿，他们提倡用圆融的方式调和矛盾，强调思想同源，通过各种努力最终实现了儒释道三家从外在功能的互补逐步深入内在思想的融通。这种融通是一种矛盾统一运动——在佛学调和儒道的过程中，儒释道三家在彼此击撞中寻找契合点，从而推动各家思想的发展以达到最终的多元融汇。同时，儒释道的冲突与融合已经初步奠定了此后三者各自的思想定位与发展方向。刘大杰先生曾说："我们尽管非难当日人生观的颓废放纵与过于玄虚，

---

① 洪修平：《儒佛道三教关系与中国佛教的发展》，《南京大学学报》2002 年第 3 期。

但我们却不能不承认它们在思想史上应有的地位。唐代的佛学，宋明的理学，都在这时候播下了种子。"①魏晋思潮终于以儒释道三家思想的初步融合为结果。关于这一点，《世说新语》作了生动而翔实的呈现。

---

① 刘大杰:《魏晋思想论》，岳麓书社 2010 年版，（前言）第 2 页。

· 第三章 ·

名教与自然之辨：《世说新语》的伦理主题

魏晋伦理思想是魏晋时期各种道德学说的总称，它是在玄学盛行、佛教兴起的背景中形成的，其活跃程度、哲学思辨的理论深度以及对整个社会人生的影响程度都是前所未有的。《世说新语》作为魏晋士人人生哲学的结合体，作为承载儒、释、道三家思想文化的经典著作，是魏晋伦理思想的集中体现。对此书进行伦理主题研究，是通过挖掘书中所要表达的伦理思想的内容，整合贯穿于《世说新语》书中一直讨论的伦理主线。这一主题关涉书中个人或社会的伦理思想再现，也涉及此书作者的经验，而这些经验正是其创作灵感的来源。基于《世说新语》本身所具有的深厚的玄学思想背景和时代背景我们可以这样说：一部纵贯一千五百多年的《世说新语》诠解史，虽然众声喧哗，但仔细聆听下来，似乎隐含着一条名教与自然之辨的义理主线，充满着关于"归名教"抑或"任自然"选择的深层对话。名教与自然之辨作为《世说新语》的伦理主题，蕴含着魏晋时期理想与现实、自由与道德、个体与社会的冲突问题。

第一节　名教与自然概念释义

余英时先生曾说："魏晋士风的演变，用传统的史学名词说，是环绕着名教与自然的问题而进行的。在思想史上，这是儒家和道家互相激荡的一段过程。老庄重自然对当时的个体解放有推波助澜之力，周孔重名教，其功效在维持群体的秩序。"①事实上，名教与自然是唯一一对可以使魏晋伦理思想真正贯穿起来，且真实反映《世说新语》一书思想底蕴的两个伦理范畴。想要深入挖掘《世说新语》书中所反映的伦理主题，便有必要对名教和自然这一对范畴的内涵及其演变做一番梳理和分析。

一、魏晋之前的基本含义

名教与自然两个核心概念产生于先秦，孔子主张"正名"，提倡礼制；"老子"则主张"天道自然"，倡导"无为而治"。名教与自然两个概念在魏晋之前，有着一条较为完整的发展脉络。

（一）名教释义

名教是一个内涵相对丰富的概念，它是儒学意识形态化的具体体现，对中国传统的政治、社会、伦理生活具有重要影响。名教作为一个哲学范畴有着自己独特的发展演变历程。

最早记录名教这一范畴的是《管子·山至数》："昔者周人有天下，诸侯宾服，名教通于天下。"从字面上理解，这里的名教具有名词的词性，指的是名声与教化。名教并不是人类历史上从来就有的，而是随着社会生活复杂化，与"以文化人"相伴而生的。到了春秋时期，孔子"正名"说和礼治思想的提出，使名教概念得以强化。

春秋时期，周室衰微，礼乐崩坏，社会处于"君不君，臣不臣，父不父，子不子"②的无道之世。孔子为恢复周王朝的礼治社会，提出"正名"思想。《论语·子路》篇曰："名不正，则言不顺；言不顺，则事不成；事不成，则礼乐不兴；礼乐不兴，则刑罚不中；刑罚不中，则民无所措手足。"这是以"礼治"为核心的为政思想，正名乃为政的根本。从伦理学的角度

---

① 余英时：《士与中国文化》，上海人民出版社 2003 年版，第 357 页。
② 杨伯峻译注：《论语译注》，中华书局 2012 年版，第 178 页。

讲，"正名"是厘清基本社会关系及其所包含的道德规范——通过立正当之名，规范人伦秩序。胡适先生在《先秦名学史》中解释道："孔子所强调的正名，目的在于使真正的关系、义务和制度尽可能符合它们的理想中的涵义"①，可见孔子是想用理念来规范事实的。此外，孔子进一步强调："道之以德，齐之以礼，有耻且格。"②正名以"周礼"为行事标准。孔子的"正名"说对儒家后学产生了深刻影响，被其从各方面继承。在此基础上，孟子提出"五伦说"，强调"父子有亲，君臣有义，夫妇有别，长幼有叙，朋友有信"③，总结出五种基本人伦关系和应尽的义务，将其视为封建伦理纲常的人伦规范。荀子亦指明礼的重要意义："礼之于正国家也，如权衡之于轻重也，如绳墨之于曲直也。故人无礼不生，事无礼不成，国家无礼不宁。"④

此外，其他学派也吸收了孔子的正名思想。法家认为治理国家的根本即"名分"。成书于战国中后期的《管子》一书，对"名分"进行了深入探讨，提出"上下有义，贵贱有分，长幼有等，贫富有度，凡此八者，礼之经也。故上下无义则乱，贵贱无分则争，长幼无等则倍，贫富无度则失"⑤，强调名分对维护社会秩序、人伦规范的重要意义。法家的集大成者韩非也讲正名，提倡"审名以定位，明分以辩类"⑥。墨家也注重人伦关系中的等级秩序，提出"无君臣上下长幼之节，父子兄弟之礼，是以天下乱焉！"⑦

先秦诸子关于"正名"的观点，是与其对彼时政治、社会、人伦问题的思考分不开的，体现的是以实现理想社会为目的的治国之道。名教主要是孔子"正名"说与礼治的结合，是儒家礼仪制度的观念产物。有鉴于"秦二

---

① 胡适：《先秦名学史》，安徽教育出版社 2006 年版，第 45 页。
② 杨伯峻译注：《论语译注》，中华书局 2012 年版，第 16 页。
③ 杨伯峻译注：《孟子译注》，中华书局 2012 年版，第 132 页。
④ 张觉撰：《荀子译注》卷十九，上海古籍出版社 1995 年版，第 599 页。
⑤ 黎翔凤撰，梁运华校注：《管子》卷三，中华书局 2004 年版，第 220 页。
⑥（清）王先慎撰，钟哲点校：《韩非子集解》卷二，中华书局 2004 年版，第 50 页。
⑦ 吴毓江撰，孙启治点校：《墨子校注》卷三，中华书局 2004 年版，第 214 页。

世而亡"的前车之鉴,汉代"罢黜百家,独尊儒术",儒家思想大行其道。西汉大儒董仲舒倡导"审察名号,教化万民",汉儒经学将名教说成是根源于"天"的神圣不可易的法则。武帝将符合封建统治利益的政治观念及道德规范等立为名分、定为名目、号为名节、制为功名,对百姓实施教化,称"以名为教",是为名教,因内容主要就是三纲五常,故也有"纲常名教"的说法。东汉《白虎通义》的问世,从官方文件的角度对维护封建统治秩序的政治制度和伦理道德进行了细致规定,名教的权威进一步扩大,名教思想在治国理政中的作用发展到了顶峰。

梳理了魏晋以前名教的发展历程后,我们要思考的是,名教的内涵究竟是什么?将名教一词拆分,《说文解字》中认为,"名"即"自命也,从口从夕。夕者,冥也,冥不相见,故以口自名"①。"教"则是"上所施下所效也,从攴,从孝"②。在古汉语中,"名"大致具有五种含义:"物名""形名";"称名""命名";"名分""名号""名位";"刑名";"名誉""名望"。儒家所指,大抵是其中的"名分"义。名教之"名"即"名分",是指个体在社会伦理关系中需承担的道德义务及所处之社会地位。而"教"的含义大体上分为三类:一是教育、教诲;二是政教、教化;三是传授知识与技能。西汉初,"教化"概念才被组合在一起,主要泛指"道德教化",是儒家所提倡的与法家"刑罚"相对立的治国主张。

对"名"与"教"各自的内涵进行梳理总结,有助于增强我们对名教这一伦理学范畴的深入理解。名教所代表的是儒家以德(礼)治国的政治主张,具有名词和动词两种词性。作为名词,泛指儒家以"三纲五常"为核心的封建礼教的总称,包含政治制度、宗法制度、礼仪制度及伦理规范等;作为动词,则泛指以建立尊卑有别、贵贱有等、长幼有序的理想至世为目的的对社会各阶层人们进行的使其安于名分、遵于秩序的教化。名教蕴于儒家

---

① (东汉)许慎:《说文解字》,中华书局 2013 年版,第 25 页。
② (东汉)许慎:《说文解字》,中华书局 2013 年版,第 64 页。

文化体系中的伦理一域并直接化为儒家思想内核，其本身有着积极的规范意义。

（二）自然释义

自然作为本体论的哲学范畴，最早是老庄哲学的一个基本概念。从语源上看，自然一词最早由老子提出："人法地，地法天，天法道，道法自然。"[①]世间万物以道为根据，而道以自然为法则，老子在这里强调的是要立足于"道"来因循万物，使万物能够自然而然。"道"之所以受尊崇，是因为"莫之命而常自然"[②]，即"道"超越了有为而尚无为，因循万事万物自身所存在的特性，任其自然发展，不强加干涉，以自身力量于无形中维持事物的自然进程，以期实现万物整体的和谐与平衡。这样一来，"道"所倡导的"无为"使其具有了超然、公正的特性。故而"道"无为，物则"自为"即"自然"。老子说："道常无为而无不为"[③]，强调人应遵循自然之理，顺应自然的运行，不强加干涉。然而虽然不做不必的事，但必须去做"作为自然与社会一部分的你"遵循自然逻辑该做的事。老子的自然观浅含着这样一个观点——事物通过自然可自我实现。在老子这里，自然是具有一定理想性的，人们能够通过"循自然"而自我实现，整个社会也会因为"循自然"而达到理想状态。于是，老子的自然观便最终指向了社会与政治，一个社会能否达到至善的理想状态，主要在于整个社会是否处于一种自然的最佳状态，这便对当世的君主即圣人提出了一定的要求，这个要求便是君主（圣人）是否能够做到"无为"。君主好为，则民众不得自然；君主无为，则民众归矣。虽然老子的道论在很大程度上是与君道相对应的，然而他论证的视角却是从形

---

①（魏）王弼注，楼宇烈校释：《老子道德经注校释》，中华书局2008年版，第64页。

②（魏）王弼注，楼宇烈校释：《老子道德经注校释》，中华书局2008年版，第137页。

③（魏）王弼注，楼宇烈校释：《老子道德经注校释》，中华书局2008年版，第90页。

而上学的层面上提出的，因而也涉及人和外部世界关系的法则：顺其自然。

黄老学派继承了老子的思想，尤其在与现实政治相联系方面表现得更加突出，老子所提倡的"道无为而无不为"在这里变成了"因循自然"。君主应该排除主观成见或损益，完全循因客观事物的自然法则而行，这是黄老学派所提倡的"静因之道"。《文子·自然》载："物必有自然，而后人事有治也。故先王之制法，因民之性，而为之节文。……因其性即天下听从，拂其性即法度张而不用"，说的是治人事的前提是遵循万物的自然本性。事实上，黄老学派对老子"道无为而无不为"的观点是有所吸收的，都强调要因循自然，只是他们所提倡的自然之最终指向由老子的理想人性转为人的自利性，为法家思想的抬头提供了前提条件。

法家思想一直认为，合乎自然的政治才是最理想的政治。作为法家集大成者的韩非子，对于自然便格外重视。在他的文章《韩非子·安危》中有这样的论述："故安国之法，若饥而食，寒而衣，不令而自然也"，强调"废自然，虽顺道而不立"。他认为能够使国家安定的法令，应该是顺应自然发展的产物。韩非子所主张的自然指的是人性自利自为，是法家"以法治国"的人性依据。

庄子所探讨的自然主要涉及的是人生领域，是从个体生命的角度找到自全于乱世之法。他的"自然无为"即顺其自然，提倡的是在纷乱的世事变迁面前，个体要在保持内心本真不变的情况下主动去适应生存境遇的变化。庄子的自然观可以说是一种处世哲学，强调的是用超越自我的心态与境界顺应自然、与世浮沉，将受裹挟的个体生命彻底释放，实现自足与自如，达到逍遥游的境界。面对现实世界，他亦主张要因循自然而生存，反对违反天然之工的人为之举，提出"牛马四足，是谓'天'；落马首，穿牛鼻，是谓'人'"①，从而反对砍落马首、刺穿牛鼻的违反自然天性的行为，正因如此，庄子思想最得魏晋士人思想共鸣，成为玄学名教自然之辨的重要思想来源。

---

① （清）郭庆藩撰，王孝鱼点校：《庄子集释》，中华书局2006年版，第592页。

到了东汉，因对西汉董仲舒"天人感应"理论持批判态度，本着"疾虚妄"的精神，王充开启了批判上天意志性的活动。他认为，天是没有意志、无目的的最原始最自然的天，"天地，含气之自然也"[①]，天地本身都是自然造化的产物。在这里，自然成为王充的武器，他用"自然""自生"驳斥天人感应论及神学目的论："或说以为天生五谷以食人，生丝麻以衣人。此谓天为人作农夫、桑女之徒也，不合自然，故其义疑，未可从也。""如天瑞为故，自然焉在？无为何居？""夫天道，自然也，无为。如谴告，是有为，非自然也。"[②]王充的自然具有鲜明的唯物主义色彩。

总的来说，魏晋以前的自然观，以道家的观点最为典型，推崇自然的完满状态，认为倘若以"顺其自然"的态度行事，则无论国家、社会还是个人都能进入最完满的理想境界。魏晋玄学的自然是对此前自然概念的继承与深化，在本体论和人生论的层面都有所发展，成为魏晋时期的标志性概念。

二、魏晋时期名教与自然的基本含义

魏晋时期，人们才第一次将名教与自然作为一组对应的范畴加以使用并讨论二者的关系问题。通过王弼、嵇康、郭象等人的诠释，名教与自然两个概念被赋予更深层的含义。

从名教一词在魏晋时期使用的语境，我们可以窥见其在当时所具备的特殊含义。《晋书·礼志中》记载："康帝建元元年正月晦，成恭杜皇后周忌，有司奏，至尊期年应改服。诏曰：'君亲，名教之重也，权制出于近代耳。'于是素服如旧，固非汉魏之典也。"东晋袁宏在《后汉纪·献帝纪》中评论道："夫君臣父子，名教之本也"，认为君臣和父子这两种人伦关系是名教之根本。此外，夏侯玄作为最早把自然与名教、圣人等概念联系起来创建基本理论的曹魏集团及正始名士之代表，在《本无论》中说："天地以自然

---

① 黄晖撰：《论衡校释》第十一卷，中华书局 1990 年版，第 550 页。
② 黄晖撰：《论衡校释》第十八卷，中华书局 1990 年版，第 915 页。

运,圣人以自然用。自然者,道也。"袁宏在《三国名臣序赞》中对此评论说:"君亲自然,匪由名教。敬授既同,情礼兼到。"天地顺着自然之道运行,圣人顺自然而发挥作用,君亲关系的产生并不是出于名教的作用而是顺应自然的发展而产生的。在这里夏侯玄及袁宏提到的名教,其实是指整个"人伦秩序",只是在当时的年代,"君臣""父子"之间的关系被看作全部社会秩序之基础。之所以如此,全因君臣父子分别为国家及家庭之主干,此外,这两伦在汉末遭受了极大破坏。

许多学者曾对魏晋之际名教一词的内涵进行过分析与总结。陈寅恪先生强调:"故名教者,依魏晋人解释,以名为教,即以官长、君臣之义为教,亦即入世求仕者所宜奉行者也。其主张与崇尚自然,即避世不仕者,适相违反。"[①] 也就是说,名教从官方价值体系的角度对个体之行为进行约束,以此维护社会秩序。陈先生主要从政治态度的角度出发,将"入世求仕"作为名教的代称,忽略了名教所具有的非政治性含义。唐长孺先生则说:"所谓名教乃是因名立教,其中包括政治制度、人才配合以及礼乐教化等等。"[②] 相较于陈寅恪先生的观点,唐先生将名教所蕴含的非政治性含义涵盖了进来。此外,汤一介先生指出:"'名教'系'指人们所作为的,是人们为调整人与人之间关系而设的等级名分和教化'。"[③] 余英时先生提出:"魏晋所谓的'名教'乃泛指整个人伦秩序而言,其中君臣与父子两伦更被看成全部秩序的基础。"[④]

刘义庆可以说是在伦理道德的层面使用名教一词的第一人,他说:"李元礼风格秀整,高自标持,欲以天下名教是非为己任。"[⑤] 李膺作为彼时士人

① 陈寅恪:《陶渊明之思想与清谈之关系》,《金明馆丛稿初编》,生活·读书·新知三联书店 2001 年版,第 203 页。
② 唐长孺:《魏晋南北朝史论丛》,商务印书馆 2010 年版,第 307 页。
③ 汤一介:《郭象与魏晋玄学》,中国人民大学出版社 2016 年版,第 52 页。
④ 余英时:《士与中国文化》,上海人民出版社 2003 年版,第 358 页。
⑤ (南朝宋)刘义庆著,(南朝梁)刘孝标注,余嘉锡笺疏:《世说新语笺疏》,中华书局 2011 年版,第 5 页。

群体中的领袖，自觉负有责任，应整顿社会秩序，强化道德观念，以正确的价值尺度裁制邪恶，引导风气。这样看来，从伦理学的意义上讲，魏晋之际的所谓名教，便属于人事，是名分之教、人伦之教，也即儒家所强调的用以维系封建秩序的三纲、五常等道德体系，包括政治制度、职官、名分、人才任用及礼乐教化等。名教蕴于儒家文化体系中的伦理一域并直接化为儒家思想内核，其本身有着积极的规范意义。

到了魏晋时期，受道家思想影响，自然的内涵更加丰富。夏侯玄《本无论》中的"天地以自然运，圣人以自然用。自然者，道也"，为我们概括出魏晋士人对于自然这个范畴的理解——魏晋的自然含有自然而然、自己而然、天然如此的意思。他们认为，整个天地之间，是以自然为运行方式的，这里便否定了汉代所推崇的"天人感应"学说，否定了人格神的存在，进而否定了上天对人类命运的主宰，自然就是天地万物自足无为的本性。此外，"天地以自然运"这一宇宙模式落实到实践层面，便是圣人以自然来维护封建统治，这里强调的是圣人要放任臣民自然的本性。因而魏晋之所谓自然具有指代"生活方式"及"人生态度"的倾向，即放弃人的主观努力，顺从符合自然天性、与自然保持一致的人生态度，是人的纯真本性。魏晋时期玄学家们的理论中包含了其对自然内涵的深刻认识，自然在魏晋之际具有了系统的逻辑结构，并非全然继承并沿袭道家关于自然的学说，而是加入了诸多与时代精神相契合的特殊含义。

首先，魏晋之所谓自然具有"率性"之意。率性指的是万事万物皆顺应自己的本性而发展变化，这样的自由状态便是自然。"性"这个概念，在先秦道家思想中并没有被明确提出来。与之类似的范畴是老子所谓的"常"："夫物芸芸，各复归其根。归根曰静，是谓复命，复命曰常。"[①]"常"即不变，是万物所固有之本性。到了魏晋时期，便开始将自然与"性"相结

---

①（魏）王弼注，楼宇烈校释：《老子道德经注校释》，中华书局 2008 年版，第35 页。

合，自然即出于主体的本性之状态。王弼提出"万物以自然为性"①，王弼所谓自然的含义即按照天赋的自然本性行事，即自然而然、率性而为。同时，他肯定欲望的正当性，认为"不以顺性命，反以伤自然"②，因而自然就是要顺性、率性。郭象也持同样的观点，"言自然则自然矣，人安能故有此自然哉！自然耳，故曰'性'"③。郭象认为事物运动变化的根据是事物的本性，因为自然即是"本性"，欲望又多出自人的本性，因而纵欲便也是自然的。向秀与嵇康在"养生"问题上展开讨论，就是从自然的角度去证明欲望的存在是合理的，在《难嵇叔夜养生论》中强调："有生则有情，称情则自然得"，"且夫嗜欲，好荣恶辱，好逸恶劳，皆生于自然"。自然具有的率性之义，是肯定顺应本性之必要和正当，实际是魏晋士人自我意识觉醒的反映。

其次，魏晋之所谓自然具有"自足逍遥"之意。前文已述，自然在魏晋时期具有"率性"之意，那么如若人或事物的发展能够在充分发挥自身自然本性的基础上进行，则可达到"自足逍遥"的境界，身心都会获得最大满足。王弼说："自然已足，为则败也。"④自足便决定了无求于外，事物的本性即其价值的判断标准。自然即自足，那么天地也是自足的。"天地任自然，无为无造，万物自相治理，故不仁也。"⑤天地无为，因而万物均能顺应各自的发展规律而运行，使天地万物作为一个整体而实现"自足"。就这一点来看，阮籍是非常认同的，他强调最理想的社会便是完全自足的社会，在《大人先生传》中提出："盖无君而庶物定，无臣而万事理，保身修性，不违其纪。"万物均依其天赋之性而生存，则推导出一个无须君权干涉而实现自知

①（魏）王弼注，楼宇烈校释：《老子道德经注校释》，中华书局2008年版，第76页。

②（魏）王弼注，楼宇烈校释：《老子道德经注校释》，中华书局2008年版，第28页。

③（晋）郭象注，（唐）成玄英疏：《庄子注疏》，中华书局2011年版，第371页。

④（魏）王弼注，楼宇烈校释：《老子道德经注校释》，中华书局2008年版，第6页。

⑤（魏）王弼注，楼宇烈校释：《老子道德经注校释》，中华书局2008年版，第13页。

自足的完满世界。自然所具有的自足之义，是出于对自在生命状态的向往，是魏晋士人自我意识觉醒后的必然追求，具有自我实现的意蕴，同时可捍卫自身的尊严及价值。

最后，魏晋之所谓自然具有"真"之意。万物通过实现其本来之性而达到自足的境界，自身的欲望得到满足后便能够逍遥适性地生活，这样便达到了各自生命的完满状态，从而体味生命的真实感。"真"是一个内涵比较丰富的范畴，在伦理学的语境下，"真"通常具有"美"的意蕴，魏晋自然观中的"真"，就体现出了"美"的意蕴。魏晋士人崇尚自然，很大程度上是与其所崇尚的"真实"状态相关的，士人们面对纷乱的世事，所企望的正是生命的真实状态，这里的"真"特指"性情之真"。《世说新语》载：

> 庾太尉风仪伟长，不轻举止，时人皆以为假。亮有大儿数岁，雅重之质，便自如此，人知是天性。（《世说新语·雅量17》）

《晋书·庾亮传》："亮美姿容，善谈论，性好老庄，风格峻整，动由礼节。"庾亮的卓越风姿，经后人推敲后发现是其天性的自然流露，并非在装假，确乎为"真"。魏晋士人讲真率，"时论以固之丰华，不如曼之真率"。晋人以真率为尚，在他们看来，物质丰华，不如情之真率。同书《世说新语·赏誉91》："简文道王怀祖：'才既不长，于荣利又不淡，直以真率少许，便足对人多多许。'"简文帝评价王述，最看重的便是其真率的性情。自然所具有的"真"之义，是自然的基本表现——只有在自然的过程中，生命才会处于最真实的状态。

第二节　名教自然论何以成为伦理主题

正如骆玉明先生所说："魏晋时代'名教'与'自然'的紧张，其本质是已经不合时宜的社会伦理规范与越来越受重视的个人情感意志之间的紧张,僵硬的思维模式与活跃的精神力量之间的紧张。"① 名教与自然之辨作为魏晋时期学术论辩的最核心议题,直接反映了这一时期的社会伦理观念及伦理精神,自此之后,千百年来对这一伦理主题的诠释从未停止过。《世说新语》作为反映这一时期学术思想变革的重要论著,其所蕴含的伦理主题自然与这个时代所探讨的伦理主题紧密相关,我们尝试挖掘这一事实背后所隐藏的深层逻辑。

一、中国传统哲学形而上学转向的标志

玄学在一定程度上冲击了儒家伦理思想,同时也提高了传统伦理学说的理论水平。魏晋玄学的四大主要论题分别是有无之辨、言意之辨、才性之辨以及名教与自然之辨。作为中国哲学史上思辨哲学特征非常突出的魏晋玄学,理论上而言,具有一个完整的哲学体系,其四大主要论题从不同的角度分别讨论了哲学所关注的问题:作为哲学本体论基础,有无之辨使玄学的其他几个辩题上升到了抽象之高度;言意之辨是认识论的问题;才性之辨是魏晋玄学中人论的精髓部分,讨论人的本质、人的本性问题;而名教与自然之辨则是人论中关于社会规范的依据问题,属于最贴近人们生活的社会哲学伦理学。

汤用彤先生认为,名教与自然之辨是魏晋玄学的主题,玄学的任务即研究如何将自然与名教二者和谐地统一起来,它是从本体论的层面来解释自然与名教的关系的。魏晋时期占主导地位的哲学形态是玄学,一般来说,魏晋玄学作为魏晋时期一股重要的哲学思潮,"是在继承和发展先秦道家以来的哲学有无之辨的基础上,讨论形上之'无'与形下之'有'之关系的新哲学理论"②。然而事实上,名教与自然之辨即玄学有无之辨落实在人生层面的现实表现形式。魏晋玄学既将有无之辨看作中心议题,又将关于名教与自然

---

① 骆玉明:《世说新语精读》,复旦大学出版社 2007 年版,第 64 页。
② 许抗生:《谈谈玄学中"名教与自然"问题和"有无"之辨的关系》,《孔子研究》1994 年第 3 期。

关系问题的探讨看作其全部哲学的根本目的。它将自然作为自己贯通前后的理论主题，在与名教的相互碰撞中实现其内质规定及自身形象的建构。这样看来，将名教与自然的关系问题当作魏晋玄学的重要伦理主题是无可厚非的，它贯穿于整个玄学发展的始终。玄学伦理思想便成了思想家关于名教与自然关系论辩的结晶，构成了魏晋玄学的主体内容。名教与自然的关系问题从某种意义上来说，"是儒家名教（名分等级的礼仪教化）之治与道家顺应自然的无为之治的两者关系问题"①，这在魏晋之前一直被当作是两种完全不同的政治主张。而到了魏晋之际，为了总结儒家名教之治式微的教训，将两者适时地统一起来，才有了玄学中关于名教与自然关系问题的探讨。这样一来，名教与自然的关系问题便具有了魏晋时代玄学政治伦理学说的深层内涵。政治问题的解决与哲学问题的解决二者相辅相成，一方面，哲学为政治问题的解决提供思想指导，另一方面，又为其提供理论依据。从哲学层面讲，玄学所谈论的有无之辨，形而上色彩浓郁，然而其所要解决的根本问题却是与现实政治及与人们生活息息相关的伦理问题。

从根本目的角度讲，作为魏晋玄学重大理论命题的名教与自然之辨，与本末有无之辨（儒道之辨）是互为表里、若合符节的关系，这两个问题是分别处于玄学中的两个不同领域的问题。有无之辨讨论的是本体论的问题，是世界的本源问题，是哲学领域的问题，而名教与自然之辨讨论的是政治及社会领域中的伦理问题。魏晋时期的玄学家以对有无问题的不同理解为依据，提出不同的解读名教自然关系的主张：以何晏、王弼为代表的正始名士、玄学"贵无派"，从哲学角度提出"以无为本，以有为末"，相对应地在政治主张上则提出以道解儒的"名教本于自然"观，提出只有实行了道家的无为而治，才能真正实现儒家以名分等级为基础的礼乐教化，我们可在儒、道的调和中瞥见二者关系之紧张；此后司马氏篡魏，借名教屠戮名士，士大

---

① 许抗生：《谈谈玄学中"名教与自然"问题和"有无"之辨的关系》，《孔子研究》1994 年第 3 期。

夫于是激而不谈名教,甚至否定名教,以自然为本体,以放达自任,以阮籍、嵇康为代表的竹林名士在哲学方面构建了一个崇尚道家的"无"的精神境界,在伦理学方面则倡导近道远儒的"越名教而任自然",力图超越儒家的伦理纲常束缚,任人之自然本性自由伸展,追求人的个性自由,于偏激中见其对立。以向秀、郭象为代表的"崇有派",面对世风之荒诞,企图纠竹林名士之偏,在哲学上提出"自生独化"的观点和无心顺有、足性逍遥说,伦理层面则推崇弥合儒道的"名教即自然"观,认为"圣人虽在庙堂之上,然其心无异于山林之中"①,提倡儒家与道家、人伦与自然是契合统一的,于"辨异"中致其"玄同"。关于名教与自然关系的这几种观点此消彼长,对于它的探讨,建立在哲学"有无"关系问题的基础之上,从中我们可发现魏晋之际"名教与自然之依违离合,也即儒道、礼玄、仕隐之对待紧张关系,以及当时士人试图弥合此一对待紧张关系之努力"②。因而我们可以这样说,从王弼到郭象,玄学家们通过对名教与自然关系的探讨,完成了对"会通儒道"的理论建构。

此外,在名教与自然关系问题上,玄学家们认为,人不仅具有社会属性,还具有自然属性,人的自然存在是先于社会存在的。同时他们又意识到汉末魏晋之际儒学所肯定的名教之治在经历了百年流行之后已深入人心,逐渐强化成一种民族心理。因此玄学在理论上就无法直接以自然贬斥名教,而是选择将名教与自然之关系作为整个思想的主题加以重视,在理论建构的过程中努力对其进行调和与统一,使名教符合自然之道。在此过程中,肯定并恢复人的主体地位和自我价值,为人的觉醒提供充分的思想基础,以更好地安置人的心灵。汤用彤先生曾说:"盖世人多以玄学为老、庄之附庸,而忘其亦系儒学之蜕变。多知王弼好老,发挥道家之学,而少悉其固未尝非圣离经。其平生为学,可谓纯宗老氏,实则亦极重儒教。其解《老》虽精,然

①(晋)郭象注,(唐)成玄英疏:《庄子注疏》,中华书局2011年版,第15页。
② 刘强:《归名教与任自然——〈世说〉研究史上的"名教"与"自然"之争》,《学术研究》2019年第6期。

苦心创见，实不如注《易》之绝伦也。"①由此可见，玄学本身便具有折中儒道、调和自然与名教关系的精神实质。

《世说新语》一直承担着对魏晋玄学进行"立此存照"的历史使命，玄学作为《世说新语》伦理思想的哲学基础，影响并贯穿着整本书的伦理旨趣。正因魏晋玄学贯穿名教与自然之辨这一核心议题，《世说新语》也一直存有关于名教与自然之关系的探讨。通过以上对名教与自然之辨作为魏晋玄学伦理主题的逻辑梳理，综合《世说新语》一书中所反映的魏晋士人对玄学有无之辨哲学意蕴的继承，我们可以看到，魏晋玄学产生的根源及产生后的实际社会效应使得"名教与自然之辨"这一伦理主题与魏晋士人的价值判断及人生态度有着极为密切的关联。魏晋玄学的理论基石经历了从"贵无"到"崇有"，再回归到"虚无"的否定之否定过程，而《世说新语》中所涉内容也处处涵盖了关于名教与自然关系的三种态度的转变。这一过程的转变，实际上就是玄学家从为政治改革寻找出路，转向为士人自身寻找人生精神归宿的过程。

二、魏晋时期伦理观的体现

《世说新语》作为记述魏晋时期社会上层名士言行的经典著作，其开篇的第一个门类便是《德行》。在《德行》篇的第 23 则里，乐广笑对以祖裸为放达的人们说："名教中自有乐地，何为乃尔也？"从乐广的话中我们可清楚窥见那个时代社会思想变革的影子——那是一个活跃的精神力量推翻陈旧思维模式的时代。汉魏时期，儒家名教中的君臣一伦渐趋松动，与此同时，名教在家族伦理中所体现的礼法规范也发生了动摇（因为礼教出现虚伪性如"伪孝"，故名教走向虚伪化、形式化），此后逐渐衍变为儒家名教的主体性虽尚存，然其逐渐融合玄佛二家，亲密关系取代礼法关系。随着东汉以来士人个体意识的逐渐觉醒，他们开始对个人尊严、自由、欲望大加关注。

---

① 汤用彤：《魏晋玄学论稿》，上海人民出版社 2015 年版，第 69 页。

士人们任性放肆的行为，表现了他们对自由的向往。

名教与自然之辨作为魏晋时期重要的哲学概念，对二者之间关系的探讨是魏晋玄学的重要主题，其中包含了有无之辨、体用之辨等哲学命题，不仅代表魏晋玄学哲学本体论的发展高峰，亦是整个魏晋时代的核心伦理问题，有着深刻的伦理意蕴。它与魏晋时期的整个社会政治背景相互影响，旨在思考士人的生活方式与社会秩序之间的关系，关注儒家的纲常教化与知识分子苦闷心态之间的紧张与一致。面对社会的混乱和士人精神世界的崩塌，玄学家们开始着手建造一种全新的伦理价值体系。这样一来，名教与自然之间的关系就不仅是玄学家们在为学角度上建立玄学义理的方法，更变为其自觉依循的生活方式。从名教与自然关系的发展历程来看，虽然各阶段玄学家的思想不尽相同，经历了从调和、对立到统一的正、反、合三个过程，后者不断否定与批判前者，但他们的思考均倾注着深刻的人文关怀，其共同目的都在于建立起一个合理有效的伦理道德体系。牟宗三先生认为："自然与名教之冲突，以今语言之，即自由与道德之冲突。"① 道德是维系人类社会正常运转的伦理范畴，它的本质就是要求人们各安其分，循名责实，这本来是有益于社会的。但是，汉末魏初名教大坏，纲常崩塌，玄学家们试图调和名教与自然的矛盾，建立了名教与自然的关系体系。名教与自然之间关系的紧张，本质上是不合时宜的社会伦理规范与个人情感意志之间的紧张。

《世说新语》在这样的历史背景下应势而生，名教与自然之辨几乎贯穿《世说新语》文本所体现的伦理思想的全部内容，在其中我们随处可见反映名教与自然之间冲突与调和过程的事例。刘义庆的《世说新语》与此前的分类体书籍的分类初衷是有所不同的，他将魏晋士人的精神灵魂作为集中表现的对象，所设门类完全是从如何更好地表现士人们的精神世界着手的。而士人的精神世界关乎他们在社会政治、生活中的价值判断、人生选择、理想人格等道德修养，这些道德修养均或多或少能够映射出魏晋士人面对名教与自

---

① 牟宗三：《才性与玄理》，吉林出版集团有限公司 2010 年版，第 313 页。

然关系问题之时根据自身所处境遇与内心追求的理想做出的道德选择。也就是说，名教与自然的关系问题与《世说新语》所涉的伦理主题息息相关，它是涉及魏晋士人价值观念的重要伦理问题。刘义庆首次在伦理道德的层面使用名教一词，在《世说新语·德行4》记："李元礼风格秀整，高自标持，欲以天下名教是非为己任。"魏晋士风的演变，是围绕着对名教与自然关系的探讨而进行的。在思想史上，这是儒家和道家思想互相激荡的一段过程。从《世说新语》的内容中我们可以总结出，名教在当时被普遍认为是在传统儒学中被认定的道德规范和评价秩序，然而与名教不同的是，对于自然，并没有一个普遍认可的统一定义。但不管怎样说，自然对于魏晋士人而言，都是一种经过认真审视而最终确定的崇尚个体本性的价值判断及人生选择。书中所设的三十六个门类，紧紧围绕名教与自然关系进行讨论。前四个门类名称采用的是"孔门四科"的内容，在一定程度上体现了刘义庆遵从儒家思想的痕迹，这四门甚至可以被称为《世说新语》门类设定的本体论，而其他三十二门中，《方正》至《豪爽》可称为赞赏论，《容止》至《简傲》为偏行论，《排调》至《仇隙》为贬斥论。虽然大体上可这样总结归纳，但实际在《世说新语》整本书中，前四门的故事虽然有诸如王祥一样的遵循纲常名教的儒家典范之人，但也不乏与名教伦理规范相左的人物故事。之后包括《雅量》《任诞》《栖逸》在内的三十二门中，虽然大多体现的是老庄道家返璞思想，但也出现过多次在同一门类中对人物褒贬不一的情形。这就说明在《世说新语》的众多类目和内容中，对于名教的遵循与对自然的追求是并存的，对这一问题的讨论贯穿整本书的伦理主题。

我们可以看到的是，《世说新语》中包含了诸多反映魏晋士人名士风度、人伦关系以及道德规范等与社会伦理相关的事例，这些事例所反映出的代表魏晋时代风尚的社会伦理样态，几乎无一例外都被关于名教与自然关系的探讨裹挟前行。在关乎个人价值判断与道德选择的问题面前，士人们似乎常常被"归名教"还是"任自然"这样的伦理抉择影响，从而体现出两种不同的理想人格模式。正如卞敏女士所说："导致这一'抉择'发生的'本质'，是对儒与道、有与无、礼与玄、人与物、天下与家国、道德与自由等一系列互相对峙而充满张力之范畴的判断。这一判断，将超越事实和审美，直接指向对于魏晋士人异常重要甚至性命攸关的价值判断与文化坚守。他们站在由历史积聚而成的文化价值理想的高度来审视现实，试图克服自由与必然、人性与情感之间的背离状态。"①

　　此外，从《世说新语》所著内容的历史背景看，将名教与自然之辨作为全书的伦理主题亦是有其合理依据的——出于维护门阀士族阶级地位的理论需要。魏晋之际，门阀士族不断崛起。一方面，需要借助老庄自然无为的伦理思想与两汉以来封建礼教之绝对权威相抗衡，为其代表的阶级所追求的放荡生活寻找理论依据；另一方面，为了巩固世家大族的阶级地位，他们不得不将封建伦理规范再一次摆上政治舞台。在这样的矛盾与紧张的历史背景下，门阀士族必须对名教与自然这两个范畴进行重新论证和理解，从而重新梳理二者之间的关系。从《世说新语》本身成书的历史背景看，也可从作者刘义庆本身的阶级属性这一角度，去思考名教与自然的关系问题被认为是该书所蕴含伦理主题的深层原因。前文在总结《世说新语》成书时简单介绍了下刘义庆其人。观《宋书·刘义庆传》，由于宋文帝的猜忌，义庆犹如惊弓之鸟，有了出世避祸的打算。然而当时正值文帝复兴儒学的国策大兴之时，不管他内心如何思考，至少在表面上要摆出迎合的态度。《世说新语》前四门被孔门四科所占据，想必与这个原因是分不开的。然而另一方面，不论是义庆本人还是参与编撰此书的文人墨客，似乎都具有与魏晋名士的人生价值选择相通的伦理观，我们从义庆几次辞官选择归隐的举动便能看出，因而书中才会出现很多与儒家传统观念不符的人物故事。这样看来，不论从书中所关涉年代的理论需要还是从作者本身的价值判断来看，名教与自然的关系问题都毋庸置疑成为了《世说新语》一书的重要伦理主题。

---

① 卞敏：《魏晋玄学》，南京大学出版社 2009 年版，第 103 页。

第三节 《世说新语》中的名教与自然之辨

名教与自然之辨作为《世说新语》的伦理主题，关于二者关系的讨论在书中随处可见。这其中大部分内容虽没有直接探讨二者孰先孰后的问题，我们却能在三十六个门类所涉诸多条目中真切体会出魏晋士人已将其融入日常生活与人生旨趣。是倡导"名教本于自然"以期实现以道解儒，还是提倡"越名教而任自然"做到近道远儒，又或者将名教与自然画等号支持"名教即自然"，最终实现拟合儒道？在《世说新语》中，名教自然论已逐渐关涉名士们的价值判断、道德评价及选择、伦理关系及规范、理想人格等诸多内容。

一、圣人体无：对儒家伦理的维护

名教与自然之辨的第一个发展阶段便是何晏、王弼所谓的"名教本于自然"。这里的"名教"是指以维护封建统治秩序为目的所建立的道德规范与秩序，"自然"则代表万物来源与根本的"道"或"无"。他们认为由于礼义与道德包含在宇宙万物之中，因而它们也是来源于"道"的。这样一来，一切社会规范均是从"道"衍生发源出来的，那么名教即是从自然而生，自然即是名教的根本。

夏侯玄是最早把自然与圣人、名教联系起来创建理论的人。尽管夏侯玄尚未用"有""无"的观点来解释自然与名教的关系，但既然"自然者，道也"，自然又是名教的对立物，而"道"又是"无"，那么，他的思想中实际上已经包含了"自然"等于"无"，"名教"等于"有"的意识，只不过没有明确说出来罢了。王弼以本体论为依据提出"以无为本"，所推演出的"名教本于自然"的伦理思想，正是以夏侯玄的理论为基本逻辑的，只是这套理论是在社会伦理领域体现的，作为本体的"自然"于社会政治领域表现为"名教"。

那么"有与无""名教与自然"究竟有着怎样的一种逻辑关系呢?我们知道,作为《世说新语》哲学基础的魏晋玄学的实质即是从本体论的角度来探讨政治、人生和精神境界问题的,因此"有无"关系或者"名教与自然"关系实际上作为《世说新语》整本书的伦理主题只是一个问题的两个方面而已,只是研究视角有所不同。有无本末这种玄学本体论,其实是对名教自然论的哲学论证。玄学家通过有无之辨建立起本体之学,用以论证名教与自然之关系,力求使之圆融贯通,实现以道解儒。有无之辨落实到社会人生层面即是名教与自然之辨。汤用彤先生说:"魏晋时代'一般思想'的中心问题为'理想的圣人之人格究竟应该怎样',因此而有'自然'与'名教'之辨。"①《世说新语》中有关有无关系的讨论有很多,最直观代表魏晋士人关于这一辩题观点的便是如下这条:

> 王辅嗣弱冠诣裴徽。徽问曰:"夫无者,诚万物之所资,圣人莫肯致言,而老子申之无已,何邪?"弼曰:"圣人体无,无又不可以训,故言必及有;老、庄未免于有,恒训其所不足。"(《世说新语·文学8》)

王弼在这里解释裴徽关于孔子不肯论及无而老子却不断论及的原因时这样说:"圣人体悟到万物始于无,而无又不可训释,所以言必及有;老子、庄子不能超脱世间之有,就总是不断地训解他们把握不足的无。"这段话想表达的中心旨趣其实是:知者不言,言者不知。圣人处无为之事,行不言之教。这段记载尽管非常简略,仅一问一答,但根据问答的内容,我们可以看出它包含了魏晋玄学中的三个关键问题:一是儒道异同;二是孔老高下;三便是有无本末之辨。魏晋玄学的明显特色是道家思想的复兴,但它的目的并非以道代儒或重道黜儒,而乃在援道入儒,最终融合儒道,以维护儒家的伦

---

① 汤用彤:《魏晋玄学论稿》,上海人民出版社 2015 年版,第 101 页。

理秩序。王弼并非对名教持彻底否定态度，名教所说之"教"，乃"修道之为教"之"教"。前文已述自然即"道"，无为乃"顺乎自然"。名教与"道"不可分离，名教应体现自然，而"体现自然"与"顺乎自然"并不矛盾。这样，名教与自然便统一起来了。这不仅是王弼的思想，而且是西晋玄学的主流思想。主流的玄学家都是"儒道兼综""礼玄双修"①的，从王、何到向、郭都是如此。他们从不正面攻击儒家，而是以道解儒；他们从不正面强调儒道的不同，而是努力将二者合一。他们依然尊孔子为"圣人"，而老庄是"大贤"，不过用老庄的精神将这位圣人进行了若干改造而已。但是，怎样才能调和儒、道实际存在的根本不同？怎样才能把孔子改造为玄学的圣人？他们做的是，先从道家思想里提炼出"以无为本，以有为末"的精华，作为玄学的指导思想。这里所谓"无"，是存在之前的虚无，是先于物质的精神，是一切的根本和本体，是未分的浑一；所谓"有"，则是一切的实有或说存在，包括一切事物，尤其指人类社会的制度秩序，例如儒家所说的纲常名教之类。这个"有"，是从"无"来的，相对于"本"而言，它是本所生出的"末"；相对于"体"而言，它是体所产生的"用"；相对于"一"而言，它是一所分出的"多"。玄学家把这个思想说成是宇宙的总则，因而是各家共有的，儒、道自不例外。《世说新语》这则记载中裴徽说，"夫无者，诚万物之所资"，一个"诚"字，就表明了玄学家的这种观点，也反映了当时普遍的伦理思想倾向。

孔子体无而说有，老子是有而说无，这当然是一种无法加以验证的预设，我们甚至还可以批评它是诡辩但不能不承认它的精致与创造性。其实，它是否能加以验证并不重要，重要的是它引出的结论以及它对于拓展理论思维所起的作用。所谓"体"，当然不同于认识，"体"者体察、体尝、体恤、体验等之谓也，即当事者自己要亲自感觉到、体验到，要有身临其境之感。所以，"体无"就自然要与"无"为一体，要身临于"无"之中去。然而，

---

① 唐长孺：《魏晋南北朝史论丛》，商务印书馆 2010 年版，第 333 页。

"无"不同于"有"，它无形无体，圣人如何去与它为一体呢？这就非境界莫属了。因此，"体无"说所说的其实是"无"范畴的境界义。王弼的预设在理论架构上解决了融合儒道这两个区别甚大的理论体系的可能性问题。这个架构一方面维持了孔子原有的"圣人"地位，另一方面又用玄学的精神改造了孔子的面目，同时还证明了老庄不悖于圣教。有了这个架构，玄学清谈家们就可以堂而皇之地援道入儒，并最终达到融合儒道的目的。所以，王弼的这几句话，可说是魏晋伦理思想的根本基础与总的纲领。

包括《世说新语》在内的很多史籍都有过记载，正始之世，何晏与王弼二人首启玄风。"正始中，王弼、何晏好庄、老玄胜之谈，而世遂贵焉"①。又"魏正始中，何晏、王弼等祖述老庄，立论以为：'天地万物皆以无为本'"②。一般言，何晏和王弼属正始玄学贵"无"派，认为"天下之物，皆以有为生。有之所始，以无为本。将欲全有，必反于无也"③。何晏的"贵无"学说是从论证圣人有名无名问题开始的。他认为圣人高于凡人之处即在于其是无名无欲的，圣人体现的是道（自然）之精神，"道"是无名的，因而圣人是无名的。他的"贵无"论源自两方面：老子的崇无说及汉魏时期名家所提倡的君王"平淡无味"的"中庸之德"的政治人才说，这两个特征成为彼时士人共同肯定的君王人格标准，并将"平淡无味"作为自己所恪守的处世原则，提倡以无名无誉自处。《世说新语》中丞相王导暮年在理政方面的态度正是来源于此：

> 丞相末年略不复省事，正封篆诺之，自叹曰："人言我愦愦，后人当思此愦愦。"（《世说新语·政事15》）

---

① （南朝宋）刘义庆著，（南朝梁）刘孝标注，余嘉锡笺疏：《世说新语笺疏》，中华书局 2011 年版，第 229 页。

② （唐）房玄龄等撰：《王衍传》，《晋书》卷四十三，中华书局 2000 年版，第814 页。

③ 楼宇烈：《王弼集校释》，中华书局 1980 年版，第 110 页。

晋室南渡，北方士族大规模随之渡江。王导辅佐东晋元、明、成三世，深知江淮地区政治经济实力操于地方豪族之手，为稳固东晋政权，执行了笼络吴地士族的政策，施政宽纵。顾和所谓"网漏吞舟"，即指此而言。江左立国上百年之久，与此绥靖政策不无关系。王导自言"后人当思此愦愦"，实蕴含深意。此外，王弼在玄学贵"无"论创建中的地位远比其前辈何晏重要。关于这一点，《世说新语》也可说明：

> 何平叔注《老子》始成，诣王辅嗣。见王注精奇，乃神伏，曰："若斯人，可与论天人之际矣！"因以所注为《道》、《德》二论。（《世说新语·文学7》）

> 何晏注《老子》未毕，见王弼自说注《老子》旨。何意多所短，不复得作声，但应诺诺，遂不复注，因作《道德论》。（《世说新语·文学10》）

王弼是从两方面丰富和发展何晏"贵无"思想的，一是强调"崇本息末"；二是强调"体用如一"。这两个方面的理论尽管没有具体涉及时政及人格问题，但却为魏晋思想之研究重点从政治哲学向人生态度的转变奠定了理论基础。正始和元康时期的不同人生态度，根源均在王弼。何晏、王弼二人对"以名为教"的道德教化是持矛盾态度的，倡导依自然行"不言之教"。就二者的本意而言，他们以"无"立论，并不是想要反对名教所确立的强调君臣之道与尊卑之序的封建宗法等级制度以及相对应的伦理道德规范，而是想对汉末以来出现的"名实脱节"的社会问题加以纠正。他们倡导"名教本于自然"的根本目的是要为名教寻求终极的宇宙根源，并以此维护儒家伦理道德秩序，最终改良政治。他们试图将道德规范内化为人的自然之性，实现道德规范与道德意识的融合。二人并非赞同用制度去规范人的行为方式，而是推崇自然、自觉地用道德原则行事。道德规范一旦化为自然本性，道德本体便能够重新建立，那么汉末以来存在的对虚伪名教的盲目追求问题便能够得到很好的解决。

《世说新语》中除了记录王弼、何晏对"圣人"所具备的伦理特点的相关解读外,还有很多人对"圣人"这一概念有过不同探讨:

> 孙齐由、齐庄二人,小时诣庾公。公问齐由何字,答曰:"字齐由。"公曰:"欲何齐邪?"曰:"齐许由。"齐庄何字,答曰:"字齐庄。"公曰:"欲何齐?"曰:"齐庄周。"公曰:"何不慕仲尼而慕庄周?"对曰:"圣人生知,故难企慕。"庾公大喜小儿对。(《世说新语·言语50》)

> 谢公云:"贤圣去人,其间亦迩。"子侄未之许,公叹曰:"若郗超闻此语,必不至河汉。"(《世说新语·言语75》)

第一则故事是以孔子为圣人。《论语·季氏》:"生而知之者,上也。"孔颖达正义曰:"生而知之者,上也,谓圣人也",故云。然《论语·述而》亦有云:"子曰:'我非生而知之者,好古,敏以求之者也。'"可见孔子不曾自命为圣人。这里孙放在回答庾亮问题的时候,实际上鲜明摆出了自己对于儒道理想人格的价值选择:"圣人生知,故难企慕。"在这里孙放将孔子设定为圣人,庄周是其次者,然而即便有了这样的价值排序,孙放仍旧"不慕仲尼而慕庄周",说明孙放是玄学老庄思想的推崇者。"庾公大喜小儿对",则也能看出庾亮在此事上的选择态度。第二则故事的主人公郗超,字景兴,善于谈玄,精于义理,又信佛。"河汉",指银河,典出自《庄子·逍遥游》,后用以比喻言语迂远,不切实际。谢安认为圣人与一般人之间的距离是很近的,即圣人与凡人同,这实际上是在强调玄学老庄任自然的精神旨趣。从这两则故事所体现的对于"圣人"的态度我们可以看出彼时对于名教与自然之辨观点的转变。"圣人"在很大程度上是假设的人伦典范,"圣人与凡人同"则更多地关联到对个人生命的感受和对生命价值的认识。人生百年,站在压抑感性的立场上,采用群体利益至上的价值观,可以赋予它各种各样的解说;为了在群体中更好地生存,人必须注意克制自己内心的冲动。但生命的根本不在于外在的束缚,只有在每一个具体的人生遭遇和生活场景下自然涌发的"喜怒哀惧爱恶欲",那些流动与变幻的情感,才是生命的根本真实。

此外,"名教本于自然"论也即魏晋玄学实现的从单纯学理层面向社会伦理层面的延伸。王弼认为,社会起初是呈"朴"和"真"的自然之状态,提倡尊卑有别的名教是在朴散后产生的。然而事实上,仁之所以能、义之所以成、礼之所以济,并不是单靠对仁义道德的提倡所能达到的。"自然"是本,"名教"是末,以自然为本的名教并不能以强制的形式表现出来。王弼的意思是,名教之所以有意义,在于其无心为仁而仁在,无心为义而义存。王弼将人的基本道德"孝""仁"重新定义,认为"自然亲爱为孝,推爱及物为仁"①,发自内心的孝是符合自然的,但如果孝行是基于对封建礼教的敬畏和取得"孝子"之名的虚伪,那是大道的堕落、道德的异化。爱是依自然本性而生的,是不混入任何功利之心的,这才是"真孝""真仁"。孝、仁隶属于善的范畴,而善之为善,关键在于"真"。那么善如何才是"真善"呢?那便是"自然"。王弼将名教建立在"以无为本"的基础上,是道德理论与哲学思维的深化。在《世说新语》中有很多关于行孝的探讨,其中涉及各种阶层人物的不同态度,其中封建统治者的言行是我们首先需要去研究的:

> 简文崩,孝武年十余岁立,至暝不临。左右启:"依常应临。"帝曰:"哀至则哭,何常之有!"(《世说新语·言语89》)

此条所记孝武帝即司马曜,宋明帝《文章志》曰:"孝武皇帝讳昌明,简文第三子也,……帝聪慧,推贤任才。"据《晋书》载,咸安二年(372年)七月,简文帝崩,年53岁,在位2年。简文帝去世的时候,司马曜只有11岁,却能够说出如此具有态度的话,足见他的聪颖。另据同篇第90则介绍,司马曜还亲讲《孝经》,可见其对封建孝道和宗法伦理制度的推崇。孝武帝应是受何晏、王弼等人的影响颇深。他的做法是将名教的仁孝与自然

①(魏)王弼著,楼宇烈校释:《王弼集校释》,中华书局1980年版,第621页。

的无为相融摄，体现了唐长孺先生"礼玄双修"①之观点。可见，包括孝武帝在内的很多人都遵循"自然亲爱为孝，推爱及物为仁"原则。忠孝仁义被视为人性的本能，与名教的规定无关，而"孝悌"之道恰恰位于名教与自然的交叉地带，是名教中最为自然的部分。

二、非汤武而薄周孔：伦理原则的重建

何晏、王弼等人提倡的"名教本于自然"，使自然以"大本大源"的名义不断占据名教之本有、应有的空间，确实对世道人心产生了一系列负面影响。正始十年（249 年）高平陵事件后，随着司马氏统治权威的确立，名教与自然之辨的政治主题宣告结束。彼时的政治环境是当政者司马氏标榜正统儒家思想，利用名教铲除异己，客观上使名教流于形式，丧失了其原本的价值，具有了一定的虚伪性。

对于当时的名士来说，谈论政治问题是非常奢侈与危险的。此时最重要的，已不是宇宙本源和个体理想人格问题，而是士人的生存及其精神寄托问题。正因如此，嵇、阮二人才无奈于名教的异化，开始贬斥彰显名教教义的虚伪的礼法制度，提出"非汤、武而薄周、孔，越名教而任自然"②，意欲挣脱名教的枷锁，选择崇尚自然无为的道家归隐，试图完成对伦理原则的重建。其实质是王弼玄学道家逍遥出世倾向的极端发展，是魏晋时期特殊社会环境下的政治风气导致传统儒学在士人群体中发生的异常映射。他们拿起了王弼哲学中"崇本息末"的理论武器，用来作为自己人生态度的归依和根据。他们深入山林，作诗撰文，饮酒作乐，随心所欲。在他们看来，此时最重要的"本"不是别的，只是士人自身的精神支柱，一个只能存在于纯粹意识世界的自我；而此时的"末"则包括所有那些现实世界的利益和枷锁，即所谓"名"。于是，王弼"崇本息末"的理论就被嵇康、阮籍等人明确而正

---

① 唐长孺：《魏晋南北朝史论丛》，商务印书馆 2010 年版，第 333 页。
② （三国魏）嵇康著，戴明扬校注：《嵇康集校注》卷二，中华书局 2014 年版，第 198 页。

式地改造和杂糅进作为文人个体精神寄托的无限自由的自我精神人格中。

　　　陈留阮籍，谯国嵇康、河内山涛三人年皆相比，康年少亚之。预此契者，沛国刘伶、陈留阮咸、河内向秀、琅琊王戎。七人常集于竹林之下，肆意酣畅，故世谓"竹林七贤"。（《世说新语·任诞1》）

在"竹林七贤"中，嵇康"高情远趣，率然玄远"，同时又"刚肠疾恶，遇事便发"，这便注定了他不拘礼俗的特殊性情，也注定了他"临当就命，顾影索琴"的悲剧人生。《与山巨源绝交书》中的"非汤、武而薄周、孔"，惊世骇俗与旧说相对；《难张辽叔自然好学论》中的"六经纷错，百家繁炽"，师心遣论与六经相抗；《管蔡论》中的"管蔡怀疑，未为不贤"，锋颖精密与王朝相横。262年，嵇康被钟会冠以"言论放荡，非毁典谟"的罪行，为晋文王所杀。《世说新语·容止5》记："嵇康身长七尺八寸，风姿特秀。见者叹曰：'萧萧肃肃，爽朗清举。'或云：'肃肃如松下风，高而徐引。'山公曰：'嵇叔夜之为人也，岩岩如孤松之独立；其醉也，傀俄若玉山之将崩。'"在《世说新语》常见的比拟方法中，"松"通常是正直和严峻的象征，但说嵇康"肃肃如松下风，高而徐引"，则又在正直和严峻之中，融入一种萧散、洒脱的神韵。嵇康素来是偏好老庄的，无论是其笔下的《养生论》《与山巨源绝交书》还是《幽愤诗》《声无哀乐论》，都蕴含着一种"托好庄老，贱物贵身，志在守朴，养素全真"[①]的志向。他以个性和自然为生命的归宿，在其内心世界有着自己的道德评价标准。然而面对社会伦理环境的混乱与不堪，他不得不寄苦闷的灵魂于理想乐土之上，并用其极具浪漫主义色彩的怀疑精神，反抗一切传统的、因袭的、偏颇的社会伦理制度。诸如嵇康一类的竹林名士，他们当中有的玄妙，有的现实，有的玩世，有的做作，因循合乎本性的道德原则与价值追求成就着各自的人生。魏晋士人的这种以

---

　　①（唐）房玄龄等撰：《嵇康传》，《晋书》卷四十九，中华书局2000年版，第908页。

"顺其性"为宗旨的人生智慧，具体表现为提倡和追求本真、自由、平等的内在自然，被看作是一种违礼越俗的个性人格。

> 刘伶病酒，渴甚，从妇求酒。妇捐酒毁器，涕泣谏曰："君饮太过，非摄生之道，必宜断之！"伶曰："甚善。我不能自禁，唯当祝鬼神自誓断之耳。便可具酒肉。"妇曰："敬闻命。"供酒肉于神前，请伶祝誓。伶跪而祝曰："天生刘伶，以酒为名，一饮一斛，五斗解酲。妇人之言，慎不可听！"便引酒进肉，隗然已醉矣。（《世说新语·任诞3》）

> 刘伶恒纵酒放达，或脱衣裸形在屋中。人见讥之，伶曰："我以天地为栋宇，屋室为裈衣，诸君何为入我裈中？"（《世说新语·任诞6》）

刘伶作为"竹林七贤"之一，纵酒放达，不拘礼俗，狂放不羁。他的一生，与政治无缘、与诗词不沾，是中国历史上唯一靠饮酒留名的人，甚至他的遗文只有一篇，谈的就是酒。刘伶嗜酒如命，酒后近乎疯狂的行为，表现的正是其藐视礼法、纵酒避世的性格特征。生活的无可奈何平添了魏晋名士的归隐之心，他们立足于内心世界的价值判断和自由的独立精神及人格，与一切虚伪的、功利的、人为的道德做斗争。他们正是在用自然无为的人生态度守护着自己的真谛，寻找着人生的最终归宿。除刘伶外，阮籍也是在这里我们必须要说到的人物。《世说新语》中有很多条目用来记述阮籍放诞之行为，尤以《任诞》篇最甚，这足以看出阮籍身上所表现出的对封建礼法的反抗精神。

> 步兵校尉缺，厨中有贮酒数百斛，阮籍乃求为步兵校尉。（《世说新语·任诞5》）

> 阮籍嫂尝还家，籍见与别，或讥之。籍曰："礼岂为我辈设也！"（《世说新语·任诞7》）

> 阮公邻家妇有美色，当垆酤酒。阮与王安丰常从妇饮酒，阮醉，

便眠其妇侧。夫始殊疑之，伺察，终无他意。(《世说新语·任诞8》)

阮籍好老庄，任性放达，不拘礼教。《世说新语》中的这几则故事，大概均援引于《晋书·阮籍传》。籍嗜酒因而求取校尉一职，因天性自然而有违《曲礼》，"嫂叔不通问"的传统伦理规范，性不自谦而独眠妇侧等种种言行均反映了其对人性自觉的推崇和对封建礼教的排斥。除上述几则故事外，《世说新语》对阮籍身上所反映的关于"生孝"与"死孝"问题的探讨也颇为深刻：阮籍丧母，其特立独行的表现虽被传统礼俗所不容，然从其"哀毁骨立"的外部形象我们能够看到的是发自内心的至纯之孝。不仅阮籍，阮氏家族的很多人身上都有好尚玄远的精神旨趣。

诸阮皆能饮酒，仲容至宗人间共集，不复用常杯斟酌，以大瓮盛酒，围坐，相向大酌。时有群猪来饮，直接去上，便共饮之。(《世说新语·任诞12》)

阮咸是阮籍的侄子，阮氏家族都很能喝酒，喝到兴起之时，则用大瓮饮酒，更夸张的是，群猪闻到酒香后也凑过来，但这并没有影响阮氏一族的兴致，竟毫无避讳地与其同饮起来。《竹林七贤论》曾有记载："诸阮前世皆儒学，善居室，唯咸一家尚道弃事，好酒而贫。"这样看来，阮氏一族曾经也深受儒家思想影响，但无奈遭遇魏晋这样一个混乱荒芜的时代，虽有大志，也会志无所托，唯有在醉酒与玄游中寻求一方慰藉。

以阮籍为代表的"竹林七贤"每个人的生活哲学均深深影响着魏晋时期的名士们，张季鹰算是其中一个。张季鹰即张翰，西晋著名文学家，苏州吴江莘塔人氏，其父为三国时期孙吴之大鸿胪张俨。东吴于张俨去世后不久即被西晋所灭，张翰负有一身才华，然遭受亡国之痛，选择佯狂避世，恃才放旷，拒绝受礼法束缚。从这一点上看，与阮籍有几分相似。阮籍曾任步兵校尉，世称"阮步兵"，因而时人亦称张翰为"江东步兵"。据《世说新语》记载，东吴灭亡后，一次张翰于阊门附近的金阊亭听到了清悦之琴音，循声望去发现是会稽名士贺循在鼓琴。张翰与其一见如故,得知贺循将去往洛阳,便决定与其同往。张翰确实随心所欲,纵情使性,颇不负"江东步兵"的雅称。《世说新语·任诞》篇有关于张翰的这样一段记载:

> 张季鹰纵任不拘,时人号为"江东步兵"。或谓之曰:"卿乃可纵适一时,独不为身后名邪?"答曰:"使我有身后名,不如即时一杯酒。"(《世说新语·任诞20》)

张翰的回答实在是洒脱,"身后名"不如"一杯酒",他所追寻的并非只是单纯的一杯酒,这杯酒里,有着他对传统儒家伦理价值观于无奈中发出的质疑。我们都知道,儒家思想是十分重视"身后名"的,为了维护自己的"身后名",儒家要求人们立言、立功、立德,孔子更是以此为基础,建立了儒家价值规范体系,这一体系深深影响着千百年来以儒家思想为主导的人们的价值观念。然而到了魏晋之际,面对着山河飘摇满目疮痍,这种价值观被一些名士们不再提及。与死后的名声比起来,眼前人们所拥有的真实生活才应被极力追求。为了寻求"身后名"而一再委屈和压抑自己内心的自然本性,是非常不可取的。以张翰为代表的魏晋名士从另一个角度强调了个人价值和选择的自由,这是经历了许多之后对生命的一种彻悟。再看关于张翰的这一条:

> 顾彦先平生好琴,及丧,家人常以琴置灵床上。张季鹰往哭之,不胜其恸,遂径上床,鼓琴,作数曲竟,抚琴曰:"顾彦先颇复赏此不?"因又大恸,遂不执孝子手而出。(《世说新语·伤逝7》)

张翰以一种任性而无视礼仪的方式来表达对故交顾荣的悲悼,而这种方法的唯一意义在于保持了情的单纯。张翰的举动,是特意要表达他的到来完全是因为其对于死者的悼恸至深,是单纯的个人情感的表达,与世俗仪礼毫无关系。可见《世说新语》中记述的人物,每有标奇立异、惊世骇俗之举,不同于流俗,便恐为人所讥。像士大夫手持粉帛,行步顾影,在后世以为荒唐可笑，在当时却是上流社会自我标榜的风尚。正因士族作为一个特殊阶层，其对国家、皇权具有较少的依附性，才促使其能够较早体验并以自己的方式应对自由的必要、个人尊严的价值、自由与尊严的代价、生命的虚无与美丽等对人类而言具有普遍性的问题。《世说新语》正体现了魏晋时代士人对尊严、德性、智慧的理解与热爱。他们外在或许放浪形骸，逃避祸端，或许曲折为文，发泄不满，或许调和儒道，容迹而已，但内在体现的是一个时代的觉醒和风骨。嵇康的"非汤、武而薄周、孔"，犹如天龙卷风，在寰宇之间，吞吐大荒，遗世惊俗。

正如董晔先生所说："虽然嵇康等人代表了玄学生活方式的形而上倾向，但由于嵇康的被杀而宣布此路不通，所以，'越名教而任自然'渐渐化为任由情性的自由发泄，而放达、任诞行为也逐步发展成为玄学生活方式的主流。"① 竹林名士放达的人生选择影响了后世的很多名士，王澄、胡毋辅之等人，就是西晋元康年间承继竹林名士放达风气的狂放派。随着国家形式上的统一，西晋门阀世族政治、经济利益都得以强化，形成了追求享乐、奢侈腐化的不良社会风气，士大夫以清谈雅集为乐，主尚玄虚。贵游子弟则以狂放不羁为荣，或散发裸饮，对弄婢妾，沉溺于女色；或昼夜酣饮，任性不拘，以自鸣其高。魏晋士人从"任自然"开始，最终走向了"纵人欲"。"感情摆脱礼的束缚之后，并不返归素朴无为、没有欲念羁系、不为喜怒哀乐伤身的自我，而是走向任由情感发泄、哀则极哀、乐则极乐、以我为中心的自我。"② 这样一来，便埋下了精神虚无的伦理隐患。

元康时期的中朝名士以王衍、乐广为首，有所谓"四友""八达"之说。王衍终日清谈，朝野翕然，谓之一世龙门，士人无不仰慕，形成矜高浮诞的风气；乐广尤善谈论，析理简约，宅心仁厚，尤重名教。王澄与胡毋辅之，则是"四友""八达"的核心人物，自命为竹林名士的继承人，乃狂放

---

① 董晔：《〈世说新语〉美学研究》，人民文学出版社 2017 年版，第 117 页。
② 罗宗强：《玄学与魏晋士人心态》，天津教育出版社 2005 年版，第 63 页。

派的代表。他们"去巾帻，脱衣服，露丑恶，同禽兽。甚者名之为通，次者名之为达也"①。胡毋辅之的儿子酣醉后，常呼其父字，辅之也毫不介意。胡毋辅之有次正在酣饮，儿子看到了厉声喊道："彦国年老，不得为尔！将令我尻背东壁。"②胡毋辅之听得哈哈大笑，叫儿子入席一同狂饮。又有一次，"八达"来了七位，计有胡毋辅之、谢鲲、阮放、毕卓、羊曼、桓彝和阮孚，他们散发裸饮，喝得昏天黑地。最后一"达"光逸来晚了，他想推门进去，守门人不让，光逸就把外衣扯掉，将头伸到狗洞中狂吠。胡毋辅之惊叹道："他人决不能尔，必我孟祖也。"③赶紧把他喊了进来，继续不分昼夜地狂饮。这就是"八达"的狂放，他们是仰慕竹林名士的，然而却没有那样的胸襟、理想及抱负，最终只能东施效颦。难怪乐广会说："名教中自有乐地，何必如此呢？"戴逵在《放达为非道论》中评论说："放者似达，所以乱道。然竹林之为放，有疾而为颦者也；元康之为放，无德而折巾者也，可无察乎！"

"越名教而任自然"表面上看是一个充满自我确信的口号，然而也蕴含着深刻而矛盾的时代隐忧——它的出现，始终是以彷徨、无奈、矛盾、痛苦、分裂为心理背景的。而正如余敦康先生所说："这种心理背景既表现在他们对名教的激烈的否定之中，又表现在他们对自然的执着的追求之中。由于名教是一种无法超越的异化的现实，脱离了名教的自然只是一种虚无缥缈的幻想，所以他们的自我意识既不能在名教中得到安息，也不能在自然中找到寄托。"④事实上，彻底摈弃传统社会伦理纲常，实现理想化的率性而为式生活是不可能的。任何社会都离不开完整的礼法体系，不能完全抹除名教礼

---

①（南朝宋）刘义庆著，（南朝梁）刘孝标注，余嘉锡笺疏：《世说新语笺疏》，中华书局 2011 年版，第 22 页。

②（唐）房玄龄等撰：《胡毋辅之传》，《晋书》卷四十九，中华书局 2000 年版，第913 页。

③（唐）房玄龄等撰：《光逸传》，《晋书》卷四十九，中华书局 2000 年版，第916 页。

④ 余敦康：《魏晋玄学史》，北京大学出版社 2004 年版，第 309 页。

法的行为准则。人固然具有与生俱来的自然天性，但同时也具有社会属性。面对魏晋时期的社会政治环境，士人无法实现"越名教"的抱负，也无法达成"任自然"的理想。故而从此之后，名士们开始"不交人事，不畜笔研"。即便嵇、阮二人主张弃绝名教，但他们并非坚决反对儒家思想。儒与道的思想，在阮籍的世界里对立杂陈，理想与现实之间巨大反差形成的冲击令阮籍既满怀愤懑又无力反抗，因此开始斥儒入玄求取自我调适的心理平衡。在阮籍的一生中，其内心始终被儒家思想情结所贯穿，其一生出入政局内外，在名教与自然两种不同追求之间徘徊。嵇康"非汤、武而薄周、孔"的决绝精神所蕴含的人格形象，亦恰好体现了其理论命题的矛盾。嵇康临终时在监狱里完成《家戒》，诚勉后人谨慎言行，学习人情世故以适应社会。据此能够看出嵇康对于儒家的入世观念是认同的。儒道思想始终贯穿于嵇康的意识形态世界，造就了嵇康独特的人格理想和审美情趣。总而言之，嵇康一生悠然不羁，愤世傲俗，越名任心与不舍儒心相互交织，直至因之招祸而死。因而"魏晋时代，崇奉礼教看来似乎很不错，而实在是毁坏礼教，不信礼教的。表面上毁坏礼教者，实则倒是承认礼教，太相信礼教"①。嵇、阮二人不推崇礼教的本质原因为彼时司马氏借名教之名义大行权谋，杀害仁义之士。他们认为司马氏的行为是对礼教的玷污，因此心生愤懑，不再谈论礼教，甚至公然对礼教表示反对。此类行为仅仅是其二人态度的外在表现，就其内心而言，二人对于儒学礼教并非持反对态度。他们崇自然而反名教，针对的绝非名教本身，而是名教所体现出来的虚伪矫饰。在他们看来，"越名教"并不等于要否定感官欲望、人伦关系和社会国家的存在价值，而是要超越那种将人生的意义、目标仅仅限定在感官欲望的满足与因循守旧之内的价值原则、行为规范体系。对于嵇康、阮籍而言，它的基本含义是保持本性的和谐统一，而在现实的层面上则既体现在节制欲望、意志独立、言行一致、表里如

①　鲁迅：《魏晋风度及文章与药及酒之关系》，骆玉明等选编：《魏晋风度二十讲》，华夏出版社 2009 年版，第 194 页。

一等个体生活方面，同时又追求以德性为基本前提来确定起等级分明、选贤任能和注重道德教化的社会理想。

从《世说新语》书中所涉内容我们可以看出，魏晋时期很多名士的结局并不美好，阮籍、刘伶成全了性命，王衍死于石勒之手，阮家兄弟与猪同乐，陶渊明皈依自然，王恺、石崇沉迷奢淫，嵇康、孔融最终丧生。这样看来，诚心追觅淡泊平和的养生之道与"非汤、武而薄周、孔"的性情终成了一对不可调和的矛盾。然而以竹林七贤为代表的魏晋名士却于生命中不断追寻，追寻那种源于时代的人性自觉，追寻重建伦理道德秩序的程式密码。

三、将无同：伦理价值观的融合

《世说新语》中由"竹林七贤"倡导的"非汤、武而薄周、孔"的以反对名教为起点的放浪形骸、纵酒享乐等不拘礼法的行为，到了中朝时期使社会上虚浮、腐靡、纵欲之风盛行，名教的神圣性被极大地动摇，封建社会赖以生存的行为规范体系遭到冲击。这一时期人们的个性极度膨胀，不论是对个体身心发展还是对社会秩序来说均有所损益，"任自然"的理念开始暴露出消极的一面——"惠帝元康中，贵游子弟相与为散发裸身之饮，对弄婢妾，逆之者伤好，非之者负讥，希世之士耻不与焉。盖貌之不恭，胡狄侵中国之萌也，其后逐有二胡之乱，此又失在狂也"①。如若继续按照"非汤、武而薄周、孔"之指引发展，那么纵欲主义便会泛滥，士人们的生活将与现实相去甚远，走上"一手持蟹螯，一手持酒杯，拍浮酒池中，便足了一生"②的生命状态。《世说新语》中"妇皆卿夫，子呼父字"的放肆现象及"钻核卖李、人乳饮猪"的物欲观，皆是任凭个性肆意发展的表现。然而我们需要看到的是，如若仅以主观上达至自由、率性为最终目标，完全脱离社会现

---

① （唐）房玄龄等撰：《五行志上》，《晋书》卷二十七，中华书局2000年版，第533页。

② （南朝宋）刘义庆著，（南朝梁）刘孝标注，余嘉锡笺疏：《世说新语笺疏》，《任诞21》，中华书局2011年版，第639页。

实，致使自然主义泛滥，这样的自由是不会演变成真正的自在自为的和谐存在的，相反会扭曲自然人性。这样的生存方式如若任其发展，将给个人与社会带来不利影响。然而如果刻意规避名教的一系列弊端并执意维护它，亦会使士人们因缺乏内圣外王之道的指导而趋于人格萎缩，从而丧失个性，过完庸碌无为的一生，这显然无法满足崇尚个体价值的魏晋士人的精神追求。于是他们重新梳理名教与自然之关系，使名教向自然回归，并找出调和二者的合理方法，以此作为自己的生存之道。

> 阮宣子有令闻。太尉王夷甫见而问曰："老、庄与圣教同异？"对曰："将无同。"太尉善其言，辟之为掾。（《世说新语·文学18》）

　　《晋书·阮籍传》附《阮瞻传》以此事属阮瞻，王衍则为王戎，词亦稍详，如下："（瞻）举止灼然。见司徒王戎，戎问曰：'圣人贵名教，老庄明自然，其旨同异？'瞻曰：'将无同。'戎咨嗟良久，即命辟之。世人谓之'三语掾'。"①《世说新语》此则所记的"将无同"已经接近于郭象"名教即自然"的观点了，它意味着"圣教"与"老庄"在某种程度上的统一，体现的正是名教与自然辩证统一的过程，是伦理价值观的一种融合，是对名教与自然关系的改造与调和——既可保存名教在维护群体伦理包括等级尊卑秩序方面的效用，又可以削弱它原来如嵇康所言"以抑引为主"的强制性质，使道德更多地与人的内心自愿相结合，而避免成为虚伪的程式。二阮都卒于永嘉中，与郭象生活的年代相同，由此可见"名教即自然"在西晋末已是颇为流行的说法。自西晋统一始，名教与自然之间的关系即转入调和阶段，郭象的《庄子注》及裴頠的《崇有论》是理论上的表现。何晏王弼二人虽指明名教与自然之间是存在矛盾的，却并未将其放在相互对立的层面；阮籍、嵇康在此基础上提出名教与自然不相容，然而其所拒斥的实际只是虚伪的名

---

　　①（唐）房玄龄等撰：《阮籍传》，《晋书》卷四十九，中华书局2000年版，第902页。

教,并非合乎自然的名教本身。到了西晋,从王戎深赏阮瞻名教与自然"将无同"之答语,以及裴頠崇有与郭象注庄等事例观之,名教与自然的关系已由矛盾复归于统一。此时的名士辨析"不生不化"与"生化之本",将崇有之论引入人事政治,讲"虚无奚益于已有之群生"①,以达至"独化玄冥"与"内圣外王"的玄儒调和理想境界。《世说新语》载:

> 裴成公作《崇有论》,时人攻难之,莫能折。唯王夷甫来,如小屈。时即以王理难裴,理还复申。《世说新语·文学 12》

裴頠著《崇有论》,乃是为了纠竹林名士、元康名士之偏,要弃自然而任名教,试图强化纲常伦理。他的论点主要有两个:一是无不能生有,生者自生;二是无不能制有,济有者皆有。他的论点打中了贵无派的要害,所以"王衍之徒攻难交至",但是"并莫能屈"②。郭象的理论是受到裴頠《崇有论》影响的,他从独化论的观点出发,认为自然和名教都无法满足"独化"的法则,继而提出"名教即自然"这一理论命题。在这里,自然包含有"规律"的意思,即名教是符合自然规律的,自然存在于名教之中。如果将郭象关于名教与自然合一的理论进一步延伸,则"有为"即是"无为","山林"即是"庙堂","外王"即是"内圣","周孔"即是"老庄"。郭象从理论上论证了名教与自然的合流,给予名教合理性充分肯定,主张人无法从名教中分离出来,应当通过名教寻找乐土,而名教的形式应当做出适当转变,不可仅将仁义礼乐付于形式之流。他利用《庄子注》将名教与自然之间的关系进行系统化的梳理,在儒家学说的思想逻辑起点引入道家尊崇自然的理念,从客观角度讲,是对"否定之否定"玄学运动历史进程的终结。这在以门阀政治为基础的西晋是非常实用且适时的,为士族既占据高位、享受特权,又附

---

① (唐) 房玄龄等撰:《裴頠传》,《晋书》卷三十五,中华书局2000年版,第685页。

② (唐) 房玄龄等撰:《裴頠传》,《晋书》卷三十五,中华书局2000年版,第685页。

庸风雅、标榜清高找到了理论上合理的依据。

到了西晋后期，名教与自然达到了理论融通的最高境界。这时的儒道思想共存于魏晋士人的精神世界，形成了一种妥协思想而迎合时势，因而造就了士人的人格双重化现象——"遵儒者之教，履道家之言"①。牟宗三先生尝言："虽言理以道为宗，而于人品则崇儒圣。儒道同言，而期有所会通。"② 这种结合名教与自然的人生态度，其上者若山涛，心存事外，与时俯仰，立身纯正而幽远明达；其下者若何曾，外厉素贞，内怀私欲，口标仁义而行为苟且。至于王衍之徒尚玄学虚诞，在其位而不谋其政，儒学意识已淡薄不甚可言。放荡如胡毋辅之等便更是不入末流了。能够比较好地融合儒学玄理于政治生活实践的会通名士，以张华、乐广为代表，主张"名教中自有乐地"。

　　　王平子、胡毋彦国诸人，皆以任放为达，或有裸体者。乐广笑曰："名教中自有乐地，何为乃尔也？"（《世说新语·德行23》）

刘孝标注引王隐《晋书》曰："魏末阮籍，嗜酒荒放，露头散发，裸袒箕踞。其后贵游子弟阮瞻、王澄、谢鲲、胡毋辅之之徒，皆祖述于籍，谓得大道之本。故去巾帻，脱衣服，露丑恶，同禽兽。甚者名之为通，次者名之为达也。"乐广所说的"名教中自有乐地"，可以说是前述郭象"名教即自然"的先声，与阮瞻的"将无同"有着异曲同工之处。它意味着虚无并不须以毁弃名教为代价，在恰当的规范中人仍然可以品位自由的快乐。当然我们能够理解乐广所说的"自有乐地"的名教具有一个潜在的前提，它不能是那么严苛而过于违背自然的。既然名教中就有自然的乐趣，又何必隐逸山林，甘老林泉呢？这相当于现代人说的"大隐隐于人海"。实际上是要为人找到安身立命的理论依据，将精神生活与世俗生活相统一。但如若"任自然"到

---

① （梁）萧逸：《金楼子》，（清）永瑢等编：《四库全书（文渊阁版本）》，台湾商务印书馆1986年版，第817页。

② 牟宗三：《才性与玄理》，吉林出版集团有限责任公司2010年版，第70页。

了人禽不分的地步，那么就失去了自然之超越性，这便是堕落而不是通达了。乐广想说的是，名教不会妨碍人之超然，这实际是丰富了王弼所提的自然与名教之关系：自然是名教存在的前提，名教是自然的完全实现。

事实上，由西晋士人总结完善的"名教即自然"命题，铺开了行道家之玄理，全儒学之节义，具有隐逸倾向的生活实践道路。写到这里要提一下颇受魏晋士人推崇的理想人格——名士人格。其与君子不同，名士概念出现较晚，意蕴也相对简单，指的是拥有较高名望的士人，并未包含人格属性。直到东汉中后期名士才逐渐发展成为一种理想人格而被士人所推崇。正始年间，魏晋玄学逐渐盛行，其主要特征是会通儒道，以道家思想为底蕴，由此形成了以正始名士和竹林名士为代表的魏晋名士人格。后来，名士人格因过于追求畸变而严重破坏了社会风气，士族自此开始深刻地自我反省。向、郭《庄子注》对名教与自然之间紧张的关系在一定程度上起到了调节作用。郭象提出"无心顺有"的观念系统能够确保个体无论面对何种境遇都能保证自身人格目标功能的平衡，因此个体能够极具弹性地在不同社会环境中灵活自由地游走，描绘出了适应士族需要的创新性人格理想——"礼玄双修"。魏晋名士的人格特点是崇尚自然无为、真实无畏，以达至心灵自由。他们纵情诗酒、醉心艺术、崇尚玄远、放诞不羁，从而缓释其长期遭受的儒家传统思想带来的压抑情感。名士人格的理论底蕴虽是道家思想，但其实亦不会对儒家思想表现出明显的排斥，其人格特征是"儒道兼综"的，名士们终其一生所追求的正是调和名教与自然的人生态度。礼玄双修，方能"利用礼制以巩固家族为基础的政治组织，以玄学证明其所享受的特权出于自然"①。

到了东晋时期，张湛作《列子注》，对列子思想的解释是在"至虚为宗"的主旨之下，综合王弼"以无为本"和郭象"自生独化"，其以"至虚为宗"统摄肆情顺性的人生哲学，引导了东晋士人所追求的宁静精神境界。

---

① 唐长孺：《魏晋南北朝史论丛》，商务印书馆 2010 年版，第 333 页。

此时的士人普遍接受了郭象所重构的"礼玄双修"的人格结构，他们兼修玄礼，并通过社会政治生活中宅心玄远与积极事功相结合表现出来，帝王大臣的实践原则是"在儒亦儒，在道亦道"，主要体现为政务宽恕、事从简易、不存小察、弘以大纲的玄学政治，这以王导和谢安的具体施政方略为代表。其他士人包括刘惔、王濛、江惇、范汪等人，作为名士整体共同反映了玄儒学说在精神意识形态与政治生活实践领域融合一体的趋势，而这种儒道合一的士人人格体现的正是儒家礼乐伦理和社会责任意识的复兴。

> 丞相末年，略不复省事，正封箓诺之。自叹曰："人言我愦愦，后人当思此愦愦。"（《世说新语·政事15》）
>
> 王丞相主簿欲检校帐下，公语主簿："欲与主簿周旋，无为知人几案间事。"（《世说新语·雅量14》）

第一条中，刘孝标注引徐广《历纪》曰："导阿衡三世，经纶夷险，政务宽恕，事从简易，故垂遗爱之誉也。"王导在执政的过程中，选择以简易、宽恕的方式取代烦琐苛刻，这其中必然有他的理由。我们可以看到的是，王导在此正是将宅心玄远与积极事功结合得恰到好处，这体现了其顺应自然而务简易的执政思路。第二条，王导婉言与主簿商量为政之方：不要干预案牍间的琐事，此亦为简要之体现。东晋门阀士族"礼玄双修"的价值选择既可使其在个人生活领域实现对现实俗务的超脱，又可在政治生活领域为家族昌盛获取资源，保障自身的显要地位。士人们认为，儒以治世，玄以修性；前者为群体谋划，后者为个人计较；前者为事功，后者为文娱。他们既能清流自好，成就一代名流之风，又可以积极干政，维护东晋王朝的统治。"礼玄双修"的名士之气既充满玄学的宽容，又有儒家的自我规范和政治自觉。在东晋门阀政治的深入影响下，"礼玄双修"的理想人格作为首选而为士人们所推崇，成为士人普遍的思想倾向与行为模式。他们将部分佛教思想融入其中，形成新的玄学思想，名士人格自此得以定型，名士风流在社交、艺术、清谈及政治等诸多领域得以彰显。再看这一条：

王安期作东海郡,吏录一犯夜人来。王问:"何处来?"云:"从师家受书还,不觉日晚。"王曰:"鞭挞宁越以立威名,恐非致理之本!"使吏送令归家。(《世说新语·政事10》)

王安期名承,太原晋阳人。《晋书》称其"清虚寡欲,无所修尚。言理辩物,但明其指要而不饰文辞,有识者服其约而能通"①。王承言理辩物力求"简要",为政亦是如此。不鞭笞犯夜禁的读书人,确为宽大,而这正是出于对"致理之本"的理解。明达政体,抓住根本,优容细故,忽略微疵,是为"简要"。作为东晋初年的第一名士,在王承身上我们看到了彼时魏晋士人受"礼玄双修"影响而形成的精神意识形态与政治生活实践领域融合一体的特殊人格模式,这种人格模式正是儒道伦理价值观相融摄的具体体现。

《世说新语》中所体现的"将无同"的伦理价值观的融合,以及玄、儒合流的影响,显示出魏晋士人伦理原则与人生理想各有侧重的分化,"礼玄双修"的魏晋名士之基本态度是"儒不可缺、玄不必弃"。儒道合流的结构,塑造了中国人的心灵,刻画了中国人的行为模式。之所以能够通过儒道两家的"将无同"而推出儒道"互补"的价值体系,一方面在于二者具有相互补充的思想结构:一个入世一个出世,一个庙堂一个山林,一个进取一个退守,一个阳刚一个阴柔,一个尚有为一个尚无为,一个建构一个解构。这样的思想结构差别,促成了它们之间的相互需求。然而最关键的是,儒道两家分别切合了人们政治生活的两种状态:一种是人们善于进入政治制度生活,获得重用时意气风发、精神抖擞的状态;另一种是人们在政治制度生活中不获重视时,满腹怨气、悲愤抗议的状态。这个时候,儒道互补各自显示出的状态,就分别契合了不同心境中的人对生活状态选择的需要。身处顺境,仕途得志时,士人自有的儒家人格占据主导,表现出"达则兼济天下"的品性,为其提供人生进取的哲学理由,对其个体行为在社会竞争中产生巨大的

①(唐)房玄龄等撰:《王承列传》,《晋书》卷七十五,中华书局2000年版,第1304页。

激励作用。身处逆境，仕途不顺时，士人自有的道家人格占据主导，表现出"穷则独善其身"的品性，为其提供修身养性的人生说辞，于是便选择归隐山林纵情山水。当这两种思想上达宇宙论、下至人生观地建立起一套完整论说的时候，它们便有了各自从一个侧面影响现实中人的行为的互补功能。其实，"穷则独善其身，达则兼济天下"，儒家本身的这种说法，已经内嵌了道家的因素。因此，儒道的两种说法尽管矛盾，但它们同样深刻地影响了中国人的基本生活思路。

总的来说，《世说新语》所体现的魏晋时期儒道融合的过程为传统儒家思想的理论体系提供了丰富的内容支撑，玄学作为新道家的独特发挥形式，为传统儒学对封建统治秩序的维护提供了另一种理论论证，为历代士人坚守的儒学阵地提供了广阔的回旋空间。士人在生活和理论方面利用"礼玄双修"理念所做的一切实践探索，为汉末行将就木的儒学思想注入了新的活力，宋代新儒学的产生也正是以魏晋思想的融合为前提的，其所具有的张力一定程度上是玄学思想的延续。从《世说新语》记述的魏晋士人个体思想细节及言行出处政治作为，可体味玄儒二者的基本内涵从矛盾尖锐对立到理论有机融合，于东晋南朝付诸现实生活，为铸造士人进退有度、自然无为的精神人格所发挥的复杂作用。

· 第 四 章 ·
传统的延续与嬗变：《世说新语》中的人伦观

　　传统儒家的名教牵涉多种人伦关系，其中的"君为臣纲，父为子纲，夫为妻纲"，是中国传统道德的基本原则，它的形成经历了一个历史过程：萌芽于战国，正式形成于西汉。儒家经典《仪礼》宣称的"父至尊也，君至尊也，夫至尊也"①，明确规定了君、父、夫"至尊"的地位。到了西汉，大一统的封建帝国建立之后，迫切需要稳定封建等级秩序。董仲舒"王道之三纲，可求于天"②的提出，使其蒙上了一层神秘的面纱，具有了永恒性与神圣性。此后《白虎通义》提出"子顺父，妻顺夫，臣顺君，何法？法地顺天也"③，从国家文件的角度加以倡导，使传统儒家人伦观的影响范围逐渐扩大，成为社会流行的观念。然而从伦理变迁的总体趋势看，到了魏晋，在战争频仍、国家分崩离析的现实背景下，体现中国封建社会道德原则的传统人伦观在这一时期虽然仍持续发挥作用，但其地位和影响亦受到了一定的冲击和削弱。反映了魏晋士人生活方式、思想理念、精神风貌的《世说新语》一书，其所涵盖的内容对于我们理解彼时儒家传统人伦观的延续与嬗变情况有重要意义。

---

①（汉）郑玄注，（唐）贾公彦疏：《仪礼注疏》卷二十八，上海古籍出版社2020年版，第883页。

②（清）苏舆撰，钟哲点校：《春秋繁露义证》卷十二，中华书局1992年版，第344页。

③（清）陈立撰，吴则虞点校：《白虎通疏证》卷四，中华书局1994年版，第194页。

第一节 父子之伦与"孝"

儒家传统伦常大道的第一伦便是父子之伦，父子关系是一种天然的秩序。汉儒之言父子一伦，大抵谓为人父者当尽其教子之责。观《说文解字》《白虎通义》二书，则训"父"为"矩"。与父子之伦相对应的人伦规范便是"孝"。在中国传统伦理道德中，孝长期受到人的重视，被看作是做人最基本的伦理道德之一。从《世说新语》所涉故事能够清晰反映出魏晋时期父子之间的伦理关系以及"孝"这一人伦规范的基本情况，从中我们可以体味其所具有的典型时代特征。

一、"孝为德本"

作为传统儒家人伦观核心的父子之伦是中国传统人伦之道的重要组成部分，是人类以血缘关系为纽带的纵向延续，是最原始的伦理关系之一。先秦时期的典籍大多认为，人伦义务应该是双向的，而且双方是互为因果的。如"父母暴而无恩，则子妇不亲"[①]。然而到了战国时期，韩非子提出"子事父"；西汉董仲舒《春秋繁露·五行》称"子顺父，……法地顺天也"；《白虎通义·三纲六纪》载："父者，矩也。以法度教子也。"可以看出，"三纲所强调的是一方事一方、一方顺一方、一方以一方为'天'"[②]。到后来，又有曾国藩的"父虽不慈，子不可以不孝"之说，双向的伦理义务逐渐变为单向的义务。孝作为父子伦理关系最直接的人伦规范，一直以来都是我国封建礼教之中极具亲和力的核心部分。

纵观我国传统儒家典籍，对"孝"这一基本人伦规范的表述俯拾皆是。《论语》一书中，"孝"出现过19次。那么究竟什么是"孝"呢？孔子认为

---

① 黎翔凤撰，梁运华校注：《管子》卷一，中华书局2004年版，第51页。
② 张锡勤：《中国传统道德举要》，黑龙江大学出版社2009年版，第81页。

"无违"即孝，提出"生，事之以礼；死，葬之以礼，祭之以礼"①的为孝之要求，甚至认为"孝弟也者，其为仁之本与！"②《尔雅》对孝下的定义是"善父母为孝"③。《新书》称"子爱利亲谓之孝"④。可见，对父母的热爱与恭顺，是中国古代孝道的基本要求。那么孝这一人伦规范在中国古代封建社会的地位如何呢？我们还是可以从儒家典籍中管窥一二。孟子认为："尧舜之道，孝弟而已矣。"⑤《孝经》曰："夫孝，德之本也。"⑥孝是"天之经""地之义""民之行"⑦。《吕氏春秋》记载：《商书》曰：刑三百，罪莫重于不孝。"⑧这些都充分说明，孝在当时已成为非常重要的道德规范。

　　孝之所以在我国传统道德规范中有如此重要的地位，是由我国古代的基本社会结构决定的。黑格尔在提及中国的孝文化时说："中国纯粹建筑在这一种道德的结合上，国家的特性便是客观的'家庭孝敬'。"⑨传统的中国社会便是以"孝"为核心的社会结构形式。在漫长的历史进程中，中国都是以"家国同构"为政治基础和伦理标准的。《论语·宪问》中"修己以安百姓，尧舜其犹病诸"的语句，就是对这种精神的经典概括。《大学》有云："古之欲明明德于天下者，先治其国。欲治其国者，先齐其家。欲齐其家者，

---

　　① 杨伯峻译注：《论语译注》，中华书局 2012 年版，第 18 页。
　　② 杨伯峻译注：《论语译注》，中华书局 2012 年版，第 3 页。
　　③ 胡奇光、方环海撰：《尔雅译注》，上海古籍出版社 2004 年版，第 187 页。
　　④（汉）贾谊撰，闫振益、钟夏校注：《新书校注》卷八，中华书局 2000 年版，第 303 页。
　　⑤ 杨伯峻译注：《孟子译注》，中华书局 2012 年版，第 303 页。
　　⑥（唐）李隆基注，（宋）邢昺疏：《孝经注疏》卷一，上海古籍出版社 2009 年版，第 3 页。
　　⑦（唐）李隆基注，（宋）邢昺疏：《孝经注疏》卷三，上海古籍出版社 2009 年版，第 28 页。
　　⑧ 许维遹著，梁运华整理：《吕氏春秋集释》卷十四，中华书局 2009 年版，第 308 页。
　　⑨［德］黑格尔著，王造时译：《历史哲学》，上海书店出版社 2006 年版，第 114 页。

先修其身。"①孟子曰："天下之本在国，国之本在家，家之本在身。"②"家国同构"是家庭、家族和国家在组织结构方面的共同性，均以血亲宗法关系来统领。它既是一种社会结构形式亦是一种文化形态。这种社会结构形式产生于中国传统社会的生产形式、政治制度和文化背景，而"家国同构"也进一步巩固和稳定了中国传统社会的形式与传统文化的发展。基于此，孝德在周代产生之初，就是亲情与政治的合一。到了汉武帝时，罢黜百家，独尊儒术，更是深入人心，孝德因此长期受到封建统治者的重视，提倡孝道便可更好地"安百姓"，"导民以孝"便能培养人们的顺德。而一旦在人民中树立起顺德，则天下就不会发生"犯上作乱"之事了，这样对于维护封建统治秩序是极为有利的。此外，孝是一切道德的精神实质，所蕴含的伦理精神本质是爱、敬、忠、顺，是一切道德的基础和精神源头。孝德中包含了儒家道德的"亲亲""尊尊""长长"的基本伦理精神，是"行仁"与"行德"的道德起点。古代中国所讲的"亲情关系"包含血缘关系和社会关系，因而一系列道德行为均是以这种亲情关系为基础而生发的——由"孝"而"仁"，由"仁民"而"爱物"。这是中国传统道德的基本致思方式和理论进路。

《世说新语》作为南朝宋刘义庆组织编撰的书目，有鉴于其临川王的封建统治阶级身份，此书所蕴含的儒家思想还是比较明显的，对纲常名教的重视也是一目了然的。在全书的 36 门中，《德行》一门居首便是明证。"仁""忠""孝""信""节""义""德""礼"等伦理范畴充斥在文本中，是编撰者对儒家正统伦理精神的肯定。而在所有德行中，对孝行的提倡又尤为突出。据统计，在《德行》篇中，有关孝行的记载便有 12 处之多，占整篇的四分之一。此外，书中其他门类也散见对于孝行的表述，足见魏晋时期社会对孝这一人伦规范的重视与褒扬。然而这种重视并非没有来源，《世说新语》中反映的魏晋所崇尚的孝悌之风正是对儒家传统思想"三纲"的继承与延

---

① （汉）郑玄注，（唐）孔颖达正义：《礼记正义》卷六十六，上海古籍出版社 2008 年版，第 2237 页。

② 杨伯峻译注：《孟子译注》，中华书局 2012 年版，第 178 页。

续。总的来说，《世说新语》中所反映出的魏晋时期对孝德的坚守表现为以下几点，在此摘取部分章句，以示说明。

（一）对不孝之人的鄙薄

魏晋时期整个社会对于孝德的推崇对比前朝来说丝毫未减，这首先表现在不论从统治阶级还是社会大众层面来说，其对于不孝之人都持反对与鄙夷的态度。在《世说新语》中有充分的体现：

> 籍之抑浑，盖以浑未识己之所以为达也。后咸兄子简，亦以旷达自居。父丧，行遇大雪，寒冻，遂诣浚仪令，令为它宾设黍臛，简食之，以致清议，废顿几三十年。（《世说新语·任诞13》刘孝标注引《竹林七贤论》）

阮籍的侄子阮简在父丧期间因天寒地冻气候恶劣，拜见浚仪令的时候不好推却别人的好意而吃了一点肉，即便他平日里为人"旷达"，在清议过程中仍被中正一再拒绝，以致30年不被录用。在如今看来稀松平常之事，在当时是非常不合礼制的。《礼记·丧服四制》记："父母之丧，衰冠绳缨菅屦，三日而食粥，三月而沐，期十三月而练冠，三年而祥。"在为父母守丧之时，子女不能有任何的享乐行为，不得吃肉饮酒，只能吃粥；必须与妻妾分房而住；不得洗澡、剃头、刮胡子；不得嫁娶，不得有任何庆祝活动，不得在节日的时候去拜访亲友；不得被举荐出仕，不得应考；在外做官的官员，则必须离职回家守孝，称为"丁忧"。阮简之所以不被征用正是因为违背了传统孝道为父守丧不食肉的规定。

> 温公初受刘司空使劝进，母崔氏固驻之，峤绝裾而去。迄于崇贵，乡品犹不过也。每爵皆发诏。（《世说新语·尤悔9》）

温峤在永嘉之乱时，被刘琨派去劝说原驻守在江左的司马睿即位，为晋元帝。温峤的母亲因担心他的安危而不让他走，峤"绝裾而去"，忤逆了母亲，这在时人眼中是非常不孝的。于是在乡品中总是"不过也"。但温峤这个人又很矛盾，在此条中刘孝标注引《晋书》曰："元帝即位，以温峤为散骑侍郎。峤以母亡，逼贼，不得往临葬，固辞。"温峤在国家危难之际，选择了为国尽忠，又在朝廷意欲为其封官之时以"为母守孝"为由而"固辞"。而当时朝廷的态度是"其令八坐议，吾将折其衷"，可见彼时对于孝行的推崇也是国家所重视的，因而才能允许其先守孝后为官。

　　魏晋时期，社会舆论对居丧不礼等不孝之人虽因风气之变而有所宽容（下详），但总体上的态度还是谴责更多的，这在《世说新语》很多条目中都有所体现。魏末阮咸居母丧而追胡婢，引"世议纷然"[①]，遂长期不得为官；陈寔称"母病求假者"为"欺君不忠，病母不孝。不忠不孝，其罪莫大"[②]；陈纪父亲去世，他"哭泣哀恸，躯体骨立"，其母心疼他，"窃以锦被蒙上"，然而郭太看到后，却指责他作为天下俊杰，不应这样。于是"宾客绝百所日"。对于未尽孝道或有违孝道的行为，舆论在某种程度上总会给予当事人一定压力。

（二）对孝行的推崇

　　魏晋时期，曹操为了统治需要提出"唯才是举"的求贤令，企图弱化"孝德"在选拔官员时的作用，司马氏虽为儒学大族，但夺取魏氏政权的方式却为传统礼法所不容。司马氏上台后，为早日实现"拨乱反正"，使新朝政局得以稳定，只能通过维护"孝德"在人伦规范中的重要作用，以掩饰自己的行为，发挥"孝"在国家治理中的政治伦理效用，重建"以孝治天下"封建统治秩序。因为"若主张以忠治天下，他们的立脚点便不稳，办事便棘

---

① （南朝宋）刘义庆著，（南朝梁）刘孝标注，余嘉锡笺疏：《世说新语笺疏》，中华书局 2011 年版，第 635 页。
② （南朝宋）刘义庆著，（南朝梁）刘孝标注，余嘉锡笺疏：《世说新语笺疏》，中华书局 2011 年版，第 143 页。

手，立论也难了"①。《晋书·世祖武帝纪》记载："士庶有好学笃道，孝弟忠信，清白异行者，举而进之；有不孝敬于父母，不长悌于族党，悖礼弃常，不率法令者，纠而罪之。"这大概是司马氏"以孝治天下"的最原始的记录了。因孝行而受到朝廷推举的例子在《世说新语》中有不少记载：

> 祖光禄少孤贫，性至孝，常自为母炊爨作食。王北平闻其佳名，以两婢饷之，因取为中郎。（《世说新语·德行26》）

刘孝标在为此条做注时说："祖纳九世孝廉。纳诸母三兄，最治行操。"② 按此说法，祖纳因孝而获得了官职、妻妾等实际利益。这表明孝在政治、社会等多层面均是受到肯定和褒扬的，祖纳正是通过孝行被朝廷"举而进之"的实例。

> 韩康伯时为丹阳尹，母殷在郡，每闻二吴之哭，辄为凄恻，语康伯曰："汝若为选官，当好料理此人。"康伯亦甚相知。韩后果为吏部尚书，大吴不免哀制，小吴遂大贵达。（《世说新语·德行47》）

这里的"二吴"指的是吴坦之和吴隐之兄弟二人。《孝子传》称"隐之少有孝行，遭母丧，哀毁过礼"；《晋纪》称"隐之既有至性"。从这些记载中我们都能看出他们对母亲是非常孝敬与怀念的，也正是因为二人对孝行的遵循，在韩康伯做了吏部尚书后，真的被给予官职，这正是社会褒扬孝子的证据。

为了彰显统治者对孝的重视，彼时的皇帝亲授《孝经》的事例并不少，《世说新语·言语90》载："孝武将讲《孝经》，谢公兄弟与诸人私庭讲习。"此后，东晋穆帝、孝武帝也曾亲讲《孝经》，并多次褒扬孝子孝行。今

---

① 鲁迅：《魏晋风度及文章与药及酒之关系》，骆玉明等选编：《魏晋风度二十讲》，华夏出版社2009年版，第193页。

② （南朝宋）刘义庆著，（南朝梁）刘孝标注，余嘉锡笺疏：《世说新语笺疏》，中华书局2011年版，第24页。

文《孝经》，宣扬爱敬忠孝之道，要言不烦，影响深远，为儒家经典的代表之作。余嘉锡先生在解释魏晋之际重孝之风时这样表述："自中原云扰，五马南浮，虽王纲解纽，风教陵夷，而孝弟之行，独为朝野所重。自晋至梁，撰孝子传者，隋志八家，九十六卷；两唐志又益三家，十九卷。其他传记所载，犹复累牍连篇。伦常赖以维系，道德由之不亡。故虽江左偏安，五朝递嬗，犹能支柱二百七十余年，不为胡羯所吞噬。"① 由此可以看出，魏晋之际的孝悌观念，因"独为朝野所重"而被广泛提倡，呈现出复杂而不失有序的有生状态。相比在名士贵族圈里盛行的谈玄、品题、任诞风气，孝悌之风在当时显然更为普及，已经是一种全社会的风尚。

（三）将行孝与个人命运及家国兴衰相结合

儒家思想普遍认为，"孝"是一个人为学的基础，是一个人成君子的基础，是社会稳定的基础，更是国家发展的基础，这一观点在《世说新语》所记内容发生时期——魏晋仍然被人们所认可。人们普遍认为，"孝为百行之首"，一个具有孝德的人，其他方面的品德也一定不差。人们相信正是由于某人拥有了孝德，其在生活中面临挫折艰险时，才通常能够化险为夷。孝德在这里有一种被"神化"的意味，仿佛有了孝德便会冥冥之中拥有顺遂的人生与命运。《世说新语·德行45》讲述了孝子陈遗为母"贮录焦饭"的故事。陈遗"家至孝，母好食铛底焦饭，遗作郡主簿，恒装一囊，每煮食，辄贮录焦饭，归以遗母"。后来陈遗遇险，就是靠着没来得及给母亲的焦饭存活了下来，"时人以为纯孝之报也"。这件事虽然存在非常大的偶然性，但是人们宁愿相信是孝德给其带来了福报。

除了将孝德与个人命运相连之外，《世说新语》中也记载了不少将孝行与家旺、国兴相联系的事例。陆凯在回答孙皓问话时强调"父慈子孝，家之

---

① （南朝宋）刘义庆著，（南朝梁）刘孝标注，余嘉锡笺疏：《世说新语笺疏》，中华书局 2011 年版，第 46 页。

盛也”①。这里陆凯便把“子孝”与“家盛”相关联，体现出孝道在齐家中的重要作用。另《世说新语·方正32》载王敦攻下石头城后，想废掉晋明帝司马绍，因司马绍聪明有谋略，王敦忌惮他的能力，想出的名目便是污蔑其为子“不孝”。这样做的目的是想引起世人对他的误会，让别人认为司马绍德不配位，不适合继承大统，这样便能够名正言顺地将其废黜。

二、以自然亲爱为孝

魏晋时期，随着名教面临的挑战日益增多，加之玄风的兴起，孝观念作为儒家传统人伦规范的核心亦发生了一系列嬗变，在《世说新语》中随处可见反映这种变化的实例，主要表现在两个方面。

（一）提倡“至纯”之孝

《世说新语》中所记载的有关孝子孝行的诸条，常有“至纯”“至孝”这样的字眼，如“祖光禄少孤贫，性至孝”②，“吴郡陈遗，家至孝”③等。事实上，这种“至纯”之孝，指的是表现为“居丧不礼”的孝德，即对传统守孝方式的一种超越。守孝方式不受名教礼法约束，在魏晋那样一个充满浪漫主义色彩的年代，可以被称为一种“不伦之伦”，是一种由内心自然情感主动驱动的孝行。这种孝行“并非意味着‘孝’的观念的完全淡化。只是此时人认识行孝方式及评判标准的变化，即侧重面不再是人们是否遵守礼法，而是是否因丧而‘毁性’、‘灭性’，将重形式改为重内容而已”④。

---

①（南朝宋）刘义庆著，（南朝梁）刘孝标注，余嘉锡笺疏：《世说新语笺疏》，中华书局2011年版，第481页。

②（南朝宋）刘义庆著，（南朝梁）刘孝标注，余嘉锡笺疏：《世说新语笺疏》，中华书局2011年版，第24页。

③（南朝宋）刘义庆著，（南朝梁）刘孝标注，余嘉锡笺疏：《世说新语笺疏》，中华书局2011年版，第44页。

④ 刘伟航：《三国伦理研究》，巴蜀书社2002年版，第276页。

王戎和峤同时遭大丧，俱以孝称。王鸡骨支床，和哭泣备礼。武帝谓刘仲雄曰："卿数省王、和不？闻和哀苦过礼，使人忧之。"仲雄曰："和峤虽备礼，神气不损；王戎虽不备礼，而哀毁骨立。臣以和峤生孝，王戎死孝。陛下不应忧峤，而应忧戎。"（《世说新语·德行17》）

王戎与和峤同时遭遇大丧却表现出了不同的守丧方式：和峤痛哭流涕，一切遵循哀悼礼仪，王戎瘦如鸡骨，不支于床。《礼记》记载，孝子哭丧，要"三区而哀"，原本对长辈的不舍应该是发自内心的，悲伤之情的涌现也不应有时间和程序限制，这无论如何有形式大于内容的嫌疑。按照儒家礼仪，王戎的行为是有悖人伦的。然而仲雄的一番话道出了其中的真谛：相比和峤的"生孝"，王戎的"死孝"更受人推崇，因而刘孝标注引《晋阳秋》曰："世祖及时谈以此贵戎也。"同篇第20则从另一个角度记载了王戎的孝行："王安丰遭艰，至性过人。裴令往吊之，曰：'若使一恸果能伤人，濬冲必不免灭性之讥。'"王戎的故事引出了魏晋时期的一个重要清谈议题——关于"生孝"与"死孝"的讨论。所谓"生孝"即不伤生之孝；而所谓"死孝"，指的是居亲丧而哀毁不顾身家性命之孝。"生孝"与"死孝"的不同表现在《世说新语》一书中有多处反映，如竹林七贤之一的阮籍，在遭遇母丧之时，同样表现出了与礼法不符的治丧情景：

阮籍遭母丧，在晋文王坐，进酒肉。司隶何曾亦在坐，曰："明公方以孝治天下，而阮籍以重丧显于公坐饮酒食肉，宜流之海外，以正风教。"文王曰："嗣宗毁顿如此，君不能共忧之，何谓？且有疾而饮酒食肉，固丧礼也。"籍饮啖不辍，神色自若。（《世说新语·任诞2》）

阮籍当葬母，蒸一肥豚，饮酒二斗，然后临诀，直言："穷矣！"都得一号，因吐血，废顿良久。（《世说新语·任诞9》）

《孝经·丧亲章》曰："孝子之丧亲也，哭不偯，礼无容，……教民无以死伤生，毁不灭性，此圣人之政也。"古人认为，哀毁过礼，灭性而死，不合孝道，因而提倡"生孝"而不赞成"灭性"之"死孝"。那么什么是符合孝道的呢？要"生事爱敬，死事哀戚"①，这才是符合孝道的外部表现形式。阮籍在母亲去世后，非但不哭，反而饮酒食肉，被何曾指责"恣情任性，败俗之人也"②。此时司马昭的回答值得我们注意：他认为阮籍居丧过哀已经形销骨立，依《礼记·曲礼上》："有疾则饮酒食肉，疾止复初。"司马昭一边因阮籍的"至纯"之孝而表现出理解之情，一边又用儒家礼法为其加以开脱，这很清楚地表明在那个特殊时代，名教与自然已在潜移默化地相融合。

王戎、阮籍的做法都是认可"死孝"的真实表现，这种认可建立在对"至纯"之孝的推崇基础之上，他们这些看似有违人伦规范的行为，实则只是一种外在表现，其内心一定充满了对母亲的不舍之情，从王戎的"鸡骨支床"，阮籍的"吐血"都能体会出来。他们对于母亲的孝道，是发自内心的自然之情的流露，可以说是真正以情出发，从性而恸，注重的是孝的内容。裴楷是理解阮籍的："阮方外之人，故不崇礼制。我辈俗中人，故以仪轨自居。"③刘义庆在编撰《世说新语》时，将几则类似的故事放在德行篇，可见其对这种"至纯"之孝也是持肯定态度的。魏晋士人放浪的形骸之下，隐藏着越礼重情，自然亲爱的孝道。

当然，魏晋时期，关于人们"至孝"的故事绝不仅限于此，《世说新语》述及王祥与其后母的故事，将"至纯"之孝的表现推向了极致。

> 王祥事后母朱夫人甚谨。家有一李树，结子殊好，母恒使守之。
> 时风雨忽至，祥抱树而泣。祥尝在别床眠，母自往闇斫之；值祥私起，

①（唐）李隆基注，（宋）邢昺疏：《孝经注疏》卷九，上海古籍出版社 2009 年版，第 90 页。

②（南朝宋）刘义庆著，（南朝梁）刘孝标注，余嘉锡笺疏：《世说新语笺疏》，中华书局 2011 年版，第 629 页。

③（南朝宋）刘义庆著，（南朝梁）刘孝标注，余嘉锡笺疏：《世说新语笺疏》，中华书局 2011 年版，第 634 页。

空斫得被。既还，知母憾之不已，因跪前请死。母于是感悟，爱之如己子。（《世说新语·德行14》）

王祥的后母虽然对他不好，甚至想要将其杀害，但他依旧以礼待之，以情顺之，孝敬后母如初。余嘉锡在为此条做注时标明，《记纂渊海》卷二引《孝子传》曰："王祥事继母至孝，母疾思食鱼，时冬月，冰坚不可得。祥解衣卧冰上，少时冰开，双鲤跃出。"[①]这就是《孝子传》中著名的卧冰求鲤的故事。王祥对其后母的孝顺之情，甚至可以用"愚孝"来定义。但不管怎样，既然《孝子传》能把他的故事写进去，就说明舆论对这种做法是提倡的。在那个时候，子辈对长辈尽孝是无条件的，对于这种孝，我们应该剥离其具体形式而肯定其精神价值。王祥可以说是《世说新语》中孝德人伦规范遵循者的标杆，《晋书》中叙述完《后妃传》之后，随即在晋朝众臣列传之首位来述王祥及其弟王览的传记，亦可见社会对于至纯之孝行的推崇。

综上，《世说新语》通过记述魏晋名士将孝行转化为人的自然情感和率真性情，"把墨守名教的拘泥，转化为因任自然的潇洒；把外在形式的讲究，推向内在精神的重视；使不崇礼制的方外之人，也可与仪轨自居的俗辈中人同受尊重"[②]。

（二）孝的等级性逐渐消失

由于中国传统的家庭结构以纵向为主，强调的是对宗族、血脉的延续，所以尤为看重父子间的关系。而"孝"作为父子关系中最基本的伦理规范，甚至成为一切人伦规范的核心准则。早期儒学所奠定的秩序形态可以称为伦常秩序，这一秩序的轴心便是父子一伦，孝道则是其最核心的层面。而宗法秩序的精神原则是亲亲尊尊，体现出鲜明的等级性特征。

---

①（南朝宋）刘义庆著，（南朝梁）刘孝标注，余嘉锡笺疏：《世说新语笺疏》，中华书局2011年版，第15页。

② 肖群忠：《孝与中国文化》，人民出版社2001年版，第86页。

　　由原始儒家伦理思想奠定的伦常秩序主导了两千余年传统中国的伦理格局。当我们说传统中国社会以伦理为本位时，被道及的就是伦常秩序。[1]而这一伦常秩序关涉到父子关系时，强调的便是"父子有亲"[2]的孝道。追溯这一伦理范式的起源，便是周代的宗法秩序。因而在传统的儒家孝道观中，孝是有等级差别的。《孝经》明确强调要根据社会等级的划分，不同等级地位的人应该遵循不同的礼法孝道。身为天子，要"爱敬尽于事亲，而德教加于百姓，刑于四海"[3]，将对待双亲的孝加之于天下苍生，福泽天下即为孝；身为诸侯，要"富贵不离其身，然后能保其社稷而和其民人"[4]，保社安民即为孝；身为卿大夫，就要"遵守礼法，不敢僭上偪下"[5]，由此来保全家业，不违礼法，为家族负责，使家族香火福泽绵延为孝；身为士，要"忠顺不失，以事其上，然后能保其禄位而守其祭祀"[6]，强调忠顺皆不失，使家族祭祀不绝则为孝；身为庶人，要"用天人之道，分地之利，谨身节用以养父母"[7]，尽心奉养父母则为孝。

　　然而到了魏晋，这种孝的等级性、差别性慢慢变得边缘化了，孝的范围也在逐渐缩小、泛化。从《世说新语》中有关孝行的故事里，我们可以推知一二。这里面的孝行主要针对的是全体民众，孝的评价标准变得单一了——孝行从之前针对各个等级的不同要求，内涵的多样丰富，变成只针

---

　　① 陈赟：《宗法秩序到伦常秩序——早期中国伦理范式的嬗变》，《学海》2018年第1期。
　　② 杨伯峻译注：《孟子译注》，中华书局2012年版，第132页。
　　③（唐）李隆基注，（宋）邢昺疏：《孝经注疏》卷一，上海古籍出版社2009年版，第7页。
　　④（唐）李隆基注，（宋）邢昺疏：《孝经注疏》卷二，上海古籍出版社2009年版，第13页。
　　⑤（唐）李隆基注，（宋）邢昺疏：《孝经注疏》卷二，上海古籍出版社2009年版，第16页。
　　⑥（唐）李隆基注，（宋）邢昺疏：《孝经注疏》卷二，上海古籍出版社2009年版，第19页。
　　⑦（唐）李隆基注，（宋）邢昺疏：《孝经注疏》卷三，上海古籍出版社2009年版，第25页。

对自己的家族长辈，即孝悌。至此，"孝"作为单一的家庭伦理存在而泛化。在《世说新语》中，我们见到的更多是对孝子孝行的直接颂扬，而非不同等级地位人的不同孝道的体现。

> 孔仆射为孝武侍中，豫蒙眷接。烈宗山陵。孔时为太常，形素赢瘦，著重服，竟日涕泗流涟，见者以为真孝子。（《世说新语·德行46》）

这里孔安国原为司马曜的侍中，侍中是中国古代非常重要的官职，按《孝经》所说，依行孝之等级性特征，其应与卿大夫的行孝要求等同，但在这里的表述，其"著重服"及"涕泗流涟"，并不是说其如何遵循礼法以保全家族，而是描述其将司马曜当作自己父亲一样尽孝的真实情感，着重体现的是他孝心之赤诚。

需要指出的是，在传统儒家典籍里，孝不仅是分等级的，而且是有着不同阶段性的。"夫孝，始于事亲，中于事君，终于立身。"[①] 从根本上讲，传统儒家典籍所言及的孝行更多的是将孝当作一种天理，作为儒家传统伦理道德之首。但是在《世说新语》中，孝的层次被模糊化，随着个体自我意识的觉醒，人们更向往于释放个性，流露自然真情，因而这一时期的孝是人们发自内心的最真实的自然情感，孝的事亲部分被扩大。

在总结了《世说新语》反映的魏晋时期重孝的具体表现后，我们不禁要问，彼时的统治阶级为何如此重视孝德这一人伦规范的作用呢？鲁迅先生曾说："（魏晋）为什么要以孝治天下呢？因为天位从禅位，即巧取豪夺而来，若主张以忠治天下，他们的立脚点便不稳，办事便棘手，立论也难了。"[②] 魏晋时期，王朝更迭频繁，从一朝到另一朝掌权的方式大多是通过篡

---

① （唐）李隆基注，（宋）邢昺疏：《孝经注疏》卷一，上海古籍出版社2009年版，第5页。

② 鲁迅：《魏晋风度及文章与药及酒之关系》，骆玉明等选编：《魏晋风度二十讲》，华夏出版社2009年版，第19页。

夺获得。然而"忠孝本为一体",其实质均是一方对另一方的恭顺崇敬,这正契合了封建宗法等级制度维护政权的根本原则。又因为中国一直提倡"家国一体"的伦理政治,孝便成了彼时封建统治阶级维护政权的伦理精神之基础和传统社会政治稳定的保障了。① 此外,魏晋时期虽然玄风大畅,但儒学并未完全被玄学否定,而是仍旧承担着维护封建统治秩序的重任,凭借本身正统思想的地位在潜移默化地影响着人们的思想与行为。正如尚建飞先生所说:"玄学是承认仁义礼法是个体生存、社会整合的必要条件的,但它们只有奠定在自然之性与天道的基础上才能具有合法性,能够发挥其应有的功能。"② 这种观点其实有别于先秦道家拒斥、贬低人伦规范的人生哲学。因而玄学对于礼法的质疑,重点只在于强调弱化礼法对人的束缚,使人回归自然,以达到人性的解放。与那些仅仅将礼教视为工具、手段的形式主义和功利主义有所不同,玄学的目的恰恰是希望用形而上的性与天道来为礼教(人伦规范体系)提供合理性论证,其更多的只是融合了道家思想,通过援道入儒,开辟属于自己的一番新天地,力求在追求个体自身存在价值的同时唤起他人乃至整个社会的良知。因而儒学的地位在魏晋时期虽然受到了一定冲击,但"礼、义、廉、耻、仁、爱、忠、孝"等儒家基本道德规范,一直是指导大多数中国人日常行为的基本伦理规则,是社会的主流道德规范。况且孝本身便属于人的自然天性,所以并未遭到反对。当然,我们也不能忽视魏晋时期特殊的社会阶级形式——门阀制度对整个社会的影响。门阀制度是魏晋时期随着世家大族的兴起而逐渐形成的。"所谓士族,其本来的含义为以经学入仕、诗礼传家的儒生。所以作为士族阶层就要标榜礼法。"③ 士族制度作为魏晋时期特有的历史现象,事实上是对皇权的一种潜在威胁。而高门大族为了延续自身所具有的政治、经济、文化及社会生活等各个方面享有的特权,为了使自身的社会地位不因政治升降而受影响,能够走的一条捷径便

① 肖群忠:《孝与中国文化》,人民出版社2001年版,第169—172页。
② 尚建飞:《魏晋玄学道德哲学研究》,人民出版社2013年版,第183页。
③ 肖群忠:《孝与中国文化》,人民出版社2001年版,第80页。

是在家族内部抱团取暖，以捍卫整个家族的利益。而"孝"作为维护家庭伦理关系最重要的人伦规范，自然被士族成员极力推崇。这样看来，"孝在君主只是一种统治权术，在士族则是标榜自己身份的招牌"①。

第二节　君臣之伦与"忠"

就古代社会之"五伦"而言，君臣之伦是非常重要的基本人伦关系，而汉儒三纲中的"君为臣纲"，将君臣之间的伦理关系直接定性，君臣之间的传统伦理规范得以确定。"君为臣纲"所派生出的一项基本道德即是忠，基本要求是忠顺，这便使臣成为君的附属品，并且自觉安于这一地位，这对于维护封建统治秩序是非常有利的。魏晋时期，君臣之间的伦理关系虽仍旧以"君为臣纲"为主导原则，但由于其历史环境的特殊性，君臣一伦的人伦规范亦在潜移默化中发生着一些改变，《世说新语》很好地证明了这一点。

一、"君为臣纲"

"君为臣纲"作为汉儒提出的被封建统治阶级所认同的政治伦理及道德观念，影响了其后中国封建王朝政治统治很多年。虽然先秦原始儒家并没有提出这样的观念，但也对"君为臣纲"这一观念的产生有着一定影响。

先秦原始儒家对于君臣关系有过诸多论述。孔子曰："君使臣以礼，臣事君以忠。"②又说："居之无倦，行之以忠。"③孔子在这里强调了臣事君的忠诚，但这种忠诚不同于愚忠，而是强调一种双向的情感关系。可以看得到，在孔子这里，已经有了忠君的思想萌芽，但忠君观念在此并不是绝对化的。孟子的君臣观是在继承孔子思想基础上提出来的，他认为为君者要有"君

---

① 肖群忠：《孝与中国文化》，人民出版社 2001 年版，第 84 页。
② 杨伯峻译注：《论语译注》，中华书局 2012 年版，第 41 页。
③ 杨伯峻译注：《论语译注》，中华书局 2012 年版，第 179 页。

道",为臣者要有"臣道"①,并分别提出了为人君和为人臣的各项准则。他认为君臣之间是一种相对应的关系,而并非绝对服从的关系,指出:"君之视臣如手足,则臣视君如腹心;君之视臣如犬马,则臣视君如国人;君之视臣如土芥,则臣视君如寇仇。"②强调的是虽然为人臣者要服务于君主,君臣之间是从属关系,但作为臣子自己也要有独立的人格。孟子虽然没有完全否定宗法等级制度和君臣之间的从属关系,但却体现了强烈的民主色彩。作为孔孟儒家思想之集大成者的荀子在君臣问题上也有很多具体而富有见地的论述。他认为君臣之间要"尊君爱民",认为"无君以制臣,无上以制下,天下害生纵欲。欲恶同物,欲多而物寡,寡则必争矣"③。荀子强调更多的是"君之制臣",他经常以"上下关系"解释君臣关系,但他并非强调君权至上或君权的绝对性,而是对合格君主提出了要求——"爱民"。通过对先秦儒家思想中君臣关系的梳理,我们可以看出,先秦儒家视君臣关系为一种相对的关系,臣下的地位和作用也是非常重要的。对于圣君的评判标准,都以"道义"或"礼仪"为重点。

历史的车轮转动到汉武时期,董仲舒基于维护中央集权及封建统治秩序的目的,提出"罢黜百家,独尊儒术"的主张,将传统儒家的封建等级秩序加以深化,强调臣下对君主的绝对忠诚,打破了先秦时提出的君臣之间关系的相对性,"强调的则是一方事一方、一方顺一方、一方以一方为'天'"④。随着儒家传统人伦观的神圣化,君权日益绝对化。《白虎通义》问世后,"君为臣纲"这一主导思想被进一步确立起来。对于忠德的强调,从双向的伦理义务转变为单向的片面的义务。

受先秦以来君臣观的影响,魏晋时期虽然有着极为特殊的历史背景,传统的君臣关系受到了一定的冲击,但是对原始忠德的坚守还是整个社会的

---

① 杨伯峻译注:《孟子译注》,中华书局 2012 年版,第 176 页。
② 杨伯峻译注:《孟子译注》,中华书局 2012 年版,第 201 页。
③（清)王先谦撰:《荀子集解》卷六,中华书局 2012 年版,第 174 页。
④ 张锡勤:《中国传统道德举要》,黑龙江大学出版社 2009 年版,第 81 页。

主基调。我们从《世说新语》中能够感受到对"君为臣纲"这一君臣观的认可以及基于此而产生的对忠德这一人伦规范的强调与重视，颂扬忠臣也就成为该书所体现的人伦观念特点之一。

> 孙皓问丞相陆凯曰："卿一宗在朝有几人？"陆曰："二相、五侯、将军十余人。"皓曰："盛哉！"陆曰："君贤臣忠，国之盛也；父慈子孝，家之盛也。"（《世说新语·规箴5》）

在这里，陆凯认为君主贤明，臣子忠诚，国家才能兴旺发达。在《世说新语》所涉人物所处的特殊时代背景下，对于君臣之间的人伦关系仍旧是非常重视的，"臣下"要忠于"君上"的观念是非常重要的人伦规范。这是因为，君臣这一基本人伦关系的构建，能够为君权的有效运作提供保障。

> 京房与汉元帝共论，因问帝："幽、厉之君何以亡？所任何人？"答曰："其任人不忠。"房曰："知不忠而任之，何邪？"曰："亡国之君各贤其臣，岂知不忠而任之？"房稽首曰："将恐今之视古，亦犹后之视今也。"（《世说新语·规箴2》）

京房字君明，是西汉著名的经学家，汉元帝时官至魏郡太守。京房与汉元帝论辩，虽然这段历史发生在西汉，但被刘义庆拿来当作《世说新语·规箴》这一门类中的一条，说明义庆对京房做法的认同。京房认为西周幽、厉二君之所以败亡，正是"不忠"之祸。他将国家安危与臣子的忠德关联在一起，认为臣子对君主的忠德甚至能够左右国家的安危，可见对于忠这一人伦规范的重视。此外，从这则故事里我们也能够看出京房直言劝谏的勇气。根据传统儒家对于忠德表现的概述，"谏诤为忠"在他身上体现得淋漓尽致。刘孝标注引《汉书》时提到了京房与汉元帝对话的更详细过程，京房曰："自陛下即位，盗贼不禁，刑人满市"，如此直抒胸臆是实属不易的。

> 苏峻既至石头，百僚奔散，唯侍中钟雅独在帝侧。或谓钟曰："见

可而进，知难而退，古之道也。君性亮直，必不容于寇雠。何不用随时之宜，而坐待其弊邪?"钟曰:"国乱不能匡，君危不能济，而各逊遁以求免，吾惧董狐将执简而进矣。"(《世说新语·方正34》)

苏峻叛乱时，百官奔逃，只有钟雅留在晋成帝身边，钟雅"性亮直"，苏峻必定不会放过他。但他于危难之际想的却只是国家的安危，将自身的生死置之度外，将忠节这一君臣之间的伦理规范彰显了出来。最终，钟雅确实为国捐躯，但他的言行被刘义庆写入《方正》篇，可见对其忠德的褒扬与赞同。

除了以上这些例子之外，《世说新语·德行43》提及嵇康之子嵇绍成晋朝忠臣;《世说新语·言语59》述及庾阐"忠臣哀主辱"之诗句，这些《世说新语》中收录的关于忠君的例子，都能够体现出魏晋时期对"君为臣纲"这一伦理规范的坚守。臣下与君主是一体的，臣下对君主要有绝对的尊敬与忠诚。这里也要对《世说新语》中另外一些收录进去的条目加以分析，很多涉及的人物将"忠臣"与"孝子"并而提之。我们仍举这一例:

> 孔仆射为孝武侍中，豫蒙眷接。烈宗山陵，孔时为太常，形素嬴瘦，著重服，竟日涕泗流涟，见者以为真孝子。(《世说新语·德行46》)·

这则故事令人初读起来感觉稍显讽刺，皇帝驾崩，臣子却"著重服""涕泗流涟"，尤其一句"真孝子"甚至有些戏谑与讽刺。但事实上，这则故事为我们提供了打开魏晋时期"忠孝一体""君父一也"这一社会伦理现象神秘大门的钥匙。"见者以为真孝子"，正道出了封建帝王"孝治天下"的实质，这一点在前文中已陈述过的。传统儒家典籍中很多都将君臣之伦与父子之伦相结合，将"忠孝"视为一体。《礼记》曰:"忠臣以事其君，孝子以事其亲，其本一也"①，将"忠孝一体"这种关系明确提出来。又《孝经》记："父子之道，天性也，君臣之义也。父母生之，续莫大焉；君亲临之，厚莫重焉。"②"故以孝事君则忠，以敬事长则顺。"③逐渐将"移孝作忠"思想体现出来。《孝经·孝治章》最后总结："故明王之以孝治天下也如此。"

司马家族"孝治天下"的国策，其根源正在此。魏晋改朝换代相继，司马氏政权的获得正是通过篡夺皇位推翻前朝统治的。作为原本曹氏家族的臣子，在君臣一伦中，是站不住脚的，也是没有忠德的。这在儒家思想仍占主流地位的社会，是不被允许的。于是其利用"孝"这面大旗，对孝道极力推崇，最终目的是要利用"忠孝一体"说明"君父一也"，以此实现"以顺移忠"，维护刚刚建立的封建统治秩序，从而治民驭民。《晋书》中有这样一段记载："为臣者，必以义断其恩；为子也，必以情割其义。在朝则从君之命，在家则随父之制，然后君父两济，忠孝各序"④，是将忠与孝相结合的明证。

在此基础上，再看《世说新语》中将忠孝并提的其他相关内容：《世说新语·言语6》陈纪认为面对忠臣孝子，不应加刑；《世说新语·政事1》陈寔判不忠不孝之人死罪；《世说新语·贤媛10》当王经因辅助魏氏不效忠于晋被逮捕时，其母称其："为子则孝，为臣则忠"；《世说新语·自新1》述及周处改过自新，注引《晋阳秋》记周处曾拒氐人齐万年造反，弦绝矢尽，为国捐躯，成为忠臣孝子；《世说新语·方正64》王爽在回答孝武帝关于其与其兄弟相比如何的问题时，回答"忠孝亦何以假人"。这样看来，《世说新

①（汉）郑玄注，（唐）孔颖达正义：《礼记正义》卷五十七，上海古籍出版社2008年版，第1866页。

②（唐）李隆基注，（宋）邢昺疏：《孝经注疏》卷五，上海古籍出版社2009年版，第50页。

③（唐）李隆基注，（宋）邢昺疏：《孝经注疏》卷二，上海古籍出版社2009年版，第19页。

④（唐）房玄龄等撰：《庾纯传》，《晋书》卷五十，中华书局2000年版，第925页。

语》中涉及的君臣人伦规范之中的"臣忠",与对父母之尽孝,同等重要,"忠孝一体"这一伦理规范在其中体现得淋漓尽致。

二、忠的矛盾态度

《世说新语》中所涉很多条目都反映了魏晋时期整个社会仍旧以"忠孝一体"为伦理规范去诠释君臣一伦的关系,始终坚守传统儒家所推崇的"君为臣纲"这一道德标准。这一时期国祚短暂、战乱频仍,在这样一个特殊的历史环境下,忠德作为彼时维护封建统治非常重要的伦理规范,也在发生着一些变衍。这一变衍主要体现在两个方面:一是忠与孝的关系被重新认识,由最初的"由孝而忠"向"由忠而孝"转变,忠德受到格外关注;二是虽然忠德作为一种重要的道德标准被人们广泛推崇,然而这种推崇也是偏向实用主义的,人们对于忠德这一伦理规范多持有较为宽容的态度。

(一)从"由孝而忠"到"由忠而孝"

从《世说新语》我们可以看出,魏晋时期,君臣伦理关系的主导原则仍旧是传统儒家所推崇的"君为臣纲"。基于这种一方事一方、一方顺一方的特殊伦理关系,加之维护封建统治秩序的目的,忠与孝被捆绑在一起,"忠孝一也"中的君臣伦理关系所对应的基本伦理规范,从理论上得到了统治阶级与社会民众的普遍认同。但如果忠与孝发生矛盾与冲突,该作何选择呢?《晋书·周处传》记:"忠孝之道,安得两全? 既辞亲事君,父母复安得而子乎?"可见魏晋时期关于忠孝择其一、君先还是父先的问题,早有争论。我们从《世说新语》的部分条目中,也能窥见关于这个问题的激烈讨论。

　　简文与许玄度共语,许云:"举君亲以为难。"简文便不复答,许去后而言曰:"玄度故可不至于此。"(《世说新语·轻诋 18》)
　　魏五官中郎将尝与群贤共论曰:"今有一丸药,得济一人疾,而君、父俱病，与君邪？与父邪？"诸人纷葩，或父或君。原勃然曰：
"父子一本也。"亦不复难。君亲相校，自古如此。（同条注引《邴原
别传》）

这则故事最直接地提出了君父择其一时的选择，反映了人们对于忠孝
之间关系取舍的探讨。君父先后问题亦即忠孝先后问题，这当然不是魏晋时
期才产生的新问题，在汉代遇到忠孝不能两全的问题时，取忠取孝是可以各
行其是的。但到魏晋时这一问题却有了特别的意义。魏晋王朝更迭频繁，在
政权发生转移的时候，忠孝不仅不能两全，而且牵涉到本人及全族的生死存
亡。这段对话发生在简文帝司马昱与许询之间，许询问作为皇帝的司马昱君
亲之间要如何选择，司马昱当时"不复答"，想来因为这确实是一个选择难
题：如果选择忠君，则虽然能够更好地维护司马昱王朝风雨飘摇的政局，但
多少影响"孝治天下"社会伦理规范的发挥；如果选择孝亲，则会削弱忠德
在维护统治阶级利益中的重要作用。事实上，君臣之伦孰先孰后的问题，也
是忠孝这两种伦理规范孰先孰后的问题，这一问题关乎当时的现实政治。彼
时的司马昱已处于水深火热之中，晋氏衰微，桓温把控朝局日久，地位已在
一人之下万人之上，甚至有取而代之的想法，简文帝在此闭口不答，内心应
该也是纠结的。《邴原别传》中邴原的话说明他是主张父重于君的，曹丕似
乎也未加反对，也许在魏晋时期，"父重于君，孝在忠前"，是被普遍接受的
定论。

殷仲堪父病虚悸，闻床下蚁动，谓是牛斗。孝武不知是殷公，问
仲堪："有一殷病如此不？"仲堪流涕而起曰："臣进退维谷。"（《世说
新语·纰漏6》）

余嘉锡在为此条作注时引用程炎震的话："此公字作父字解。"这样一
来我们便能够理解这则故事想表达的意思。魏晋时期，人们对孝道的推崇是
出自人的自然天性的。司马曜在不知道生病之人是殷仲堪父亲的时候，听说

殷氏有人有虚悸的症状，于是直呼名讳，这在当时的人们看来是一种冒犯。这里殷仲堪"进退维谷"的原因正是由于其不回答，则违抗君命，是对君王的不忠；回答则触父讳，是对父亲的不孝，因而"流涕而起"，陷入尴尬境地。

《世说新语·言语58》桓温即登三峡，面对山河萧瑟，发出"既为忠臣，不得为孝子"的感叹。这里刘孝标注引《汉书·王尊传》曰："王阳为益州刺史，行部至邛郲九折坂，叹曰：'奉先人遗体，奈何数乘此险！'以病去官。后王尊为刺史，至其坂，问吏曰：'非王阳所畏之道邪？'吏曰：'是。'叱其驭曰：'驱之！王阳为孝子，王尊为忠臣。'"从王阳与王尊二人面对相同情境表现出的不同态度我们可以看出，忠臣与孝子之间面临抉择时，每个人的想法都会有所不同，在这里我们不能去评论孰对孰错，这只是个人遵循的伦理规范不同罢了。肖群书教授针对魏晋时期人们面临忠孝抉择这一问题曾这样总结："这类问题的讨论所以层出不穷地出现于魏晋，又表现出相当多元化的价值取向，除了说明当时的政治环境确常有忠孝两难发生外，其实也正反映出传统名教观念的松动与新思想理念的跃动。"[①]

封建统治者在治国理政的过程中大力提倡"孝治天下"，从本质上讲是维护封建统治秩序的传统儒家思想，支持"忠孝一体"这一社会伦理规范，并认为孝可移于忠，倡导孝行的最终目的就是"移孝作忠"，以忠德为统治阶级服务。在传统儒家典籍中有很多此方面的讨论："君子之事亲孝，故忠可移于君。"[②]"求忠臣必于孝子之门"[③]。到了汉代，"移孝作忠"思想成为孝道伦理的核心："（严）助恐，上书谢称：'春秋天王出居于郑，不能事母，

---

① 肖群书：《孝与中国文化》，人民出版社2001年版，第85页。
②（唐）李隆基注，（宋）邢昺疏：《孝经注疏》卷七，上海古籍出版社2009年版，第69页。
③（唐）李隆基注，（宋）邢昺疏：《孝经注疏》卷二，上海古籍出版社2009年版，第20页。

故绝之。臣事君，犹子事父母也，臣助当伏诛。'"①"移孝作忠"使汉代的孝道伦理规范具有了特殊的政治功效，为汉代统治者提供了孝治天下的理论基础，而这一思想也由此深深影响着魏晋时期的统治者们。《三国志·武帝纪》载："夫人孝于其亲者，岂不亦忠于君乎"；《晋书·温峤传》载："忠臣本乎孝子，奉上资乎爱亲"；《魏书·彭城王勰列传》，"在私能孝，'处公必忠'"。在这一时期，人们普遍认同孝是忠的基础，孝于父者必能忠于君，"只有事父尽孝，事君尽忠，才能使个人扬名立身，才能保证家庭生活、政治生活正常运转，保证人们各安其分、各尽其伦"②。这在《世说新语》的很多条目里均有所体现，如前面述及的阮籍丧母之时，有人质疑其不遵礼法，应大加惩处，然而司马昭却为其辩护，也许正是看到了他的"纯孝"之性情，认为其既然纯孝至此，必定也具有忠德。

唐长孺先生曾说："自汉至三国君亲之间是容许有所选择的"，"自晋以后，门阀制度的确立，促使孝道的实践在社会上具有更大的经济上与政治上的作用，因此亲先于君，孝先于忠的观念得以形成"。③然而这种观点的提出，也是看到了"由孝而忠"这一伦理规范的实质，结合彼时门阀制度的确立，家族地位的确保极度依赖孝德的提倡。"魏晋南朝的统治者虽然提倡孝道，但为着本身的利益，也不能不要忠，所以忠孝孰先或说君父先后的问题始终是一个并未得到妥善解决的问题。"④即便当时的社会对孝德是大力推崇的，忠德也并不意味着就不重要。因为忠孝在根本目的上是一致的，都是维护封建统治秩序的需要。随着秦汉以来中央集权的不断加强，东晋王朝建立后偏安江左，士族地主阶级的统治达到了顶峰。待政局相对稳定后，士族阶级在南渡初期的热血奋斗很快随着自己统治地位的稳固而逐渐腐朽没落，寒

---

① （东汉）班固撰：《严助传》，《汉书》卷六十四上，中华书局 2000 年版，第 2107 页。

② 张锡勤等：《中国伦理道德变迁史稿》，人民出版社 2008 年版，第 304 页。

③ 唐长孺：《魏晋南北朝史论拾遗》，中华书局 1983 年版，第 238 页。

④ 唐翼明：《魏晋清谈》，天地出版社 2018 年版，第 115 页。

门庶族走上历史舞台，实际权力亦开始逐步向庶族地主阶级转移。这样一来，门阀士族为了维护自身家族利益而倡导的对孝德的推崇便有所松动，而忠德在频繁的王朝更迭过程中开始被统治阶级大加提倡，面对忠孝择其一的境地时，社会伦理规范开始从最初的"由孝而忠"向"由忠而孝"转变。

永嘉之乱后，晋室南渡，温峤被派去劝导驻守在江左的司马睿即位，这是一个非常重要的任务。其母"固驻"，温峤依旧"绝裾而去"，"固""绝"二字能深刻反映出当时情景的艰难，亦能看出温峤信念之坚定。对于国家而言，温峤实在忠诚，对于其母而言，温峤没有听从母命，这在时人看来是大为不孝的，因而"乡品犹不过"。而司马睿却仍旧屡次对其加官晋爵，从中可见统治阶级所推崇的社会伦理导向——"亲情难敌政治，古礼要让步于国家的需要，孝亲要听命于忠君的目的"①。

> 桓南郡既破殷荆州，收殷将佐十许人，咨议罗企生亦在焉。桓素待企生厚，将有所戮，先遣人语云："若谢我，当释罪。"企生答曰："为殷荆州吏，今荆州奔亡，存亡未判，我何颜谢桓公？"既出市，桓又遣人问："欲何言？"答曰："昔晋文王杀嵇康，而嵇绍为晋忠臣。从公乞一弟以养老母。"（《世说新语·德行43》）

观罗企生对桓玄之语，词严义正，荡气凛然。399年，桓玄破殷仲堪，杀之，罗企生是殷仲堪的咨议参军，因而被连坐。桓玄一向待企生很好，向其提出若认错则免死的建议。然而罗企生因为对殷仲堪的忠心而选择慷慨赴死，唯独提出留下族弟奉养老母的愿望。企生所具有的忠德日月可鉴，他选择了尽忠而舍弃了行孝。然余嘉锡语："临终不免逊词乞怜者，徒以有老母故也。忠孝之道，于斯两全。"②从罗企生的故事我们能够看出，彼时的社会伦理规范已从"由孝而忠"向"由忠而孝"转变。另《世说新语·贤媛10》

---

① 张锡勤等：《中国伦理道德变迁史稿》，人民出版社2008年版，第306页。

② （南朝宋）刘义庆著，（南朝梁）刘孝标注，余嘉锡笺疏：《世说新语笺疏》，中华书局2011年版，第43页。

王经生逢曹魏与司马氏两大政治集团的残酷斗争时期，其忠于曹魏，以至牵连母亲，使母亲和自己都惨遭杀害，这是大大的不孝。因此王经在临死时"涕泣辞母曰：'不从母敕，以至今日'"。

秦汉以来，随着中央集权的不断加强，到了魏晋开始逐渐将忠君放于孝亲之前，忠德的地位被不断提高。"忠节在国，孝道立家，出身为臣，焉得兼之？故为忠臣不得为孝子。"[①] 孝亲被认为是忠君的基础，在忠孝择其一之时，孝的规范要让步于忠的规范，对人的道德评价亦是如此，开始从"由孝而忠"向"由忠而孝"转变。"在两难的选择中，究竟是选择孝还是忠，绝不仅仅是个人道德情感或是道德意志的问题，而是要以国家的最高利益为衡量标准。"[②] "忠德"这一伦理范畴在两难的选择中亦不断被统治阶级所提倡。

（二）偏向实用主义的忠

魏晋时期，忠孝之间的关系从传统的"由孝而忠"向"由忠而孝"转变，忠德作为彼时重要的社会伦理规范之一，被统治阶级所重视。然而这一时期国祚短暂、政权更迭频繁，统治阶级政权取得的形式多是以"禅让"之名，行"篡逆"之实，这与他们所提倡的"忠德"伦理规范是相去甚远的。统治者尚且如此，更何况臣下了，因而在当时一人历仕多朝的现象颇为常见。这样一来，忠德的内涵及评价标准是有变化的——此时的忠，是偏向实用主义的忠德，是有条件的、宽容的、相对松动的。

魏晋改朝换代相继，在那动乱的年代，统治者获得政权后，为了巩固自己的统治地位，自然要对忠德这一伦理规范大加提倡。然而当时机成熟，现有政权即将被推翻之时，传统的"忠德"观念则有所松动，为"不忠"之行为寻找合理解释。这就暴露了忠德与权力更迭之间的紧张关系与尖锐矛

---

① （晋）陈寿撰，（宋）裴松之注：《吴主传》，《三国志》卷四十七，中华书局 2000年版，第 884 页。

② 张锡勤等：《中国伦理道德变迁史稿》，人民出版社 2008 年版，第 308 页。

盾，对忠德的评价也在此时产生了双重标准。但这并不意味着忠君观念的淡化，传统的君仁臣忠观念仍旧起着主导作用，只是这种"忠"是相对的、有条件的。

通过阅读包括《世说新语》在内的大量典籍发现，魏晋时期人们的价值观念里"不忠不足诟病"的事例很多。正如鲁迅所说："汉魏晋相沿，时代不远，变迁极多，既经见惯，就没有大感触。"[①]此时的王朝大都只存在几十年，臣子对于所侍奉天子的"忠德"并不敏感，时人对忠德的要求也相对宽松。况且汉代去古代"封建"之世不远，地方官和他所辟用的僚属之间本就存在一种"君臣"之名分。东汉之后察举制的长期推行，门生与举主之间同样有着"君臣之义"。这些士人在未直接受命于朝廷之前，只是地方长官或举主的臣下，而不是"天子之臣"。即便以后进身于朝廷，依当时的道德观念，仍然要忠于"故主"。因此一般士人之于皇帝最多只有一种间接的君臣关系。《后汉书·江阴老父传》曰："请问天下乱而立天子邪？理而立天子邪？立天子以父天下邪？役天下以奉天子邪？昔圣王宰世，茅茨采椽，而万人以宁。今天子之君，劳人自纵，逸游无忌。"开了魏晋以下君主观的先声。嵇康《答难养生论》中"圣人不得已而临天下，以万物为心，在宥群生，由身以道，与天下同于自得。穆然以无事为业，坦尔以天下为公。虽居君位，飨万国，恬若素士接宾客也。……故君臣相忘于上，蒸民家足于下"，对彼时的君臣关系重新作了系统性的反思。再向前一步发展，便成为阮籍和鲍敬言的无君论了。其实正如前文所述，在传统儒家典籍里，"忠"的对象便并不仅仅指忠君，君臣之间的关系也不仅仅是一方事一方的关系，当谈到忠君之忠时，是以双向道德责任的履行为基础的。孔子讲："君使臣以礼，臣事君以忠。"[②]臣下对君上的忠诚是以君主对臣下的仁德为相互对应的条件的。

---

① 鲁迅：《魏晋风度及文章与药及酒之关系》，骆玉明等选编：《魏晋风度二十讲》，华夏出版社 2009 年版，第 198 页。

② 杨伯峻译注：《论语译注》，中华书局 2012 年版，第 41 页。

此外，从传统儒家典籍看，孔子强调"居之无倦，行之以忠"①；孟子称"欲为君，尽君道；欲为臣，尽臣道"②；荀子则提出"君者，善群也"③的主张，认为君主应谨于修身。可见原始儒家一直是宣扬"德治"的，对君主的德行亦是提出了要求的，因而臣子对君主忠诚，也建立在君主具有德行的基础之上。这样一来，便"化解了'忠节'的道德规范与追捧新主之间的紧张与尴尬，也为如何在新朝与旧主的政权转换中定义'忠臣'找到了理论依据"④。《世说新语》中的这两则故事值得我们品读一番：

> 华歆、王朗俱乘船避难，有一人欲依附，歆辄难之。朗曰："幸尚宽，何为不可？"后贼追至，王欲舍所携人。歆曰："本所以疑，正为此耳。既以纳其自托，宁可以急相弃邪？"遂携拯如初。世以此定华、王之优劣。（《世说新语·德行13》）
>
> 魏文帝受禅，陈群有戚容。帝问曰："朕应天受命，卿何以不乐？"群曰："臣与华歆服膺先朝，今虽欣圣化，犹义形于色。"（《世说新语·方正3》）

刘孝标在为第一条作注时说："歆为下邽令，汉室方乱，乃与同志士郑太等六七人避世。"余嘉锡点评曰："自后汉之末，以致六朝，士人往往饰容止、盛言谈，小廉曲谨，以邀声誉。逮至闻望既高，四方宗仰，虽卖国求荣，犹翕然以名德推之。华歆、王朗、陈群之徒，其作俑者也。"⑤可见华歆、王朗、陈群三人均是背弃了旧主而转投新主的"不忠"之人。然而刘义庆在组织编撰《世说新语》时，却刻意淡化了此三人的不忠不义之举，甚至将其编入了《德行》与《方正》两门中，由此可见，随着时间的流逝，对于

---

① 杨伯峻译注：《论语译注》，中华书局2012年版，第179页。
② 杨伯峻译注：《孟子译注》，中华书局2012年版，第176页。
③（清）王先谦撰：《荀子集解》卷五，中华书局2012年版，第163页。
④ 张锡勤等：《中国伦理道德变迁史稿》，人民出版社2008年版，第310页。
⑤（南朝宋）刘义庆著，（南朝梁）刘孝标注，余嘉锡笺疏：《世说新语笺疏》，中华书局2011年版，第14页。

忠德的评价逐渐转向实用主义，他们重新审视、建构了魏晋时期特有的有关忠德的价值取向和道德评价观念。此外，《世说新语·德行43》中交代魏晋交替之时，晋文王司马昭杀害了嵇康，其子嵇绍却在山涛的劝解和举荐下，担任西晋的秘书丞，历任汝阴太守、豫章太守、徐州刺史、给事黄门侍郎等职，累迁散骑常侍、国子博士，受封弋阳子县，成为晋朝的忠臣。《世说新语·容止23》记载庾亮身为顾命大臣，辅佐幼主，然虑事不周，错判局势，招致苏峻叛乱，朝廷倾覆，自己也亡命逃窜。陶侃领兵平叛，认为应诛庾亮以谢天下。温峤力劝庾亮拜见陶侃，以求宽宥。庾亮便前往拜会，"其风姿神貌，陶一见便改观，谈宴竟日，爱重顿至"。"苏峻作乱，衅由诸庾"，亮遇朝倾覆而亡命逃窜，是对旧主的不忠，陶侃起初要杀亮以平众怒，然而却因其风度卓越而与其畅饮一天，从此开始器重他。这也从侧面反映出魏晋时期社会上对于忠德是相对宽容的。实际上魏晋时期时人对于忠德的态度一直摇摆不定，君与臣、忠与孝的关系也一直是有着矛盾与冲突的。

第三节　夫妇之伦与"贤"

传统儒家视夫妇之伦为人伦之始，以夫妻关系为一切社会关系之基础。《周易·序卦》载："有夫妇，然后有父子；有父子，然后有君臣；……夫妇之道不可不久也。"孔子也认为："君子之道，造端乎夫妇。"[①]三种人伦关系之间的自然顺序，其实本应该就是如此。只不过在儒学大一统的汉代，随着"三纲"的兴起，为了更好地实行君主专制，夫妇一伦的地位才有所下降，女子的地位亦随着礼教思想的加强和男权统治的强化而日益低下。《礼记》《仪礼》《春秋繁露》《白虎通义》和《女诫》等著作的成书和通行，使女性屈从的地位在两性之间得到了认同，这既是封建礼教发展的必然趋势，也是女子逐渐走向附属地位，认同自身地位的无奈选择。然而随着魏晋时期传

①（宋）朱熹撰：《四书章句集注》，中华书局2011年版，第24页。

统礼教受到冲击与士人个体意识的觉醒，这一时刻的夫妻关系呈现出与以往不同的特点：对传统儒家所提倡的女德规范有传承，亦有对其与众不同的示范。

一、"训妇为贤"

贤良淑德是指妇女具有美好的道德品行操守，具体而言就是封建社会讲究的"三从四德"。《仪礼·丧服·子夏传》："妇人有三从之义，无专用之道。故未嫁从父，既嫁从夫，夫死从子。"又《周礼·天官·九嫔》："九嫔掌妇学之法，以九教御：妇德、妇言、妇容、妇功。"郑玄注曰："德谓贞顺，言谓辞令，容谓婉娩，功谓丝枲。"贞洁贤淑，恪守妇道，历来为传统儒家伦理观念中妇道"四德"之首，贤良淑德亦成为古人用以赞扬女子守妇道、品行好的常用词。

魏晋时期，由于受到汉代"夫为妻纲"这一盛行日久的伦理观念的影响，加之传统儒家思想对整个社会伦理纲常的影响并未完全式微，夫妇一伦大体上仍旧遵循传统儒家"以夫为尊"的主导原则，提倡女子要明妇顺，倡妇德，讲贞节。夫妇伦理关系从根本上来说是权利义务的不对等，女子在夫妻一伦中还是处于从属地位。对于女性的要求即体现在一个"贤"字之上，"贤"是对妇女所具美好品德的集中概括，是对女性的单方面要求，亦是很多女子一生的追求。《世说新语·贤媛》一门中，记述了很多魏晋时期优秀妇女的形象，赞美她们母仪风范、相夫教子、温良贤淑、恪守妇德、誓不改节的德行，映射了彼时夫妻之伦的基本情况以及传统儒家思想对夫妻之道的影响，下面摘取一二加以分析：

> 贾充妻李氏作《女训》行于世。李氏女，齐献王妃；郭氏女，惠帝后。充卒，李、郭女各欲令其母合葬，经年不决。贾后废，李氏乃祔，葬遂定。（《世说新语·贤媛14》）

刘孝标在此条注引《晋诸公赞》曰："李氏有才德，世称《李夫人训》

者。"女训"即"女诫"，内容即讲妇女三从四德封建伦理一类的书。贾充为魏末晋初佐助司马昭执朝政之人，官职尚书令。他的妻子李氏素有才德，所作的《女训》一书广为流传。"行于世"三字道出了魏晋时期对于传统妇德的推崇。此条的后半部分也是非常值得我们分析的，简单说就是贾充有两位妻子：李氏和郭氏，对于此三者的关系，《世说新语·贤媛13》介绍得很清楚："贾充前妇，是李丰女。丰被诛，离婚徙边。后遇赦得还，充先已取郭配女。武帝特听置左右夫人。"这样看来，李氏是贾充的原配，郭氏是其后娶之人。而郭氏又是晋惠帝之后贾南风的亲生母亲。贾充死后，李氏与郭氏的女儿都想让自己的母亲与贾充合葬，这正是对传统儒家仪礼的一种遵循。然而由于诸多复杂原因，此事一直悬而未决，直至贾后被废，其正妻方实现与贾充的合葬。从此事的最终结果我们也能看出，魏晋时期，不论时局多么动乱，对于传统儒家仪礼的遵循是一直延续下来的。

> 王汝南少无婚，自求郝普女。司空以其痴，会无婚处，任其意，便许之。既婚，果有令姿淑德，生东海，遂为王氏母仪。或问汝南："何以知之？"曰："尝见井上取水，举动容止不失常，未尝忤观，以此知之。"（《世说新语·贤媛15》）

王汝南即王湛，性少言语，人以为痴，然官至汝南内史。王湛当初自行选择了郝普之女，刘义庆对其婚后的状况描述为"令姿淑德，生东海，遂为王氏母仪"，称其有美丽的姿容、贤淑的德操，又生育了王承，为良母的仪范。对于当初选择郝氏的原因，王湛称其"举动容止不失常，未尝忤观"，即举止形貌不失规矩，从不举目直视，几个字立即描画出了一副低眉顺眼、温顺、遵守妇道的女子的鲜活形象。因而无论是从刘义庆编纂此书时在此处运用的对其妻的描绘之语，还是从王湛当初对妻子的形容来看，魏晋时期对于妇女们之"贤良淑德"这一道德品性均是大加赞赏的。这种"贤"，正体现在对于"三从四德"的遵循。

　　郗嘉宾丧，妇兄弟欲迎妹还，终不肯归，曰："生纵不得与郗郎同室，死宁不同穴！"（《世说新语·贤媛29》）

　　《晋书·郗超传》载，郗超殁时年四十二，无子。因而其妻的兄弟想将妹妹接回娘家，她却不肯回去，说出了这句决绝又令人动容的话。《诗经·王风·大车》载："谷则异室，死则同穴。"这是一首描写妻子对被迫与之离异的丈夫的誓言，发誓绝不改嫁。郗超之妻是想以此表达自己对郗超矢志不渝的感情。这则故事被放入《贤媛》一门，能充分体现作者对于郗超之妻恪守妇德、誓不改节的传统妇德的赞美。《世说新语·惑溺3》记："贾公闾后妻郭氏酷妒。有男儿名黎民，生载周，充自外还，乳母抱儿在中庭，儿见充喜踊，充就乳母手中呜之。郭遥望见，谓充爱乳母，即杀之。儿悲思啼泣，不饮它乳，遂死。郭后终无子。"刘义庆特意将此故事放入《惑溺》一门，目的很明确，这一门作者多以否定的态度叙事，郭氏善妒，心地阴险，最终真的不得善终。这也从反面证明了魏晋时期对于妇贤的推崇。

　　除此之外，《世说新语》多处提及妇女对家族基本人伦关系的维护，促进家族的平顺发展。《世说新语·贤媛6》述及许允之妻阮氏样貌极丑，许允并不喜欢她。洞房花烛之夜，许允问阮氏："妇之四德，卿有其几？"这话明显有嘲讽的意思。阮氏曰："新妇所乏唯容尔。然士有百行，君有几？"许允言："皆备。"阮氏说："夫百行以德为首。君好色不好德，何谓皆备？"许允惭愧，后来，夫妻相互尊重。《世说新语·贤媛7》记载，后来许允因事被魏明帝治罪，许妻知道后，镇定自若，建议许允"明主可以理夺，难以情求"。许允听从其言，在魏明帝那里据理力争，证明自己用人得当，并无枉法，最终"诏赐新衣"，安然归家。作为一位女性，她赢得了夫君的敬重，维护了家庭的和谐，保全了家庭，使自己在家族中有了更高的地位。《世说新语·贤媛23》记述谢安的夫人在帷帐内观婢女歌舞，"使太傅暂见，便下帏"，理由是"恐伤盛德"①。从前谢安在东山蓄妓，风流广传，夫人牢记在心。如今他的夫人是在用智慧维护谢安的德行。凡此种种，在《世说新语》妇女"自觉"维护家庭人伦的主张之下，家庭秩序平稳，整个社会基本道德伦理在家庭中得以落实，促进了魏晋时期良好社会人伦环境的营造。

二、两性关系的魏晋式理解

传统儒家思想对于女子"贤德"的定义已经很全面了：《周易》强调女子要以柔顺为仁，显明了女性伦理的第一要义；又以贞节为义，树立了女行不易之准则。《诗经》"多需男女之事"②，以"二《南》"发凡，端正礼教社会男女夫妇之正道；又以《郑风》《卫风》立教，针砭男女之淫风。《周礼》对女子自幼及嫁的礼仪、德行，皆有详备要求，认为男女有别、夫妇有义，方为安内之道。管子提倡"为人妻者劝勉以贞"③。东汉班昭所作《女诫》为古时第一部女教专著，专论妇道、妇德。总的来说，传统儒家关于女子"贤德"的理解，大体上都以"夫为妻纲"作为基本伦理规范，女子在生活中要以封建礼教的各种规范约束自己，在家庭伦理关系中也一直处于从属地位。然而到了魏晋，以士族女性为代表的女性呈现出崭新的精神风貌。在士族文化的影响下，女子的人格、个性及感情均得到了充分的尊重与圆融的表达。《世说新语》专辟《贤媛》一门，塑造形象鲜明的女性形象，具有很高的思想价值。随着玄学、佛学的日兴，儒学礼教、妇德的束缚力、控制力相对减弱，对"妇贤"的定义也呈现出多元趋势，两性关系渐趋宽松，在中国历史上形成了妇德束缚的相对松弛期。

---

①（南朝宋）刘义庆著，（南朝梁）刘孝标注，余嘉锡笺疏：《世说新语笺疏》，中华书局 2011 年版，第 601 页。

② 李学勤主编：《毛诗正义》上，北京大学出版社 1999 年版，第 15 页。

③ 黎翔凤撰，梁运华校注：《管子》卷三，中华书局 2004 年版，第 220 页。

（一）强调才识

受玄学自由开放性质的影响，魏晋时期一些生活于上层社会的女子由于其家境的富足及家庭成员的开明，接受了良好的教育，开启了她们施展自身才华的机会之门。这些女子放达飘逸，出入自由，走亲访友，饮酒弦歌，丝毫没有被禁深闺的束缚之感。葛洪《抱朴子·外篇》疾谬卷第二十五说："今俗妇女，……或宿于他门，或冒夜而反，游戏佛寺，观视渔畋；登高临水，出境庆吊；开车襄帏，周章城邑；杯觞路酌，弦歌行奏。"说明彼时的妇女社交游览之活动大为盛行。关于男女之间交际的描写，葛洪又用"人妻入室""促膝狭坐""杯觞咫尺"等句直陈这种不拘形迹之风气，种种现象在中国社会生活史上是极为罕见的。余嘉锡先生曾就这一时期的风尚评价说："唐修晋书，列女传才三十四人，而五人出于外族。其晋人行义足尚者，不过十余人耳。考之传记，晋之妇教，最为衰弊。"又说《世说新语》中的"贤媛"之题，"殊觉不称其名"①。这一时期强调的女子之"贤"，已不仅仅是封建礼教推崇的"三从四德"，更多的是其身上表现出的"才识"。

刘义庆在《世说新语》中真正提到严守儒家传统礼义的女子并不多：王昭君、卞太后、陶侃母、谢安妻是重点人物。这其实也蕴藏着刘义庆本人的人伦观和价值取向——虽然他是皇族出身，儒家传统思想自然是其所维护的主导思想，然而在玄风大畅的当时，社会生活中体现出的与传统礼教相"冲突"之处，也是无法改变的事实。在《贤媛》一门中，刘义庆共收录32则故事，赞美妇女临危不惧、耿直刚正的德行，审时度势、析理断物的能力及思辨敏捷、言辞辩给的才情。他所注重的不仅是女性的颜姿丽质，更是女子的才识与果敢，远远超出了封建礼教对妇女"德言容功"四德的要求。这里品评女性的标准与前面德行四门及《识鉴》《赏誉》《捷悟》等几门中极力

---

① （南朝宋）刘义庆著，（南朝梁）刘孝标注，余嘉锡笺疏：《世说新语笺疏》，中华书局2011年版，第573页。

褒奖的士大夫的品德已无二致。

> 荀奉倩与妇至笃，冬月妇病热，乃出中庭自取冷，还以身熨之。
> 妇亡，奉倩后少时亦卒。于是获讥于世。奉倩曰："妇人德不足称，应
> 当以色为主。"（《世说新语·惑溺2》）

荀奉倩即荀粲，是女性"唯色论"的提出者，他与妻子感情极好，妇病则"自取冷，还以身熨之"。这则故事可说是以情代礼的著名例证。荀粲所说的"妇人德不足称，应当以色为主"，虽然具有很大的片面性，但是我们能从中读出荀粲对于封建礼教之"德"作为评价女性之"贤"的主要标准是不认可的，这便比封建礼教的"唯德论"进步了很多，因为这种"唯色论"是以"情"为基础的。从他评价女性的伦理观点来看，是具有早期男女平等意识的。在魏晋时期，女子的地位开始提升，作为男子附庸陪衬的性质有所减弱。她们拥有自己的独立意识，在家庭生活中可凭借聪明才智充分发挥作用，既可以相夫教子，又可以保家护夫，不仅尽到了主妇的义务和责任，还为家庭在乱世中全身远祸起到了很大的作用。

《世说新语·贤媛1》中陈婴母亲的故事十分典型。秦末大乱，东阳人造反，陈婴作为东阳县令，被人们推举为领袖。陈婴的母亲根据自己的人生经验，力劝其不要出头，然而陈婴未听其劝告，最终招来了杀身之祸，陈婴母亲的智慧在这里尽显。《世说新语·贤媛5》中桐乡令虞韪妻赵氏在女儿出嫁离家前叮嘱她"慎勿为好"，并说"好尚不可为，其况恶乎"，教导女儿保持低调，走中庸之道。刘孝标注引《列女传》称赵氏"才敏多览，韪既没，大皇帝敬其文才，诏入宫省"。一名女子能够因为才华出众而被皇帝敬佩，是十分不易的。也正是基于其在乱世中慎行避祸的智慧及过人的才识，才使她对女儿说出那番具有远见卓识的话。此外，许允妻的故事，或许对于魏晋时期女子的贤德重才识这一点而言，更为典型。传统女德提倡的贞洁、顺从、相貌以及女红，把妇女钉在了封建伦理纲常的准则柱之上，使女子在夫妻关系中处于从属地位，且这种相对低下的地位已根深蒂固，两性关系是

非常不平等的。而许允妻的故事则表明在魏晋，女子的过人之处也有很多，她们可以凭借自身的才识治家献策，成为家庭中不可或缺的一分子，缓和千百年来以夫为家庭主宰的固定家庭伦理模式，夫妻之间的伦理关系渐趋松动。魏晋时期女性的自我意识在两性关系的逐渐松动中日益加强。她们可以不靠门第的光耀而得到照拂，更不用以色事人，只需凭借自身的才识，便可赢得夫家甚至社会大众的尊重。这在《世说新语》中不是个别例子，而是普遍现象。

　　《世说新语》流露出的对女性的尊重，说明女性的社会地位有了提升，得到了应有的重视。虽然这大都发生在家世显赫的门阀士族内部，但总的来说，整个社会对两性之间的伦理规范已经逐渐变得宽容了不少。这虽然与真正意义上实现全社会的男女平等相去甚远，并没有真正摆脱传统名教的束缚，但已逐渐凸显了女性在家庭、社会中的重要作用，可以说是男女平等、自由民主意识的思想萌芽。《世说新语》中的女子爱憎分明、崇尚德义；头脑睿智、情怀唯美。因而相较于秦汉以前的女性来说，《世说新语》塑造的女性形象是崭新的。试将《世说新语》与《后汉书》《晋书》中的《列女传》进行比较，可以发现其与后两者在选材和组织上有很大不同：后者更偏重的是女子的节操，《晋书》用了大段篇幅记述妇女如何为夫守节，《后汉书》则一字不漏地记述班昭的《女诫》，其中言及妇女要"卑弱第一"，要做到"有善莫名，有恶莫辞，忍辱含垢"①。而《世说新语》中却对这样的故事甚少摘录，可见刘义庆对女性的尊重及其思想的进步。尽管其中亦记述了一些关于女性的反面事例，但是在编纂者笔下，士族妇女之美是主流的，这种刻画是符合史实的。虽然诸如葛洪、干宝等礼法之士曾经站在名教的立场对女子的一些行为进行过猛烈抨击，然而我们必须承认的是，魏晋时期两性关系的总体氛围是相对自由开放的。

---

　　① （宋）范晔撰，（唐）李贤等注：《曹世叔妻传》，《后汉书》卷八十四，中华书局2000年版，第1883页。

（二）夫妻之情的"失范"

魏晋时期夫妻伦理关系与以往很大的不同在于，夫妻之间的从属地位更趋向于松动，上层妇女在此时拥有了自己的独立意识。其实这在传统儒家思想里，也并非就是一种"异端"，儒家典籍中多少有这方面的意识。孔子强调要给予妻子足够尊重，认为"昔三代明王之政，必敬其妻子也，有道。妻也者，亲之主也，敢不敬与？"①虽然"三纲五常"的提出使妇女地位有所下降，但到了东汉，许慎《说文解字》提出"妻，妇与夫齐者也"，刘熙《释名》强调"夫妻，匹敌之义也"。这些言论与夫尊妻卑之说迥然不同。一个和睦的家庭伦理标准应做到"妻子好合，如鼓瑟琴……宜尔室家，乐而妻孥"②。

魏晋时期相对松动的夫妻伦理关系是建立在自然真情之上的，不以封建礼教为束缚，将对彼此的感觉大胆表露。传统礼教、妇德的影响似乎在妇女们身上，至少在士族阶层的妇女身上一定程度上有所减少，甚至出现了一些在传统儒家看来夫妻伦理关系的"失范"行为，《世说新语》中记载了很多这样的事例。虽然这些行为没有完全抛除名教的影响，但却已在一定程度上打破了传统伦理观念中严格的尊卑秩序，使夫妻之间的关系更趋向人性的自然与真情。

《世说新语·排调8》记述了王浑与其妻钟氏之间的一段调侃。王浑的妻子钟琰，魏太傅钟繇的曾孙女。她聪慧弘雅，善于啸咏，她的礼仪法度，为人所推崇。这一天，王浑看到其子王济从庭前走过，高兴地说："生儿如此，足慰人意。"王济是王浑第二子，晋文帝司马昭的女婿，他才华横溢，风姿英爽，气盖一时。有这么个优秀的儿子，做父母的自然觉得欣慰。然而王浑的妻子钟氏却笑着说："若使新妇配得参军，生儿故不啻如此。"这里的

———————

① （汉）郑玄注，（唐）孔颖达正义：《礼记正义》卷五十八，上海古籍出版社 2008年版，第 1916 页。

② 周振甫译注：《诗经译注》卷四，中华书局 2002 年版，第 219—220 页。

参军指的是王浑的弟弟王沦，他醇粹简远，崇尚老庄之学，二十几岁时即被举荐为孝廉，后任大将军参军。叔嫂之间的关系在封建社会还是比较敏感的，要保持一定的距离。然而钟琰却能开出这样的玩笑，可见她与王浑之间夫妻关系的融洽。

《世说新语·惑溺6》中王戎的妻子常称其为"卿"，在古代，"卿"是上对下、贵对贱、尊对卑的礼貌而亲昵的称呼，这在古籍中可考，"六朝以来，大抵以卿为敌以下之称"①。妻子称丈夫为"卿"，在封建伦理纲常中是不合适的，因此王戎让她以后不要这样称呼。其妻子却全然不顾，颇具智慧地撒娇说："亲卿爱卿，以是卿卿，我不卿卿，谁当卿卿？"几句话将妻子与丈夫之间的亲密关系生动地体现了出来。而王戎亦"恒听之"，并没有再阻止她，可见其对妻子的宠溺。王戎妻在王戎提出质疑的时候，及时摆明自己态度，巧妙而又明确地表示二者之间的关系是建立在爱情的基础之上，而非一方对一方的简单顺从。这则故事表面上看反映的是魏晋时期夫妻之间感情的深厚，实际上体现的是男女之间伦理关系的松动。西晋时束皙撰《近游赋》，论述其所向往之"逸民"生活，即是"妇皆卿夫，子呼父字"②。正如余英时先生所说："可证儒家的名教已不复为士大夫所重，无论是父子或夫妇之间，亲密都已取代了礼法的地位。"③

谢道韫作为魏晋时期才女的代表，新女性的精神风貌在其身上体现得淋漓尽致。《世说新语》中列举了很多与她相关的故事，大都表现的是其卓越的才华及有违封建礼法的不羁行为，从中我们也多少能够读出作者刘义庆的一些伦理价值取向。其中最著名的是《贤媛》篇的内容：

> 王凝之谢夫人既往王氏，大薄凝之。既还谢家，意大不说。太傅
> 慰释之曰："王郎，逸少之子，人身亦不恶，汝何以恨乃尔？"答曰：

---

① （清）赵翼撰：《陔余丛考》卷三十六，中华书局1963年版，第787页。
② （清）严可均辑：《全晋文》卷八十七，商务印书馆1999年版，第928页。
③ 余英时：《士与中国文化》，上海人民出版社2003年版，第368—369页。

"一门叔父，则有阿大、中郎；群从兄弟，则有封、胡、遏、末。不意天壤之中，乃有王郎！"（《世说新语·贤媛26》）

谢道韫并没有恪守传统妇德"三从"中"出嫁从夫"的名教规范，也没有恪守班昭《女诫》中"择辞而说，不道恶语"的训条，而是将心中郁结毫无保留地发泄了出来。东晋时期门阀士族以"王谢"两家为尊，谢道韫作为晋安西将军谢奕之女，嫁给了世家大族王羲之之子王凝之。东晋的两大宰相是王导和谢安，王羲之是王导的侄子，而王凝之是王羲之的次子，天下公子之贵无过于此。然而其却被谢道韫以"不意天壤之中，乃有王郎"这样的惊世骇俗之语去指责。李贽对此评价说："此妇嫌夫，真非偶也。"[1]魏晋时期的女性风尚就是如此真实。刘义庆将这则故事列入《贤媛》一门，足见其对谢道韫所代表的魏晋时代妇德新气象的默许与认可。此外，同篇山涛妻"夜观名士"的故事与谢道韫的故事有相近之处。山涛妻听闻嵇康、阮籍与山涛的关系很好，又对二人的才华非常敬重，想一睹二人风采。在封建社会，这种女子抛头露面与男子相见的行为是非常不合礼法的。然而山涛妻却能够因赏识二人的才华不顾传统礼教的规范，随性而行，显示了她的与众不同。通过观察二人，得出"君才致殊不如"的评价，足见其对人精神世界的深刻洞察，亦即对名士风度的欣赏。骆玉明先生评价此条时称"这是女性'侵入'男性世界的具有象征意味的举动"[2]。《世说新语》塑造的魏晋女性之群像，是时代风气的必然结晶，它同时也构成了《世说新语》复杂而庞大的人物系统的一个有机组成部分。[3]

---

[1] 骆玉明：《世说新语精读》，复旦大学出版社2007年版，第131页。
[2] 骆玉明：《世说新语精读》，复旦大学出版社2007年版，第129页。
[3] 范子烨：《中古文人生活研究》，山东教育出版社2001年版，第429页。

· 第 五 章 ·

魏晋风度:《世说新语》伦理精神的集中体现

　　与汉朝的敦实厚重、三国的慷慨悲歌、唐朝的盛大开放、宋朝的清丽内向有所不同，魏晋以率性洒脱、玄远放旷著称，这是一个时代的精神风尚。东汉后期，汉王朝走向没落，血腥的诸侯混战、丑陋的宦官与外戚专权的宫廷政治，严重挫伤了士人的政治信仰。士人的兴趣由外在事功转向内在心智的操练，"越名教而任自然"成为时代伦理风尚，演绎为一场伦理文化的狂欢。这种狂欢型的伦理文化意味着士人精神的亢奋，表现出颠覆现存伦理秩序、宣泄个人情绪的价值诉求，对这种伦理文化主体维度的经典描述便是"魏晋风度"。它是"对魏晋士人精神特质和言行风范的概括"[①]，是魏晋时代名士们外在容貌、举止、言谈、风姿与内在精神、气质、个性、才华的有机统一。樊浩教授曾说："伦理精神是社会内在生命秩序的体系，它体现人们如何安顿人生，如何调节人的内在生命秩序。"[②]伦理精神是自觉的伦理思想表现出来的精神实质与精神结构，包括以下内容：人伦关系原理、伦理规范体系、价值取向、精神指向、性格特征，集中体现在人们社会生活的价值趋向及调节处理人际关系的性格特征、个体生命的秩序，即个体人生安顿的方式与性格特征，亦即个体德性的原理。因而总的来说，"伦理精神"就是一种人伦的精神与人格的精神。而《世说新语》是以记载魏晋士人的言行逸事为主的，书中所体现的伦理精神，可以说就是魏晋风度所表现出来的独特气质。在《世说新语》的每则故事中，士人们或息影山林，遗世高蹈；或

　　① 王能宪:《世说新语研究》，江苏古籍出版社 1992 年版，第 113 页。
　　② 樊浩:《中国伦理精神的历史建构》，江苏人民出版社 1992 年版，第 29 页。

挥麈谈玄，不营世务。这种风度的形成是士人们的一种外表放荡不羁实则迫于黑暗政治的沉重，是对个体精神的探寻与自我寻找，是士人个体从伦理存在向个体精神存在发生的转变，这与伦理精神的特质相统一。因而魏晋风度是代表着《世说新语》的伦理精神的，正是魏晋风度构成了《世说新语》伦理思想内涵的特异性。

第一节　自我与规范的纠结

魏晋风度的魅力，在于它将中国传统文化中"道优于器"和"得意忘言"的高深哲学意蕴演绎为具体的人生实践过程。于是，魏晋士人潇洒飘逸、旷达超远、放荡不羁的精神气质也就不仅成为一种历史过程，更具有了一种伦理价值和现实参照作用。宗白华先生认为，正是魏晋人开创了中国的《世说新语》时代，中国历史上第一次出现了"人的觉醒"。余英时先生则认为："名教危机下的魏晋士风是最近于个人主义的一种类型，这在中国社会史上是仅见的例外，其中所表现的'称情直往'，以亲密来突破传统伦理形式的精神，自有其深刻的心理根源，即士的个体自觉。"[①] 魏晋风度的最基本表现是对个性的遵从，包括以个体的旷达自由取代社会意志的规矩樊笼；以唯才是举的伦理风尚取代先秦以还的行为规范；以超然的精神追求取代现实的物质欲求；以"越名教任自然"的人生态度取代现实功利的人生态度。这种自我意识的彰显，表面上看是由"越名教而任自然"引发的充满自我确信的价值观，实则没有真正摆脱传统名教规范的束缚。士人们的某些荒诞不羁的行为，是在掩饰内心深处的压抑。自我意识的出现，始终是以彷徨、无奈、矛盾、痛苦、分裂为心理背景的。

---

① 余英时：《士与中国文化》，上海人民出版社 2003 年版，第 385 页。

一、宁作我

学者们对魏晋时代士人个体意识的觉醒较为重视，原因在于其对推动中国伦理思想文化的发展具有很大促进作用。自东汉末年始，皇权的衰微、阶层发展的不平衡、社会的动乱等，促成了士人个体意识的觉醒。从另一个角度来说，这也是旧有文化传统内藏的不合理性甚至荒谬性引发的人性的反动。所谓个性意识的自觉，正如骆玉明先生所说："从内在底蕴来说，是强调以个人的体认为真理标准，以一己之心定是非；从外在表现来说，则是处处要显示一己的独特之所在，纵然无法优于他人，也要维持独特气质的行为方式。"①《世说新语》中殷浩与恒温之间的对话能很好地体现这一点：

> 桓公少与殷侯齐名，常有竞心。桓问殷："卿何如我？"殷云："我与我周旋久，宁作我！"（《世说新语·品藻35》）
>
> 王太尉不与庾子嵩交，庾卿之不置。王曰："君不得为尔。"庾曰："卿自君我，我自卿卿；我自用我法，卿自用卿法。"（《世说新语·方正20》）

第一则文中的"桓公"即桓温，"殷侯"即殷浩。《晋书》说桓温"以雄豪自许"，时论对殷浩则以宰相相期。当时的社会舆论中，殷浩差不多被捧为国家"救星"。然而灭掉西蜀成汉政权之后，桓温的威望和势力权倾朝野，东晋朝廷时时感到虎狼在侧，只能用殷浩来制衡桓温。这无疑加深了两人之间的敌意。这一回答之妙就在于当时在朝廷身陷窘境、颇为落魄的殷浩独辟蹊径，绕开桓温预先设好的"陷阱"，"迂回包抄"，最后打了场漂亮的"反击战"。所谓"三军可夺帅也，匹夫不可夺志也"②。殷浩通过摒弃外在规范和标准的方式，摆脱了他人的束缚，形成了自我意识。"宁作我"的提出，

---

① 骆玉明：《魏晋风流的〈世说新语〉为什么不可复制》，《中国青年报》2020年6月9日。

② 杨伯峻译注：《论语译注》，中华书局2012年版，第133页。

需要对自己充分的自信,对别人高度的坦诚。这样的声音充满魏晋,让其他时代黯然失色。尽管处境艰难,但身为士人的殷浩还是铿锵有力、义正词严地传递出"绝不屈志于人"的信念,突出了殷浩强烈的自我意识。第二则庾子嵩认为"你""我"是两个分别独立之个体,每个人的想法不同,彼此怎样称呼与对方无关,只要是自己的选择即可。李泽厚先生曾指出,这种对"我"的强调,虽然不同于近代资本主义社会对打破了封建等级束缚的"我"的强调,但它"终于表现了在传统制度所能容许的范围内对自我的独立的意义和价值的推崇,已经与东汉以来那种使自己无条件地从属于以致牺牲于名教的思想有很大的不同"①。

此外,以个体的"自然之性"为基础,彼时"贵无论"提出了"顺性"的伦理观念。这种理想人格本体以追求"顺性至和"为终极目标,表现出了鲜明的个体意识。《世说新语·任诞》记载:

> 王子猷居山阴,夜大雪,眠觉,开室命酌酒,四望皎然。因起彷徨。……经宿方至,造门不前而返。人问其故,王曰:"吾本乘兴而行,兴尽而返,何必见戴!"(《世说新语·任诞47》)

王徽之"雪夜访戴"的故事可算是体现古代士大夫"顺性"的最有名的故事。出于对友人的思念,王徽之醒来独酌后随即命舟而行,至门前却"兴尽而返",正因为这种突发之兴纯属个人自然之性。"雪夜访戴"的行程与日常的社交活动完全不同,是一段梦幻式的、诗意化的行程。个体生命说到底是一种孤独的存在,这种孤独是无奈的,却也是动人的,这则故事描绘的其实是个体灵魂在孤独中的自由徜徉。魏晋士人的这种以"顺其性"为宗旨的伦理原则,具体表现为提倡和追求本真、自由、平等的内在自然,被看作一种违礼越俗的人格个性。正因士族作为一个特殊阶层,其对国家、皇权具有较少的依附性,才促使其能够较早体验并以自己方式应对个人尊严的价

---

① 李泽厚等:《中国美学史》第二卷,中国社会科学出版社1987年版,第83页。

值、自由的必要、自由与尊严的代价、生命的虚无与美丽等人类而言具有普遍性的问题。《世说新语》体现了魏晋士人对个人性格、尊严、自由的理解与热爱。

随着名教的日渐衰微，人们的价值观念也发生转变。由于当时士人以"我"为本，所以《世说新语》中也遍布对人物个性和风采的赞赏。在魏晋士人看来，不同的个性风采是人格美的不同表现：

> 桓玄问刘太常曰："我何如谢太傅？"刘答曰："公高，太傅深。"又曰："何如贤舅子敬？"答曰："楂、梨、橘、柚，各有其美。"（《世说新语·品藻87》）

可见魏晋时期的人物品评主要是从推重"自我"的角度立论的。在他们看来，每个人都有自己的长处和短处，并不足羞。重要的是表现不同的个性，显示自己的优势。魏晋士人由于具有自觉的个体意识而颇富魅力，这便是魏晋风度的内在文化意蕴。以"我"为本的高自标置和"宁作我"的鲜明个性，让魏晋士人在中国文化史上大放异彩。

二、简傲慢世

曹魏名士狂狷，西晋名士贵雅，东晋名士玄远。"简"，原本便有"自傲"之意。西晋代魏之际，以嵇康为代表的名士对司马氏的不臣行为不耻，从行为到心理均表现得"倨傲不敬"。西晋政权初立之际，司马氏为维护政权稳定，唯有笼络势力强大的门阀士族，向其伸出橄榄枝，因而给予暂时容忍。这样一来，以"简傲"为高洁之举的魏晋风度逐渐形成：追慕玄学、崇尚旷达、不拘礼法者放旷傲慢；贵游子弟在门阀制度影响下凌人傲物；飘逸方外者为官不问政事，终日清谈，标榜超凡脱俗而目空一切。然而从《世说新语》对魏晋士人简傲行为的褒扬态度，我们可看出在魏晋那样一个时代，简傲之行为是被士人普遍接受并给予尊重的，可见慢世风气之盛。

桓大司马下都,问真长曰:"闻会稽王语奇进,尔邪?"刘曰:"极进,然故是第二流中人耳。"桓曰:"第一流复是谁?"刘曰:"正是我辈耳!"(《世说新语·品藻 37》)

支道林问孙兴公:"君何如许掾?"孙曰:"高情远致,弟子蚤已服膺;一吟一咏,许将北面。"(《世说新语·品藻 54》)

刘惔字真长,沛国人。魏晋讲求门第出身,刘惔祖上曾为西晋高官,但到刘惔时家道中落。即便如此,也并不妨碍其成为东晋最骄傲的名士。刘惔少好老庄,后入京城建康,为王导所识。刘惔当仁不让、以我为尊的傲慢之举,正体现了对于自我意识的肯定与褒扬。孙绰字兴公,太原中都人。绰生于会稽,博学善文,放旷山水,与高阳许询齐名,袭封长乐侯。他是东晋大臣、文学家、书法家,是玄言诗派代表人物。这样一位才华横溢的名士,自是简傲不拘的。从"蚤已服膺""许将北面"八个字能够看出,孙绰认为自己与许询在高情远致和吟咏山水方面各有千秋,在各自擅长的领域均天赋异禀,当仁不让的精神气质立刻显现出来。然而我们也应注意到,孙绰的回答,既有简傲的一面,也有欣赏他人的一面。魏晋名士虽然充满自信、慢世清高,但也能够做到正确认识和评价自己,这是十分珍贵的。从刘惔及孙绰身上我们可管窥彼时的魏晋士人对自己都保有一种积极的自信。这种独立的人格和精神的发现,是魏晋时期的重要收获之一。

殷中军被废,在信安,终日恒书空作字。扬州吏民寻义逐之。窃视,唯作"咄咄怪事"四字而已。(《世说新语·黜免 3》)

殷浩未出世时,朝野把他比作管仲和诸葛亮,以他的出世来"卜江左兴亡",出世后司马昱将其当作抗衡桓温的棋子。然而在永和九年(353 年)北伐时殷浩兵败许昌,朝廷不得已听从桓温意见将其贬为庶人,并流放东阳郡信安县安置。几年之间,殷浩从王朝"救星"变为朝廷"废人",从人生巅峰跌至谷底,原本"识度清远"的他,自己更觉"我辈岂是蓬蒿人"。刘孝标注引《续晋阳秋》曰："浩虽被废，夷神委命，雅咏不辍，虽家人不见其有流放之戚。"可见其虽被废，在平日生活中仍然能够镇定自持，并提出"咄咄怪事"之心里话，可见其对自身的天赋异禀、卓越才能是非常自信的。

> 王长史与刘真长别后相见，王谓刘曰："卿更长进。"答曰："此若天之自高耳。"（《世说新语·言语66》）

刘惔为当朝驸马，王濛为前朝国丈，二人同时为东晋外戚，同为东晋显贵名士，时人将二人并称为"王刘"或"刘王"。《晋书·王濛传》曰："时人以惔方荀奉倩，濛比袁曜卿，凡称风流者，举濛、惔为宗焉。"与其他并称者彼此拆台不同的是，他们二人一直相互推许。《世说新语·赏誉109》中，王濛称"刘尹知我，胜我自知"。他还曾对支道林说：刘惔的才高学富恰如"金玉满堂"。王濛和刘惔很友好，亲如兄弟，"惔常称濛性至通，而自然有节"①。既然亲如兄弟，说话便更不必顾虑，于是便有了"此若天之自高耳"这样对自己的溢美之词。刘惔所谓"天之自高"，语出《庄子·田子方》："至人之于德也，不修而物不能离焉。若天之自高，地之自厚，日月之自明，夫何修焉。"庄子所谓的"天之自高"，是形容至人无为而德高；刘惔以"天之自高"答王濛"卿更长进"，是强调才华来自天生。"长进"需有人为努力，"天高"则是自然而成。王濛是想夸奖朋友刻苦勤奋，刘惔则是在朋友面前吹嘘自己天生聪明，认为自己正是孔子所说的"生而知之"的人。这样看来，在"人的觉醒"这一伦理精神内涵中，魏晋士人特别看重个人才智，常以高才自炫。清人李慈铭对此指责称："人虽狂甚，无敢以天自比者"，事实上，刘惔只不过是深谙老庄之道而已。

---

① （唐）房玄龄等撰：《王濛传》，《晋书》卷九十三，中华书局2000年版，第1615页。

三、人生贵得适意尔

《世说新语》时代格外重视人的精神生活，强调淡泊名利、提倡精神自由。其时玄风大畅，道体自然，人们通过哲学、文学、绘画、音乐等抒发自己对宇宙、人生的感悟。魏晋士人将生活看作一种诗意的存在，而不仅仅是人的世俗的、自然的日常活动。他们将个体行为化作精神之对象，然后咀嚼再三，细细品味。面对风雨飘摇的时代困境，士人们只有通过将生活诗意化，方能超越自身的感性存在，摆脱生命的枷锁，体验人生的快乐与自由。这是魏晋士人自我意识滋长的重要体现，在《世说新语》中，突出表现为"适意"的生命状态：

> 张季鹰辟齐王东曹掾，在洛，见秋风起，因思吴中菰菜羹、鲈鱼脍，曰："人生贵得适意尔，何能羁宦数千里以要名爵？"遂命驾便归。俄而齐王败，时人皆谓见机。（《世说新语·识鉴10》）

张翰字季鹰，西晋著名文学家，翰被齐王辟为东曹掾，却选择辞官归乡。不久，齐王被杀，"时人皆谓见机"，因而此篇入选《识鉴》一门。此处刘孝标注引《文士传》佐证之："翰谓同郡顾荣曰：'天下纷纷未已，夫有四海之名者，求退良难。吾本山林间人，无望于时久矣。子善以明防前，以智虑后。'"本书认为，张翰选择归乡并非其能"以智虑后"，而是遵从自己内心，以人生的适意为贵，这样的人生态度被魏晋士人所推崇。此条记"在洛，见秋风起，因思吴中菰菜羹、鲈鱼脍"，这两种菜肴均是江浙一带的特色小吃，大概因二者在秋天吃食最为美味，张翰又是江苏苏州人，秋风骤起使其一时间便想起故乡的佳肴。身在洛阳的他大发感慨，离家千里为官，求的全是一些蜗角虚名和蝇头小利，连家乡的菜肴也不能吃到。于是有了辞官退隐之心。人生之可贵正在"适意"，不能随时吃到家乡的菜肴就是"不适意"，还要那些身外的名爵做什么？张翰的做法虽然舍弃了仕途，却找回了自我。生于"人的自觉"之世，个体本身成为最高目的，功名利禄于我如浮云，舍本逐末之行不可取，"适意称性"乃人生最大之幸福。张翰还有一句名言一直沿袭至今："使我有身后名，不如即时一杯酒！"① 多么潇洒剔透的人生态度！张翰的选择非常简单，就是以"诚心适性"为最终目的。因性而动，称性直往，这便是他的理想人生追求。宗白华先生说，这种人生态度以把玩"现在"为表现形式，"在刹那的现量的生活里求极量的丰富和充实，不为着将来或过去而放弃现在价值的体味和创造"②。在动荡不安的年岁里，除生命外的一切都是虚无缥缈的。因而趁年华正好，尽情享受人生，执着于现实之生存才是理所当然的选择。在魏晋士人眼里，社会仅是生命之外的摆设，应该物为"我"用，而非"我"为物累。他们的行为即以"适意"为原则，遂寄兴趣于过程本身而不拘泥于任何外在目的。

> 王子猷尝暂寄人空宅住，便令种竹。或问："暂住何烦尔？"王啸咏良久，直指竹曰："何可一日无此君？"（《世说新语·任诞46》）
>
> 王子猷出都，尚在渚下，旧闻桓子野善吹笛，而不相识。遇桓于岸上过，王在船中，客有识之者，云是桓子野，王便令人与相闻，云："闻君善吹笛，试为我一奏。"桓时已贵显，素闻王名，即便回下车，踞胡床，为作三调。弄毕，便上车去，客主不交一言。（《世说新语·任诞49》）

王徽之是王羲之的第五子，字子猷。他的为人，刘孝标注引《中兴书》曰："卓荦不羁，欲为傲达，放肆声色颇过度。"这两则故事收录在《任诞》篇中，虽说不以狂傲放肆为特点，但主人公随性而行、任性自适的个性却也是彰露无遗。王徽之爱竹的理由文中没有说明，推想起来，竹的姿态挺拔，色泽明翠，声韵清幽，柔媚雅致。徽之一句"何可一日无此君"，含有以竹为自我象征的意味，一方面表现了其对竹的妙赏以及对竹的一往情深；另一

---

① （南朝宋）刘义庆著，（南朝梁）刘孝标注，余嘉锡笺疏：《世说新语笺疏》，中华书局 2011 年版，第 639 页。

② 宗白华：《艺境》，商务印书馆 2011 年版，第 163 页。

方面也在对竹的喜爱中寄托了自己的理想人格。桓伊为王徽之吹笛的故事，倘若放在《雅量》篇中也会觉得很合适。这则故事中的两位主人公均有显贵的身份，他们互相知名而未曾相识。若是遵循常规的社交礼仪，像徽之那样已经在船中行将出发，即使打算同路过的桓伊结识也不是很好的机会。但他们都是脱略形迹、率真不羁的人，于是一方直接邀对方为自己吹笛而不以为无礼，一方当场为初识者演奏而不以为有失尊严。特别有意思的是桓伊吹笛后，"便上车去，客主不交一言"，整个过程仅以音乐作为交流的媒介。这种回避礼仪常规的做法使得此番交往的意义变得极其单纯，同时也非常契合双方的身份。

魏晋士人处在人生无常、朝不保夕的黑暗时代，很容易把玄学思想引为同调，重新审视人生并确立自己的价值观。他们开始意识到自我和个体生命的存在及延续，意识到对于个体的生命来说，生存的自由和洒脱之珍贵。所以，尽管魏晋名士表面上显得轻薄世事、狂放不羁，内心深处却是更加强烈地执着于人生的。在他们看来，只有使生命适意才是人生的第一要务，他们追求的是无拘无束、不受他物干扰的生活，以此排解心中的苦闷与纠结。嵇康的"每一相思，千里命驾"①，王徽之的"乘兴而行，兴尽而返"②，都透露着魏晋士人对今世的热衷与关注，表现了其于乱世中寻求自我救赎。

四、礼岂为我辈设也

汉末的主流意识形态随着帝国大厦的崩塌开始日趋衰微，此时"学者以庄老为宗，而黜六经；谈者以虚薄为辩，而贱名俭；行身者以放浊为通，而狭节信；进仕者以苟得为贵，而鄙居正；当官者以望空为高，而笑勤

---

①（南朝宋）刘义庆著，（南朝梁）刘孝标注，余嘉锡笺疏：《世说新语笺疏》，中华书局 2011 年版，第 664 页。

②（南朝宋）刘义庆著，（南朝梁）刘孝标注，余嘉锡笺疏：《世说新语笺疏》，中华书局 2011 年版，第 657 页。

恪"①。经过几百年的压抑与束缚，士人们终于不再委曲求全，提出"非汤、武而薄周、孔"的口号，以言谈的荒诞不经"解构"虚伪的一本正经；以行为的放纵不羁冲破精神的禁锢僵硬；以生活态度的玩世不恭取代为人的墨守拘谨。《世说新语》专辟《任诞》一门，记述魏晋士人的种种任性、放诞行为。"任诞"作为彼时一种流行的名士做派，显露了封建社会人伦名教体系的危机，是所谓"魏晋风度"的历史性标记。

任诞之风始自汉末，在魏晋时代愈演愈烈，与玄学的兴起密不可分。玄学源自老庄，以"无"为本，崇尚自然，强调个性自由和精神的不累于物，所以必然要求摆脱礼法名教的束缚。而且，门阀士族集团的激烈争斗也使士人产生了厌世情绪，名士们为求自全，逃避政治斗争，大多把玄虚无为、寄心希夷当作良策，将道家的虚静逍遥蜕变为旷达纵诞。于是，各种不合礼法和情理的怪诞行为，都被看作慢世任诞的高洁之举。在魏晋这一特定的历史语境中，放达、任诞行为有着更为深厚的伦理内涵。魏晋士人的背叛礼教和违时绝俗，无论是嗜酒荒放、裸袒箕踞，还是各种奇异的怪言肆行，都是将人的自然之性、生命之情和生理之需从伦理规范的桎梏下解放出来，这本身即具有全新的伦理意义。

　　　　阮籍嫂尝还家，籍见与别。或讥之，籍曰："礼岂为我辈设也！"
（《世说新语·任诞7》）

如果说嵇康在《广陵散》的悠扬中从容潇洒地走向了断头台，那么阮籍则以种种违礼、放任的行为将彼时乡愿的社会钉上了历史的耻辱柱。按照古代仪礼规定，"叔嫂不通问"②，受封建礼法约束的人便讥笑阮籍与嫂道别是"非礼"之行。阮籍却认为礼法不是为我设立的。他既将自己放在"礼"

---

　　①（梁）萧统编，（唐）李善注，江庆柏、刘志伟主编：《文选资料汇编总论卷》，《晋纪·总论卷》，中华书局2017年版，第4页。

　　②（南朝宋）刘义庆著，（南朝梁）刘孝标注，余嘉锡笺疏：《世说新语笺疏》，中华书局2011年版，第631页。

之外，又对陈腐、虚伪的礼法采取蔑视的态度，或讥讽、或以"任诞"的行为方式与之对抗。他通过"任诞"的行为质疑名教、否定礼俗的意识是自觉的，是建立在对封建纲常礼教之虚伪性、荒谬性的深刻认识基础上的，但同时也存在着自我与规范的纠结。

> 阮公邻家妇有美色，当垆酤酒。阮与王安丰常从妇饮酒，阮醉，便眠其妇侧。夫始殊疑之，伺察，终无他意。（《世说新语·任诞8》）

阮籍没有尊崇儒家礼教对于"男女授受不亲"的相关规范。传统人伦规范认为，"男女之别，国之大节也"[①]，"男女有别，而后夫妇有义"[②]。然而事实上，阮籍的动机并不是从根本上违背礼教，而是反对礼教对人过多的形式上的限制。当然，"礼岂为我辈设也"不仅是阮籍等人的个人行为，也是魏晋时期的一种时代风尚，人们背离名教礼法的言论和行动从根本上体现了对于自我与规范的矛盾态度。

> 刘伶恒纵酒放达，或脱衣裸形在屋中。人见讥之，伶曰："我以天地为栋宇，屋室为裈衣，诸君何为入我裈中？"（《世说新语·任诞6》）

刘伶的裸袒之举可说是"礼岂为我辈设也"的形象、具体演示。刘伶酒后"以天地为栋宇，屋室为裈衣"，乍看荒诞无比，然而只要了解阮籍等竹林名士的人格精神，便会发现刘伶行为精神境界之高妙，与竹林名士思想具有一致性。"天地""屋室"等词语的运用，气吞宇宙、囊括洪荒。它是对"毁质以适检"的反动，此时刘伶"裸形"的尴尬已被其恢宏的精神境界巧妙化解，竹林名士看似荒唐的放诞之举被赋予全新认知：它是具有严肃内涵及根本精神的。可见，魏晋士人在荒诞的世界面前选择采取"任诞"的生活方式，他们"指礼法为流俗，目纵诞以清高"，他们眼见着司马氏统治集团

---

① 杨伯峻编著：《春秋左传注》，中华书局2018年版，第195页。
② （汉）郑玄注，（唐）孔颖达正义：《礼记正义》卷六十八，上海古籍出版社2008年版，第2277页。

的倾轧杀伐，对名教的虚伪是非常无奈的，因而选择推崇玄理，倾慕老庄，对虚静淳朴心向往之。"礼岂为我辈设也"，正是"越名教而任自然"的真实体现，生命在这一过程中得以向自然回归。

> 温公丧妇，从姑刘氏，家值乱离散，唯有一女，甚有姿慧，姑以属公觅婚。公密有自婚意，答云："佳婿难得，但如峤比云何？"姑云："丧败之余，乞粗存活，便足慰吾余年，何敢希汝比！"却后少日，公报姑云："已觅得婚处，门地粗可，婿身名宦，尽不减峤。"因下玉镜台一枚。姑大喜。既婚，交礼，女以手披纱扇，抚掌大笑曰："我固疑是老奴，果如所卜！"玉镜台，是公为刘越石长史，北征刘聪所得。（《世说新语·假谲》9）

> 韩寿美姿容，贾充辟以为掾。充每聚会，贾女于青琐中看，见寿，说之。恒怀存想，发于吟咏。后婢往寿家，具述如此，并言女光丽。寿闻之心动，遂请婢潜修音问。及期往宿。寿蹻捷绝人，逾墙而入，家中莫知。自是充觉女盛自拂拭，说畅有异于常。后会诸吏，闻寿有奇香之气，是外国所贡，一著人，则历月不歇。（《世说新语·惑溺》5）

魏晋时期，随着思想的解放，妇女们在很多方面都表现出与传统礼教相背离的"出格"举动。以上两则故事，传统礼法推重的夫义妇德已痕迹不深，有的只是魏晋女性的率真自然和真实可爱。她们把个人的情感、意志、兴致、趣味等放在首位，全然不顾传统的道德礼法，使人的生命之情、自然之性及生理之需从伦理规范的桎梏中解脱出来。正如董晔先生所言，"如果说'非礼勿视，非礼勿听，非礼勿言，非礼勿动'（《论语·颜渊》）严重束缚了人性自由，那么追求人格的自然主义和个性主义就必然地体现在对礼法规范的蔑视和背离上。因为要'返乎自然'，所以采取率真恣意的人生态度，自然无视传统、礼法及后世的是非毁誉"[①]。面对世俗与礼法，魏晋名士用旷

---

① 董晔：《〈世说新语〉美学研究》，人民文学出版社 2017 年版，第 102 页。

达、自然维护着自身的尊严，"他们没有外示谦逊而实则傲慢的矫情或浅薄庸俗的乡愿，有的只是志气宏放、高自期许和强烈的叛逆精神。他们不屑与现实中的碌碌之辈为伍，个体的尊严和价值更是容不得半点玷污"①。无论"礼岂为我辈设也"的具体表现是什么，任性放诞的行为方式必是其重要表现之一，是与封建礼教相抗衡的无奈、纠结且激进的表现形式。而一旦这种表现形成一种社会风气，成为一种伦理精神，是较容易走向极端的，它超越了过去的伦理限度和起码的道德底线，具有了较为独立的伦理意义。

个性风采是魏晋风度极富魅力之存在，此时它已不单纯表现在少数知识分子身上，而是成了一种群体性格。魏晋士人的"个性"风采独具，反映在《世说新语》的伦理精神上，是魏晋风度的鲜明特征及社会内涵。需要强调的是，放旷、任诞之行为并非均具有积极意义，士人们选择用"奇言异行"释放心中的郁结，只是面对传统束缚、面对封建等级秩序的虚伪性所表现出的无奈之举，他们并非真正否定名教，而是对传统规范中的部分不合理因素提出抗争，为的是通过自己的言行，重建利于社会发展的伦理秩序。单从历史层面思考，在那个骤雨疾风的魏晋时代，士人们所体现的对个性的推崇，对理想人格的追求，无疑是可贵的。

第二节 有情与无情之间

在追求自然之性的魏晋风度中，重情亦是其重要特点。如果说魏晋士人对自然之性的追求是对其自身个性的尊重，是"人之觉醒"的表现形式，那么其对"情"的重视，应该说是"情感的自觉"。人有了"自觉"的情感，才算"本真"的人。《世说新语》中"情的自觉"体现在两个方面：情之深与情之真。魏晋士人的生活中处处流露着"真性情"，尽管我们在士人的言行中有时能看到其貌似"无情"的有违礼法的举动，然而这种"无情"实际

①董晔：《〈世说新语〉美学研究》，人民文学出版社2017年版，第103页。

正是为了通过生命的根本真实去彰显"有情"。那种真切的对于情感的执着，源于其内心深处的最真实感受。魏晋士人在昏暗复杂的社会环境下，始终秉承一颗"有情"之心，又做到了不同流俗，尽其所哀，尽其所乐，在"有情"与"无情"之间，魏晋风度之珍贵得以彰显。

一、情之所钟正在我辈

原本以古人之见，"情"并非值得赞美的东西。汉代礼法统治束缚人的思想和个性，扼杀人的真情实感。汤用彤《王弼圣人有情义释》云："汉儒上乘孟、荀之辨性，多主性善情恶，推至其极则圣人纯善而无恶，则可以言无情。此圣人无情说所据理之一。"[①] 唐代的李翱在其《复性书》中申扬了"圣人无情"论，"人之所以为圣人者，性也；人之所以惑其性者，情也。喜怒哀惧爱恶欲，七者皆情之所为也。情既昏，性斯匿矣，非性之过也"。后来宋明理学家提倡"无欲"，"存天理，灭人欲"，都是沿承这一思路。老、庄是在另一个角度上谈论圣人无情的，他们的态度也十分明确。"天地不仁，以万物为刍狗；圣人不仁，以百姓为刍狗。"[②] 庄子认为："有人之形，无人之情。有人之形，故群于人；无人之情，故是非不得于身。""情"与"天道"是相悖的，人们通常"因情而迷性"，这样便会阻碍完美人格的实现。

然而在"圣人有情与否"的问题上，魏晋玄学家则有自己的考虑。以《三国志·钟会传》裴松之注引何劭《王弼传》为例，王弼提倡"圣人茂于人者神明也，同于人者五情也。神明茂，故能体冲和以通无；五情同，故不能无哀乐以应物。然则圣人之情，应物而无累于物者也"[③]。"圣人"在很大程度上是假设的人伦典范，圣人有情与否更多地关联到对个人生命的感受和

---

① 汤用彤：《魏晋玄学论稿》，上海人民出版社2015年版，第68页。

②（魏）王弼注，楼宇烈校释：《老子道德经注校释》，中华书局2008年版，第13—14页。

③（晋）陈寿撰，（宋）裴松之注：《钟会传》，《三国志》卷二十八，中华书局2000年版，第591页。

对生命价值的认识。人生百年,站在压抑感性的立场上,采用群体利益至上的价值观,可以加给它各种各样的解说;为了在群体中更好地生存,人必须注意克制自己内心的冲动,但外在的束缚并不是生命活动之根本,每一个具体的人生遭遇和生活场景自然涌发的"喜怒哀俱爱恶欲",那些流动与变幻的情感,才是生命的根本真实。《世说新语》中关于王戎与山简对话的记载,是历史上关于"圣人有情与否"的典型事例:

> 王戎丧儿万子,山简往省之,王悲不自胜。简曰:"孩抱中物,何至于此!"王曰:"圣人忘情,最下不及情。情之所钟,正在我辈。"简服其言,更为之恸。(《世说新语·伤逝4》)

王戎是承认"圣人无情论"的,但他并不认为圣人无情值得效仿。毋宁说,"圣人忘情,最下不及情"两端,刚好突出了"情之所钟,正在我辈"这一问题主旨。而此处的比较又完全可以引出如下的解析:"圣人"是超越了通俗之"人"的"人","最下"者则是无法以通俗"人"之生活方式生存之"人";而"我辈"存在于在二者之中间区域,"我辈"的生存方式才是人"理应"如此的生存方式,"我辈"才是真正意义上的"人"——这标志着"人"之观念的历史性突破。山简"服其言",则意味着对这一生活方式的认同。

> 桓子野每闻清歌。辄唤"奈何"!谢公闻之,曰:"子野可谓一往有深情!"(《世说新语·任诞42》)
>
> 王长史登茅山,大恸哭曰:"琅玡王伯舆,终当为情死!"(《世说新语·任诞54》)

桓伊是东晋有名的将领,字叔夏,小字子野,是一位杰出的军事干才。《晋书》本传说"伊有武干",在决定东晋命运的几次大战中屡建奇功,并以军功拜将封侯。桓伊除了驰骋疆场外,还十分喜爱音乐,本传称其"善音乐,尽一时之妙,为江左第一"。桓伊也非常爱听别人唱歌,每当听到清歌，他就会情不自禁地陶醉其中。当时的宰相谢安见桓伊对音乐造诣很深，对音乐有如此痴心，便说出了"一往有深情"这一评价。"清歌"在当时即挽歌。桓伊对清歌的钟爱，除了单纯出于对美妙歌声的赞叹外，深层含义应是对其哀婉旋律的感动。连年的战祸使得民不聊生，即使取胜，也是踩在无数将士们的鲜血上一路走过来的。桓伊的"一往深情"，正是对王戎"情之所钟，正在我辈"的回应，他听到清歌"辄唤奈何"，表明他情感极为丰富。为情而死者，必为情而生。王伯舆的十字名言堪称魏晋时代人生抉择的最高宣言。李维桢认为"伯舆之情"，乃是"笃于情"且"为情所苦"的典型，这显然已将其视为情痴了。清陈维嵩以"痴王伯舆"与"狂桓子野"对举，视王伯舆为"痴人"，举桓伊为"狂士"。事实上，魏晋时期像伯舆、子野一样的"痴人""狂士"并不少见。《世说新语》中的《任诞》一门中，多的是"痴人"与"狂士"之言行。魏晋士人热衷于以偏执、痴迷甚至狂肆的方式表达自己的性情。这样的性格特征被某些世俗的缙绅之士视为"任诞"。宗白华先生曾指出："深于情者，不仅对宇宙人生体会到至深的无名的哀感，扩而充之，可以成为耶稣、释迦的悲天悯人。就是快乐的体验也是能深入肺腑，惊心动魄。"[1]桓伊与王伯舆正是这样的"深于情者"。喜怒哀乐爱恶欲原是人类的本性，然而汉代的名教礼法却将其一再禁锢。魏晋士人选择返璞归真，释放真情，正是对人性异化的反拨。

> 卫洗马初欲渡江，形神惨悴，语左右云："见此芒芒，不觉百端交集。苟未免有情，亦复谁能遣此！"（《世说新语·言语32》）

卫玠字叔宝，曾官太子洗马，身出名门，久享清誉。《晋中兴书》记其事曰："卫玠兄璪，时为散骑侍郎，内侍怀帝。玠以天下将乱，移家南行，母曰：'我不能舍仲宝而去也。'玠启喻深至，为门户大计，母涕泣从之。临

---

① 宗白华：《论〈世说新语〉和晋人的美》，骆玉明等选编：《魏晋风度二十讲》，华夏出版社 2009 年版，第 232 页。

别，玠谓璪曰：'在三之义，人之所重。今可谓致身授命之日，兄其勉之！'乃扶将老母，转至豫章。而洛城失守，璪没焉。""在三之义"，谓事君、父、师三者当始终如一，故卫璪无由南下，而兄弟惨然分手。余嘉锡评论此条说："然则叔宝南行，纯出于不得已。明知此后转徙流亡，未必有生还之日。观其与兄临诀之语，无异生人作死别矣。当将欲渡江之时，以北人初履南土，家国之忧，身世之感，千头万绪，纷至沓来，故曰不觉百端交集，非复寻常逝水之叹而已。"①卫玠欲渡江之际，正身陷国破家亡之境，见天宇寥廓、江水茫茫，他的感伤是真实而深广的。虽然"百端交集"，无从说起，但这一场景，令人体会到不知人生于世，缘何而来，向何而去的迷茫，情之所寄，不绝于耳。"苟未免有情，亦复谁能遣此！"这一感慨的背后是对"圣人有情与否"的判断，卫玠认为人是有情的，因而必须面对这些无法排遣的悲哀。冯友兰先生评论："真风流底人，必有深情"，"他的情与万物的情有一种共鸣"。②

二、使人情何能已已

魏晋士人"重情"的另一表现可称为"情之真"。宗白华先生认为："魏晋之际新道德运动的意义和目标，就是要把道德的灵魂重新建筑在热情和率真之上，摆脱陈腐礼法的外形。因为这礼法已经丧失了它的真精神，变成阻碍生机的桎梏。"③这样一来，魏晋士人在追求"真情"之时，必将注重以真为贵的我行我素。从《世说新语》我们知道，魏晋士人是极为追求真情实感的伦理精神的。一旦冲破宗法统治和名教思想束缚下的社会功利目的，士人们便敢于抛弃外界强加于自己的虚伪矫饰，追求高于个体生命的性情。

---

① （南朝宋）刘义庆著，（南朝梁）刘孝标注，余嘉锡笺疏：《世说新语笺疏》，中华书局 2011 年版，第 84 页。

② 冯友兰：《三松堂学术论文集》，北京大学出版社 1984 年版，第 614—615 页。

③ 宗白华：《论〈世说新语〉和晋人的美》，骆玉明等选编：《魏晋风度二十讲》，华夏出版社 2009 年版，第 248 页。

魏晋士人可说是为人格之独立而生之人，所体现的伦理精神，不在于圣人的"无累于情"，而是富于"人情味"。他们一方面追求自我超越，一方面又任凭情的牵引而真于世情。他们对于包含亲情、友情、爱情在内的人间真情的专注，是真切而立体的：

> 阮籍当葬母，蒸一肥豚，饮酒二斗，然后临诀，直言："穷矣！"都得一号，因吐血，废顿良久。（《世说新语·任诞9》）

阮籍的母亲去世了，他却在服丧期间饮酒食肉，此举遭到了众人的非议，他却神态自若，毫无愧色。然而在母亲下葬之时，却哀号出声，口吐鲜血，可见其对母亲感情的真挚。阮籍全然不顾礼法的束缚，看似"无情"，与其表现出的极度悲痛形成了鲜明对比。如果没有对母亲刻骨铭心的爱，没有因丧母带来的真切疼痛，阮籍怎会如此。阮籍遇母丧时表现出的真情，与《世说新语》记载的王戎与和峤之间的故事有相似之处。王与和同遭大丧，俱以孝称，"王鸡骨支床，和哭泣备礼"[1]，二人的表现均为对母亲的追念，但显然具有很大的不同——和峤是生孝，注重儒家礼仪孝道，王戎"哀毁骨立"是死孝[2]。在这里，阮籍的行孝方式是冲破孝之礼法将孝心发自内心地彰显出来，是真情的流露，往往叛逆者比卫道者更忠于外部规范背后的内核。可见，魏晋名士是不屑于虚假做作的，他们提倡合乎自然本性的、发自内心的、无功利的情感，并竭力将"孝"从名教伦理规范的桎梏中解放出来。除了对亲人的真情实感，在与友人的关系中，魏晋士人的真性情也较为典型：

> 庾文康亡，何扬州临葬云："埋玉树箸土中，使人情何能已已！"

---

① （南朝宋）刘义庆著，（南朝梁）刘孝标注，余嘉锡笺疏：《世说新语笺疏》，中华书局2011年版，第18页。

② （南朝宋）刘义庆著，（南朝梁）刘孝标注，余嘉锡笺疏：《世说新语笺疏》，中华书局2011年版，第18页。

（《世说新语·伤逝9》）

　　顾彦先平生好琴，及丧，家人常以琴置灵床上。张季鹰往哭之，不胜其恸，遂径上床，鼓琴，作数曲竟，抚琴曰："顾彦先颇复赏此不？"因又大恸，遂不执孝子手而出。（《世说新语·伤逝7》）

　　此二则均出自《世说新语·伤逝》。第一则，初读起来，何充对庾亮之死的叹息，也不见得怎样奇特。但仔细体味一下，便感到其间包含了何其惊心动魄的痛惜真情。庾亮是一位令世人倾慕的人物，据传其"风仪伟长"，具有"庙廊之器"的"气度"与"神貌"，曾使官至八州都督的陶侃一见便"改观"而"爱重顿至"①。他在东晋王朝的建树平平，但"所托常在尘垢之外"②的超迈个性，"方寸湛然，固以玄对山水"③的玄远襟怀，却曾博得著名玄言诗人孙绰的关注。正是因为对其为人的极度敬重，才有了何充的哀悼："使人情何能已。""埋玉树箸土中，使人情何能已！"这两句话之所以让人痛彻肺腑，是因为它超越了某时某地某人的局限，说出了人们痛悼志士离世的共同心声。第二则故事中的张翰，性格狂放不羁，时人以比阮籍，称"江东步兵"。翰与顾荣是同乡，依常礼，凡吊丧皆需执孝子之手以示慰问。张翰痛悼死者而不执孝子手，径上灵床弹琴哀悼，皆违背常礼。挚友逝去对他的打击，给其带来的伤痛，使其不再顾忌礼数而做出逾礼之举。这种真切的哀痛使真挚的友情得以彰显，亦可反映魏晋士人的真性情。张翰以一种任性而无视礼仪的方式来表达对故交顾荣的悲悼，这种方法的意义正在于保持了情的单纯。张翰的举动，是特意要表达他的到来完全是因为对死者的悼恸至真，是单纯的个人情感的表达，与世俗仪礼毫无关系。

---

　　①（南朝宋）刘义庆著，（南朝梁）刘孝标注，余嘉锡笺疏：《世说新语笺疏》，中华书局2011年版，第533页。
　　②（南朝梁）刘勰著，王运熙、周锋译：《文心雕龙译注》，上海古籍出版社2016年版，第101页。
　　③（南朝梁）刘勰著，王运熙、周锋译：《文心雕龙译注》，上海古籍出版社2016年版，第101页。

除了对亲情及友情的重视之外，魏晋士人的"情之真"也体现在对爱情的忠贞上。《世说新语》中有多则故事能体现这一点，在这里试列一则：

> 荀奉倩与妇至笃，冬月妇病热，乃出中庭自取冷，还以身熨之。妇亡，奉倩后少时亦卒。以是获讥于世。奉倩曰："妇人德不足称，当以色为主。"裴令闻之，曰："此乃是兴到之事，非盛德言，冀后人未昧此语。"（《世说新语·惑溺2》）

荀粲的这则故事被收录在《惑溺》篇，表明在编纂者的眼中，他的行为至少是不恰当的。诚然，如果纯粹为了达到给妻子治病或使之减轻痛苦的目的，粲完全可以使用更简单也对自己无害的冷敷方法，没有必要把自己冻成可用于物理降温的工具。但从痴于情的意义来看，他的行为却令人感动。"真情"本身就是充足的理由，它不需要符合常规的道理。况且，因情而"惑"，本身也是一种重要的人生体验。李泽厚先生曾说："魏晋时代的'情'的抒发由于总与人生—生死—存在的意向、探询、疑惑相交织，而常常达到一种哲理的高层。这倒正是以'无'为寂然本体的老庄哲学以及它所高扬着的思辨智慧，已活生生地渗透和转化为热烈的情绪、敏锐的感受和对生活的顽强执着的缘故。从而，一切情都具有着智慧的光辉，有限的人生感伤总富有无限宇宙的含义。"① 他试图从哲理的高度对魏晋人的重情作一种总结，不失为有识之谈。

第三节　重压之下的生命觉醒

生命意识是个体对生存、毁灭以及生命本身的看法及态度，是个体对自身人生价值实现的总的观点，《世说新语》体现的伦理精神的另一显著特征即对生命的尊重。在中国历史上亦是魏晋士人最早对生命本身展开大范

---

① 李泽厚：《华夏美学》，中外文化出版公司 1989 年版，第 141 页。

围、深层次讨论的。这一时期黑暗动荡的社会现实及乐生恶死的情感传统催生了早期的生命伦理意识，无论在何种社会关系中，生者都流露出对逝者郁结失意、悲恸感念的情绪。魏晋士人的生命意识反映在《世说新语》伦理精神中，主要表现在两个方面：对个体生命的尊重及对自然生命的爱护。

一、木犹如此人何以堪

魏晋时期，战乱频仍，百姓过着朝不保夕的生活，名士们开始关注个体生命的存在，生命意识逐渐觉醒。《伤逝》作为《世说新语》中最富有情感的一门，专门记载了生者对逝者的哀伤与追悼，总共虽仅有十九条，却将魏晋风度对个体生命的追悼展现得淋漓尽致。

人们谈及魏晋士人对死亡的敏感，容易联想到这一时代战乱不绝、政局动荡、人命危浅的背景。然而时事的危难在历史上是反复出现的，所以没有理由说它是决定性因素。从《世说新语》所反映的魏晋伦理思想之特殊性来说，正是个体意识的觉醒，使得生命的珍贵更加凸显，同时死亡在人们心中投下的阴影也变得更为浓重。人们希望"豁达"能够带来某种超越，譬如《世说新语·任诞43》记袁山松出游，每好令左右作挽歌，时人谓之"袁道上行殡"，但坦然地表达对死亡的痛苦和哀伤，也并不被认为是有违于豁达的行为。

> 王子猷、子敬俱病笃，而子敬先亡。子猷问左右："何以都不闻消息？此已丧矣！"语时了不悲。便索舆来奔丧，都不哭。子敬素好琴，便径入坐灵床上，取子敬琴弹，弦既不调，掷地云："子敬，子敬，人琴俱亡！"因恸绝良久。月余亦卒。（《世说新语·伤逝16》）

这理应是一则实录，它在细节上非常真实感人。在生命的黯淡余晖中承受着丧弟之痛的王徽之，悲伤之情是他人所不能知、文字所无法叙述的。所以他闻知王献之死亡的噩耗时"了不悲"，奔丧时"都不哭"；想为亡者弹一支联结彼此情谊的乐曲，却无法做到平心静气，哀痛至极而发出"人琴俱亡"的感叹。这里以双重强度呈现出了对死亡的悲哀，真挚的情感跃然纸上。

> 支道林丧法虔之后，精神霣丧，风味转坠。常谓人曰："昔匠石废斤于郢人，牙生辍弦于钟子，推己外求，良不虚也。冥契既逝，发言莫赏，中心蕴结，余其亡矣！"却后一年，支遂殒。（《世说新语·伤逝11》）

刘孝标在此处注引《支遁传》曰："法虔，道林同学也。俊朗有理义，遁甚重之。"支道林才华卓越、气质俊朗，在魏晋时期非常受士族敬重，而法虔则因为人旷达、思理精微受支道林的敬重。他的离去，使支道林"精神霣丧"——失去了旺盛精力，"风味转坠"——失去了风情趣味，这样的生命似乎是黯淡无光，再无精彩可言。因而支道林发出的悲鸣"余其亡矣"，或许是理所当然之结局。

> 王长史病笃，寝卧灯下，转麈尾视之，叹曰："如此人，曾不得四十！"及亡，刘尹临殡，以犀柄麈尾箸柩中，因恸绝。（《世说新语·伤逝10》）

王濛病重，于病榻前手执麈尾感慨自己生命的短暂。麈尾是魏晋清谈时士人手中的雅器，是彼时极受重视的名士饰物。王濛作为东晋名士，与刘惔齐名，又是故友，二人时常相互称许。彼时人们以刘惔比为荀粲，王濛比为袁涣，将二人视为风雅名士的典范。王濛于永和三年（347年）去世，享年三十九岁。或许就是因为自己心中的抱负未能施展，因而发出"如此人，曾不得四十"的感叹。刘惔对于友人的过世表现出"因恸绝"，一个"绝"字，表现出感情的真挚。这种真情实感，是无法简单用语言形容的。面对挚友的离去，只能"以犀柄麈尾箸柩中"，将其最爱的高洁之物归还，让其放心离去。

魏晋士人对死亡的叹息，实际是因发现了生命的绚烂，在最大的痛苦中顿悟了"生"。正如李泽厚先生所说,尽管士人们没有自杀——死亡,"却把经常只有面临死亡才能最大地发现的'在'的意义很好地展露了出来。它们是通过对死的情感思索而发射出来的在的光芒"①。魏晋士人在生命意识觉醒的伦理精神之下,面对着人生的无常与时光的流逝,逐渐形成一种"悲"的感受。郭璞的"林无静树,川无停流"②所叹息的,正是世界万物的逝者如斯,一去不复返。玉人消亡,美人尘土,英才早逝,志士长冥,这固然令人悲痛惋惜,但生死之哀让其更加珍惜转瞬即逝的时光,更加执着于不可能再来的生命。

> 桓公北征,经金城,见前为琅邪时种柳,皆已十围,慨然曰:"木犹如此,人何以堪!"攀枝执条,泫然流泪。(《世说新语·言语55》)

桓温于太和四年(369年)北征,路经金城时看到自己在咸康七年(341年)作琅邪内史时所种的柳树,经过近30年的生长,皆有十围之粗,不禁感慨万千,潸然落泪。宗白华先生评论说:"人到中年才能深切地体会到人生的意义、责任和问题,反省到人生的究竟,所以哀乐之感得以深沉";"桓温武人,情致如此!"③桓温是东晋中叶一位曹操式的枭雄,这样一个骁勇善战无所畏惧之人,也会手执柳条潸然泪下。正是因为其体味到了生命之短暂,时间消逝之迅速。生命在时间面前是无比渺小的,就算有坚强的意志、宏大的谋略,面对时间的流逝都是无可奈何的。桓温在有生之年没能实现自己的野心,对他来说是生命中的一大憾事,"木犹如此,人何以堪"正是对此的感慨。此句之所以深刻,因其正是对本体存在的探询,亦是对本体存在的情感性观照。辛弃疾在《水龙吟》中曾对桓温评论说:"可惜流年,

---

① 李泽厚:《华夏美学》,中外文化出版公司1989年版,第134页。
②(南朝宋)刘义庆著,(南朝梁)刘孝标注,余嘉锡笺疏:《世说新语笺疏》,中华书局2011年版,第224页。
③ 宗白华:《论〈世说新语〉和晋人的美》,骆玉明等选编:《魏晋风度二十讲》,华夏出版社2009年版,第239—240页。

忧愁风雨，树犹如此！倩何人唤取，红巾翠袖，揾英雄泪？"同样的扼腕叹息中透着同样的英雄气概。

> 王濬冲为尚书令，著公服，乘轺车，经黄公酒垆下过。顾谓后车客："吾昔与嵇叔夜、阮嗣宗共酣饮于此垆。竹林之游，亦预其末。自嵇生夭、阮公亡以来，便为时所羁绁。今日视此虽近，邈若山河。
> （《世说新语·伤逝2》）

王戎重经故地，"与嵇叔夜、阮嗣宗共酣饮于此垆"的往事历历在目。然而此时已是"嵇生夭、阮公亡"，而王戎亦是"著公服，乘轺车"，全非旧日垆头酣饮的模样。短短几年，竟发生如此大的变化，这是始料未及的。时光飞逝，生死存亡、荣辱穷通均出于意外，故友的逝去对他来说是一个沉重的打击。昔日纵情山水、自由爽朗的日子一去不复返，面对复杂时局，只能不由自主被卷入险恶政治洪流，因而不觉发出"视此虽近，邈若山河"的感叹。所表达的物是人非的无奈，包含着时间力量之强大，亦包含着对这种强大力量的无所适从。昨日之我何以若彼，今日之我何以如此？

如果说"未知生，焉知死"①是孔子在消极地回避死亡，那么"朝闻道，夕死可矣"②则是他在"积极"地藐视死亡。孔子将"人"抽象为道德的存在物，"志士仁人，无求生以害仁，有杀身以成仁"③，因而，个人即使死也要死得合于仁义礼教，即曾子所谓"得正而毙"④。既然生命的最高目的是"闻道"守礼，那么礼仪的娴熟、典籍的温习、节操的修养就成了人生的必修功课。"存，吾顺事；没，吾宁也"，张载《西铭》的这几句名言，道尽了

---

① 杨伯峻译注：《论语译注》，中华书局2012年版，第159页。
② 杨伯峻译注：《论语译注》，中华书局2012年版，第51页。
③ 杨伯峻译注：《论语译注》，中华书局2012年版，第228页。
④（汉）郑玄注，（唐）孔颖达正义：《礼记正义》卷八，上海古籍出版社2008年版，第223页。

儒家对生死的态度。尽管儒者明白"丧礼，哀戚之至也"[①]，可他们仍然强调应"节哀顺变"[②]。道家对死亡似乎更为"超脱"，《庄子》中多处论及"齐生死""等寿夭"，《齐物论》宣称"莫寿乎殇子，而彭祖为夭"，《德充符》还主张"以死生为一条"，《大宗师》也认为应以"死生存亡为一体"。这样看来，生死虽说是人的"头等大事"，但在魏晋之前，儒道两家从不同的角度遮蔽了死亡的深渊。然而到了魏晋，阮籍公开奚落礼法"鸿儒"，嵇康更指责"六经务于理伪"。在名士们看来，问题不是一生能否"闻道"，而是发生异化的儒家之道值不值得一闻，值不值得为了"闻道"而丧命。"人于生死念头，本从生身命根上带来"[③]，所以王羲之沉痛地喊出了"死生亦大矣，岂不痛哉"，并毫不客气地斥责庄子说："一死生为虚诞，齐彭殇为妄作。"[④]魏晋名士们死亡的"边缘体验"异常敏锐，伤逝悼亡也异常撕心裂肺。《世说新语》中常有"气绝""恸绝""一恸几绝""因又大恸"的记载。假如不热爱生，又怎么会恐惧死？假如不觉得生无限美好，又怎么会觉得死如此可恶？名士们是在哀恸死，又何尝不是在赞美生。

二、鸟兽禽鱼自来亲人

魏晋士人除对个人生命充满敬畏之情外，还将人的自然本性运用到自然事物中，这种伦理精神其实与当代生态学观念有着异曲同工之妙。当代的生态学提出将人类的生命优先权向自然生物范畴适度扩展，人类的伦理学观念不再仅仅囿于人类生命，而是推广并运用在非人类生命上，使得非人类生

---

①（汉）郑玄注，（唐）孔颖达正义：《礼记正义》卷十二，上海古籍出版社 2008年版，第 347 页。

②（汉）郑玄注，（唐）孔颖达正义：《礼记正义》卷十二，上海古籍出版社 2008年版，第 347 页。

③（明）王阳明撰，邓艾民注：《传习录注疏》，上海古籍出版社 2012 年版，第184 页。

④（唐）房玄龄等撰：《王羲之传》，《晋书》卷八十，中华书局 2000 年版，第1397 页。

物及其所在的生态环境也受到人类的道德庇护，获得生存保障，从而使得一种新型的、跨物种的伦理价值观及生命观的建立成为可能。而《世说新语》伦理精神的承载形式——魏晋风度中所蕴含的魏晋士人的生命观，正体现出其对自然万物的博大胸怀，将自然万物与人类放在同等重要的地位加以尊重。

> 简文入华林园，顾谓左右曰："会心处不必在远，翳然林水，便自有濠、濮间想也，觉鸟兽禽鱼自来亲人。"（《世说新语•言语61》）
>
> 支公好鹤，住剡东岇山。有人遗其双鹤，少时翅长欲飞，支意惜之，乃铩其翮。鹤轩翥不复能飞，乃反顾翅垂头，视之如有懊丧意。林曰："既有凌霄之姿，何肯为人作耳目近玩！"养令翮成，置使飞去。（《世说新语•言语76》）

对魏晋士人的生命伦理精神产生影响的主要是魏晋玄学"体道贵无"的哲学思想，促使当时的人们重新认识和理解自然，将自然生命当作探求真谛、获得玄趣的纽带，从而使内在自然与外在自然统一起来，获得恢宏无羁的思辨力量。"简文入华林园"的故事中，司马昱引用"濠、濮间想"两个有关庄子的典故，是为说明人想效仿庄子的高蹈，未必非要隐居于解远之地。只要心存对自然意境的深切体悟，即使在园林中，也能感受从容的生命状态。就司马昱帝王的特殊身份来说，隐居不是一种可行的选择，所以他把"会心"视为首要的条件。而"觉鸟兽禽鱼自来亲人"，则描写了人与自然相融的情况下，自然如何以一种活泼的面貌对人展开。这种"会心林水"的生命体验，代表着自然之美的真正凸显。此时的自然是人可以与之"会心"、情感上可以与之交融的"自来亲人"，不再是与我们跨物种的外物，而是人的"天然知己"，体现了魏晋士人怡情山水的生活方式及皈依自然的生命选择。第二则故事中的支公即清谈大师支遁，生活在东晋中期的他，是《世说新语》中出场次数最多的僧人。他虽出身佛门，却性喜老庄。按照宗白华先生的说法："晋人酷爱自己精神的自由，才能推己及物，有着意义伟大的动作。这种精神上的真自由、真解放，才能把我们的胸襟像一朵花似的展开，接受宇宙和人生的全景，了解它的意义，体会它的深沉的境地。"①支遁养鹤是慕其灵魂，有了放鹤这意义非凡的动作，其清谈则更见哲思。"支公好鹤"的故事是将个人的真性情推及万物，又于万物中回见自身的体现。支遁有凌云之志，不肯为他人折腰，在这里他与鹤之同理心可见一斑。这样的情怀正体现出他追求本真、自由的自然之性，具有典型的生态伦理精神，其"置使飞去"的行为正是尊重自然的生态意识的体现。

魏晋士人对自然生命的尊重，除了表现为对自然生物的喜爱之情外，还表现为对自然风物特别的关注及富于新意的理解。《世说新语》中关于士人赏识自然风物的记载多为东晋之事，研究者大多认为，魏晋士人对自然认识的觉醒，是东晋时期江南秀美山水和偏安一隅、经营庄园的士人生活的产物，且受到了个性张扬的玄学思想的深刻影响。寄情自然只有在身心俱闲的情况下才有可能，戎马倥偬、积案盈几时是不可能有此情怀的。这样的观念里暗含着一个基本前提：自然美只是一种客观存在。魏晋士人对自然生命的热爱与理解超过了以往任何时代，那么对于魏晋士人来说，自然到底意味着什么呢？法国近代思想家卢梭曾表示："只有一本书是打开在大家眼前的，那就是自然的书；正是在这本著作中我们学会了怎样崇奉它的作者。"②魏晋士人是想通过自然去体悟宇宙本体之"道"，从而通过人与自然之和谐共荣，实现人道合一的境界。他们赋予了大自然一种特殊的价值——与自然亲近地生活，超越俗世荣辱及功名利禄，展现出一种从容、自在且富有诗意的人生状态。自然之美除了其自身的山川林水所表现出的美丽之外，也表现为人心之需要能够在大自然中得到满足。从这一视角来切入，中国传统伦理文化中自然所体现的重要价值就有了更厚重的人文基础。

---

① 宗白华：《论〈世说新语〉和晋人的美》，骆玉明等选编：《魏晋风度二十讲》，华夏出版社 2009 年版，第 239 页。

②（法）卢梭著，李平沤译：《爱弥儿》第四卷，商务印书馆 1978 年版，第 301 页。

东晋之人发现自然山水之美，表现在《世说新语》里最主要的有三条，一是袁彦伯的"江山万里阔"，二是顾恺之的"会稽山川美"，三是王献之的"山阴道上行"。

> 袁彦伯为谢安南司马，都下诸人送至濑乡。将别，既自凄惘，叹曰："江山辽落，居然有万里之势！"（《世说新语·言语83》）
>
> 顾长康从会稽还，人问山川之美，顾云："千岩竞秀，万壑争流，草木蒙茏其上，若云兴霞蔚。"（《世说新语·言语88》）
>
> 王子敬云："从山阴道上行，山川自相映发，使人应接不暇。若秋冬之际，尤难为怀。"（《世说新语·言语91》）

袁彦伯即袁宏，他既负盛名又才思敏捷，这个故事是袁宏离开谢尚从建康调任安南将军谢奉书记官时发生的。临别之时，想起昔日故友，于是黯然神伤，望着大好山河，想起曾经的金戈铁马，不免浮起哀思：生命苦短，一世枭雄，自然能纵横一时，只是这江山辽阔，万里奔腾，时间又太过匆忙，千年之后又去何处寻找英雄足迹？顾长康即顾恺之，是中国山水画的鼻祖。孙绰评价卫永时称其"神情都不关山水，而能作文？"[1] 由此可见，在东晋人心目中，若无欣赏山水与自然之美的心灵，是不会有好的作品的。东晋时人之所以留意到山水之美，首先在于向内发现了心灵是可以自由的，是可以摆脱儒家名教的世俗束缚的；而心灵一旦自由，便有了体验自然之美的欲望。秀美的山水则反作用于人的心灵世界，使之更为自由高迈，超拔于尘世。第三则故事中的王子敬即王羲之之子王献之，"山川自相映发"，此处的"映"字，用得极为巧妙，将本无情感意志活动的山川描写得生动活泼且自然亲和，凸显了自然风物内在的生命力。而"若秋冬之际，尤难为怀"之语，更耐品味。秋冬之际，江南的山川景致虽萧瑟清冷，但并不荒凉枯索。

---

①（南朝宋）刘义庆著，（南朝梁）刘孝标注，余嘉锡笺疏：《世说新语笺疏》，中华书局2011年版，第420页。

物之变迁与生之匆匆完全融为一体，山川自然这种归于寂静的状态，甚至比春荣夏盛之景更能体现大地内涵之深邃，触动人之心灵，所以"尤难为怀"也！

自然是一个独立的个体，对自然之美的挖掘虽受一定客观条件所限，但只有将这些条件与人之精神相结合，才能使其对人的真正意义得以凸显。事实上，对于自然的发现，我们更应称之为一种精神创造活动，因而它和整个魏晋伦理文化的历史密切相关。那么自然被发现的精神过程是怎样的呢？正因人"与物徘徊"，将真实的情感投射到外界，才使自然之美得以充盈；又由于自然之美代表了士人向往和追求的精神境界，它又产生了洗涤心灵的作用，从而实现了人与自然的和谐交融，表现出追求人与自然合一的生态意趣。

　　王司州至吴兴印渚中看，叹曰："非唯使人情开涤，亦觉日月清朗。"（《世说新语·言语81》）

王胡之赞美印渚，却未对溪水的物质特性进行表述，只是从它引发的精神效果着眼，而溪水之清澈在不言之中给人以极深刻的印象。清洁之水可以洗涤污物，这是日常经验范围里的事情，但说它可以使人"开涤"——由壅塞而致通达，由污秽而致清爽，则只有从玄理上理解了。简单说，这正是因为人情与自然相融合，获得了自然的超越性，使生命的状态变得从容而宽广。有"人情开涤"，便有"日月清朗"，这也是自然而然的。故事中人与自然的一种精神性关联，即人如何赋予自然以特殊的价值，而后又从自然中体会这一价值，得到非常生动的呈现。

除此之外，在魏晋士人看来，自然培养了人不被世俗所累的独特品格，在此基础上，又给人以熏陶，赋予其从容、雅致的情趣，具有德性与美感双重价值。这其实是将理想人格的部分主要因素寄托于自然，又在不知不觉中促进了自然之美的发现。魏晋士人喜好以自然风物为喻体来赞美人物，原因就在于此。翻开《世说新语》，我们惊讶于书中用作赞美人物的自然风物品类之多、范围之广：有禽鸟类、草木类、山川类、自然现象类、物产类等。由于多是比喻的表达，其中的佳例极富诗意："嵇康身长七尺八寸，风姿特秀。见者叹曰：'萧萧肃肃，爽朗清举。'或云：'肃肃如松下风，高而徐引。'山公曰：'嵇叔夜之为人也，岩岩若孤松之独立；其醉也，傀俄若玉山之将崩。'"①在《世说新语》常见的比拟方法中，"松"通常是正直和严峻的象征，但说嵇康"肃肃如松下风，高而徐引"，则又在正直和严峻之中，融入一种萧散、洒脱的神韵。又如："郭林宗至汝南造袁奉高，车不停轨，鸾不辍轭。诣黄叔度，乃弥日信宿。人问其故，林宗曰：'叔度汪汪如万顷之陂。澄之不清，扰之不浊，其器深广，难测量也。'"②在这里郭林宗将黄叔度的气度与万顷之塘相比拟，突出了其气度的深远与博大。由于人格形象很难用抽象概念去言说，而自然之美则更偏重于形式的描绘，能更好地以感性形式引起人们的共鸣，从而为人与自然的相互融合提供了可能。

人与自然的关系在魏晋以前，更多地体现为以人为主导，因此往往只赋予自然以人格化特征，很少将人自然化。换言之，人既不会主动追求自然，亦不会企图从自然中得到安慰。而到了"世说新语时代"，随着庄园经济的发展、玄学思想的盛行、理性认知的深入、感性生命的觉醒，大自然的美丽此时可以从过去拟德、实用、功利的附庸地位中脱离出来，成为自觉独立的认知对象，突出了自然的原生性。由此可见，魏晋时期对于大自然的认识，与先秦时期神秘庄严的宗教意蕴及两汉时期"天者，百神之大君也，王者之所最尊也"③的万物之尊有很大不同，自然景物不再是因为具有实用功利价值，抑或是因为比附了人的道德品格而被称颂。在士人眼中，自然生命的美丽，更多的是因其自身而美，因其自身而被发现，大自然是具有自觉性

①（南朝宋）刘义庆著，（南朝梁）刘孝标注，余嘉锡笺疏：《世说新语笺疏》，中华书局2011年版，第527页。
②（南朝宋）刘义庆著，（南朝梁）刘孝标注，余嘉锡笺疏：《世说新语笺疏》，中华书局2011年版，第4页。
③（清）苏舆撰，钟哲点校：《春秋繁露义证》卷十五，中华书局1992年版，第396页。

及独立性的真实存在。人与自然是同一的、相亲的、相融的、有生命关系的,这种人与自然自在的间性对话关系,促进了以亲和、共生为特征的魏晋风度之生态伦理精神的生成。

第四节　多故之世的生存智慧

《晋书·阮籍传》记:"魏晋之际,天下多故,名士少有全者。"在黑暗政治的笼罩下,士人们远离政事,以求自保。《世说新语》处处传递着一种多故之世的生存智慧和生活美学,除了与魏晋时期"人物品评"及由此衍生的"才性之辨"这一重要的文化现象相关外,还与魏晋士人面对纷繁乱世做出的人生选择与价值判断息息相关。这是魏晋士人身上体现的真名士风流,是他们对于各自生活的切实观照。

一、乱世之智

魏晋时期战争频仍,政治局势紧张,士人们为全身避祸,纾解个体精神的苦闷,遂将自身置于繁世之外,找寻一种放旷自由的生活方式。这样的人生选择彰显着于乱世中浮沉的大智慧,在"复得返自然"的岁月里,士人内心虽存在纠结与矛盾,但也是沉湎其中,"自得其乐"的。在日常生活中,他们按照内心最真实的意愿行事,处处彰显着生命的智慧。

> 祖士少好财,阮遥集好屐,并恒自经营,同是一累,而未判其得失。人有诣祖,见料视财物,客至,屏当未尽,余两小簏,箸背后,倾身障之,意未能平。或有诣阮,见自吹火蜡屐,因叹曰:"未知一生当箸几量屐!"神色闲畅。于是胜负始分。(《世说新语·雅量15》)

阮孚收藏了很多鞋子,却意识到人这一生何其短暂,甚至短到还没有探寻到什么是欢乐什么是苦痛就不得不离去,像鱼儿般放归水天,完成这段生命的苦旅,这一则故事流露着悲凉的情绪。收藏带来快乐,却同样带来生

命的无奈。阮孚在说这句话时，神情悠闲，温和从容。所谓魏晋名士之精
神，生命之智慧，大抵如此。

> 刘伶恒纵酒放达，或脱衣裸形在屋中。人见讥之，伶曰："我以天
> 地为栋宇，屋室为裈衣，诸君何为入我裈中？"（《世说新语·任诞6》）

刘伶纵酒放达，不拘礼俗，狂放不羁。酒后"以天地为栋宇，屋室为
裈衣"，乍看荒诞无比，正是竹林名士人格精神的体现。刘伶行为的精神境
界是高妙的，彰显着强大的生存智慧。生活的无可奈何平添了魏晋名士的归
隐之心，他们立足于内心世界的价值判断和自由的独立精神及人格，与一切
虚伪的、功利的、人为的道德做斗争。他们正是在用自然无为的人生态度守
护着自己的价值观念，寻找着人生的最终归宿。"天地""屋室"等词语的运
用，气吞宇宙、囊括洪荒。这是对"毁质以适检"的反动，"裸形"的尴尬
已被恢宏的精神境界巧妙化解，看似荒唐的放诞之举被赋予了全新认知：它
是具有严肃内涵及根本精神的。魏晋士人在荒诞的世界面前选择采取"任
诞"的生活方式，对虚静淳朴心向往之，生命在此过程中得以向自然回归。

《世说新语》中魏晋士人生存智慧的具体表现亦是其于乱世中进行的自
我救赎。书中专辟《伤逝》一门，用以展现魏晋士人面对生命的态度与智
慧。阮籍的作品中深蕴着对人生强烈执着的欲求和留恋，那种忧心忡忡和孤
苦无依突出了因生命意识的觉醒衍生出的哀伤。因此他隐世避世，葬母之时
蒸猪喝酒，企图用这种荒诞不稽的行为掩饰内心深处的无奈与彷徨。真正能
做到"死生无一物"的人毕竟是少数，多数人还是会慨叹人间美好。因此魏
晋士人身上所发生的世人难以理解的行为，比如嵇康一年洗一次澡，刘伶的
日日大醉，文人雅士们"捉虱为乐"，都是为了给自己的生命一个"交代"。
想要麻痹自己，在一种近乎扭曲的状态中完成自己压抑的人生中天性的释
放。他们不想看着宫阙成土、人性沉沦，但是生不逢时，对于眼前的一切，
他们无能为力。因此只能通过一种近乎"自我欺骗"的方式来完成这种"自
我救赎"。魏晋士人的生活是诗意且自由的，在自我找寻的过程中，他们有

限的人生被无限放大，精神生命趋向永恒，于乱世中追求一种生存智慧，恬淡安适，不卑不亢，这种生存智慧与人生境界，对培育具有诗意精神的理想人格和诗意栖居的生命观是珍贵的思想参照。

魏晋时期崇尚智慧的伦理精神，还体现在对"才性"关系的重视及由此衍生的对才智的推崇。魏晋才性之辨直接源于名士的人物品评，作为才性之辨的萌芽和社会基础的人物品评活动，是由汉代举荐用人制度衍生而来的。范晔强调："驯至东汉，其风益盛。盖当时荐举征辟，必采名誉，故凡可以得名者，必全力赴之，好为苟难，遂成风俗。"① 在这一风气的影响下，求名者中名不副实之辈愈来愈多。东汉时期的人物品评已从理论、实践层面脱离了传统人物品评的目的及方法，衍化为与社会生活息息相关的文化实践活动。它为个体观照自身、审视自我开创了史无前例的热烈氛围，提供了一系列可行方法。由于该活动与士人切身利益存在千丝万缕的联系，致使为求取名誉而不择手段、虚妄之风盛行，人物品评这一原本人类自我发现的形式变成与其目的相悖的异化物，士人开始为名所累。这也是封建政治统治与道德人伦观念相结合后控制知识分子的成功之举。魏晋士人则有着更简单的目的，他们将人物品评从社会评价转移到对伦理精神的关注，将"智慧"作为品评中最为看重的一环，以名士为典范，争相展露个人的德性、才能、情感。这一时期的人物品评呈现出两个明显的特征：一是品评标准由单一的尚德行向重才智重事功的多元化转变，反映出魏晋士人价值取向的变化——由儒家的重社会道德价值，向道家的重自然情性价值转变；由重社会群体价值向重个性和自我价值转变。二是品评形式由紧贴用人制度到疏离用人制度转变。与人物品评紧密关联的"名士"特征，亦随时代思潮、品评标准而转变。魏晋名士由汉末"经明行修"的人格模式转变为任性纵情尚清谈的士人典范。

---

① （清）赵翼著，王树民校：《后汉书》，《廿二史劄记校证》卷五，中华书局 2013年版，第 105 页。

魏晋士人是有着强烈的自我肯定和自我表现欲的，这一时期的人物品评主要从推重"自我"的角度立论。在他们看来，每个人都有自己的长处和短处，这并不足羞，更重要的是表现不同的个性，显出自己的优势。人们将目光由实用功利转向对个体生存智慧与才能的重视，使魏晋的人物品评，带有超功利性色彩——重个体内在神韵、境界，外在风度、才能。《世说新语》中魏晋士人崇尚的"才藻"，虽然也包括政治才能，更多的是对表现人之真情实感的日常生存智慧的推崇。

> 桓宣武平蜀，集参僚置酒于李势殿，巴、蜀缙绅，莫不来萃。桓既素有雄情爽气，加尔日音调英发，叙古今成败由人，存亡系才，其状磊落，一坐叹赏。既散，诸人追味余言，于时寻阳周馥曰："恨卿辈不见王大将军！"（《世说新语·豪爽8》）

桓宣武即桓温，东晋时期著名的权臣，晋明帝司马绍女婿，逼废殷浩之人。桓出身谯国桓氏，姿貌伟岸，豪爽大度。他灭亡成汉，三次出兵北伐，晚年弄权，自负才能过人，久怀异志，废黜皇帝司马奕另立新帝司马昱。田余庆先生认为："严格意义上的门阀政治只存在于江左的东晋时期，前此的孙吴不是，后此的南朝也不是；至于北方，并没有出现过门阀政治。"① 东晋是最为典型门阀政治，中央政权几乎完全被士族阶层垄断，形成了"王与马共天下"的政治局面。而九品中正制作为门阀士族仕进、升迁和垄断政治的工具，进一步使"举贤不出世族，用法不及权贵"② 的政治准则得以确立，使"贵仕素资，皆由门庆，平流进取，坐至公卿"③ 的情况出现。门阀士族世代为官，寒门地主再无晋升之机。反观桓温，在这样一个时代背景下，他仍能做到选贤任能，非常不易。《晋书·隐逸列传》载，桓温先后

---

① 田余庆：《东晋门阀政治》，北京大学出版社2012年版，（自序）第2页。
② 此语系东晋王导的政治治理方针。
③ （梁）萧子显撰：《王俭传》，《南齐书》卷二十三，中华书局2000年版，第292页。

推荐、拜访孟陋、谯秀、瞿硎先生；辟举寒门士人。车胤的父亲只是一名郡主簿，但因能辨识义理得到桓温赏识；重用中层士族子弟，习凿齿只是荆楚乡豪出身，却因"博学洽闻，以文笔著称"[1]，被桓温辟为从事；敬重高门士族中贤达有才干之人，谢安是晋代名相，出身谢氏高门，早年隐居不出，桓温数次征召，终于将他请出。就是这样的一位乱世枭雄，在晋穆帝永和二年（346 年）率军伐蜀后，坐在十六国汉第二代君主李势的宫殿中，面对前来庆贺的僚属，发出了"叙古今成败由人，存亡系才"的感慨。显然桓温对人物才能的重视胜过了出身门第。再看下面一则：

> 许掾尝诣简文，尔夜风恬月朗，乃共作曲室中语。襟情之咏，偏是许之所长，辞寄清婉，有逾平日。简文虽契素，此遇尤相咨嗟，不觉造膝，共叉手语，达于将旦。既而曰："玄度才情，故未易多有许。"
> （《世说新语·赏誉144》）

许询是东晋名士，征为司徒掾，不就，隐居不仕。许询拜见司马昱，吟咏胸襟情怀，最是其所擅长，使司马昱"尤相咨磋，不觉造膝，共叉手语，达于将旦"，发出"玄度才情，故未易多有许"之赞叹。从司马昱的表现来看，"才藻"是魏晋时期人物品评的重要依据。

《世说新语》对才智的推崇，除在关于人物品评的条目中可见一斑外，在魏晋士人的清谈过程中体现得也很突出。现就所见资料略述数端如下：

> 王逸少作会稽，初至，支道林在焉。孙兴公谓王曰："支道林拔新领异，胸怀所及乃自佳，卿欲见不？"（《世说新语·文学36》）

"拔新领异"的意思是说自创新意，不人云亦云。在魏晋之际，能不能做到"拔新领异"，是名士们有没有创造力的表现。唐翼明先生在《魏晋清

---

①（唐）房玄龄等撰：《习凿齿传》，《晋书》卷八十二，中华书局 2000 年版，第 1435 页。

谈》中对魏晋之际重"拔新领异"的层次做了详细分析：最上一层是自创新理，如王弼的"圣人有情论"、钟会的"才性四本论"、郭象的"独化论"等；其次是提出新的论据，或者说运用新的"谈证"，谈证即借以名理的"古义""前言"；最下一层是遣词造句的新异，即"才藻新奇"①。东晋时期的清谈家中，堪称翘楚的是僧人支道林，由于他会通儒释道三家之学，受到许多名士的尊重与推崇。支道林之所以在清谈界如此知名，正因其在清谈过程中所具有的不同寻常的智慧，论点经常推陈出新，使人茅塞顿开。这则故事中，骄傲的王羲之原本是看不起支道林的，竟"不与言交"，但后来有一次与支道林共论《庄子·逍遥游》，"支作数言，才藻新奇，花灿烂发"，结果"王遂披襟解带，留连不已"，可见在魏晋时期，"才藻"之动人、标新立异的重要。

　　魏晋士人对智慧的推崇除了表现在辨名析理的过程中外，也在文学艺术和日常生活中有所体现。没有了封建礼教的压抑摧残，魏晋士人的心智得到了全面的发展，在各领域迸发出耀眼的智慧。如哲学家王弼、何晏、嵇康；书法家王羲之、王献之；画家戴安道、顾恺之；笛圣桓子野；诗人陶渊明。就连皇帝、武人也具有多方面的造诣。《世说新语》专辟《术解》《巧艺》两门，记述魏晋人在绘画、书法、棋艺、建筑等方面的精巧技艺。魏晋品评人物重精神、重才情。此风影响下，产生了顾恺之"以形写神"，重视"传神得意"的绘画理论与实践，反映了魏晋时代艺术的重大发展与变革：

　　　　顾长康画人，或数年不点目睛。人问其故，顾曰："四体妍蚩，本无关于妙处，传神写照，正在阿堵中。"（《世说新语·巧艺13》）

　　顾长康即顾恺之，俗传顾恺之有三绝：才绝、画绝、痴绝，他的画作一直被当作画坛妙品，被谢安称为"有苍生以来所无"②。不重要的"四体"

---

① 唐翼明：《魏晋清谈》，天地出版社 2018 年版，第 54 页。
② （唐）房玄龄等撰：《晋书》卷九十二，中华书局 2000 年版，第 1581 页。

易画,极关键的"目睛"难成。顾恺之认为画作的成败在于能否传神——通过外在的形体和背景,突出表现内在的气质个性。传神既是绘画的最高境界,也是绘画的高难度技巧。"神"虚无缥缈难以捉摸,所以只能"以形写神"。类似的条目在《世说新语》中还有许多,为了表现裴楷的"俊朗有识具",顾恺之特意在裴楷脸颊上"益三毛";为了表现谢鲲潇洒出尘的风韵,将其"置丘壑中"。这些故事展现出其在绘画领域的天赋和才能。《世说新语·巧艺》共十四则,记录顾恺之的便有五则,足见其在当时的盛名。顾恺之把"传神"作为人物画作所追求的最高目标,这是中国古代人物画作讲究主观感觉的表现。同时这一理论甚至可以说是中国画的特质所在。这一理论的文化背景,就是玄学的盛行,以及与之相关联的对人的情感、气质、风度等个性的重视。

《世说新语》中"才"的概念出现,总计达二百三十余次之多。具体可从以下几方面进行分类。首先,"才"是智力资质的外在显现,如识、悟、学、思、辩等。如"充有才识,明达治体,加善刑法"①。其次,表现在经国治世的政治管理方面,称为"才干""人才"。如"天下将乱,非命世之才不能济也"②。再次,从人物品评的角度,给各种才能划分类别、区分高下,同时对一些特殊的才能予以赞美,这一部分偏重审美价值,如"俊才""英才""文才""有才艺,善行书"③等。由此,从价值意义上看,第一部分为智力能力要素,表现了人的生命价值,是生命的本质要素;第二部分为人才要素,表现了实用价值,是政治用人的标准和士人实现政治抱负的阶梯;第三部分为才能类别划分,反映了魏晋时人的审美取向和价值取向。

魏晋士人对"才"的重视欣赏,源自先秦的"智""仁"之德性禀赋。

① (南朝宋)刘义庆著,(南朝梁)刘孝标注,余嘉锡笺疏:《世说新语笺疏》,中华书局2011年版,第149页。

② (南朝宋)刘义庆著,(南朝梁)刘孝标注,余嘉锡笺疏:《世说新语笺疏》,中华书局2011年版,第337页。

③ (南朝宋)刘义庆著,(南朝梁)刘孝标注,余嘉锡笺疏:《世说新语笺疏》,中华书局2011年版,第163页。

道家之德的含义较儒学宽泛，取"德者，得也"①的禀得之意，其与禀性之性的含义相同。因此，在魏晋，"智"也应属"性"的范围，与"德"性一面的"仁""孝""简"等并列。智表现在外，就是各种不同的才。因此在魏晋时，才性是相通的，才智是人性的一面。既然如此，那么才智就是人的自然禀赋，是天性。这样一来，作为天性的"才"在魏晋时期同任性、任情一样，是需要充分施展与发挥的。魏晋人重才、任才和赏誉、品藻才性的潮流，充分说明了魏晋士人对待人性、个性、个体的态度，也充分说明了审美价值与生命价值的一体化，审美倾向与价值倾向的一致性。

二、慧识贤媛

魏晋时期崇尚生存智慧的风尚，也展现在重视女性风采方面。《世说新语》中的女性形象十分引人注意。在中国古代，妇女受到的限制格外严厉，"男尊女卑"和一味要求"贞顺"的观念成为女性无法解脱的枷锁，聪明才智不得发扬，独特个性也无法形成或彰显。而《世说新语》却一反旧则，以宽容和赞赏的态度描述女性的才能、智慧、美貌与性格，在中国古代典籍中留下了令人钦佩和喜爱的女性群像。

这固然由于编著者的眼光不似前人偏执酸涩，根本原因则在于魏晋社会尤其士族阶层思想的解放和习俗的变化。最能说明这个问题的是《世说新语·贤媛》篇。与荀粲"妇人德不足称，当以色为主"②的高论相对应，这些名媛之"贤"多不因其贞洁妇德，而因其才智。魏晋时期，传统儒家伦理受到了一定冲击，人们的思想变得非常活跃。受此影响，广大妇女也努力追求自身个性的解放。她们大多勇于超越封建礼教束缚，有竹林风气，闺房之秀。干宝《晋纪·总论》云："其妇女庄栉织纴，皆取成于婢仆，未尝知女工丝枲之业，中馈酒食之事也。先时而婚，任情而动，故皆不耻淫逸之过，

---

① 黎翔凤撰，梁运华校注：《管子》卷十三，中华书局 2004 年版，第 850 页。

② （南朝宋）刘义庆著，（南朝梁）刘孝标注，余嘉锡笺疏：《世说新语笺疏》，中华书局 2011 年版，第 789 页。

不拘妒忌之恶。有逆于舅姑，有反易刚柔，有杀戮妾滕，有黩乱上下，父兄弗之罪也，天下莫之非也。"① 葛洪的《抱朴子·外篇·疾谬》在强烈抨击"今俗妇女"废其纺织与烹饪之"正务"的同时，描述她们找各种理由出游，"承星举火，不已于行。多将侍从，炜晔盈路，婢使吏卒，错杂如市，寻道褒谴，可憎可恶。或宿于他门，或冒夜而反。游戏佛寺，观视渔畋。登高临水，出境庆吊。开车褰帏，周章城邑。杯觞路酌，弦歌行奏"，以为不可忍。当然，将各种现象汇聚为一片，夸张是难免的，实情未必如此严重，但也足以说明魏晋时期，上层妇女获得了较前人远为宽松的生活环境，多少有了展现自我才智的平台。《贤媛》篇中的很多故事，均可从侧面映衬这种社会风尚。书中描述的妇女，不以封建传统"妇德"见长，"才智"是评价妇女的重要标准。因而余嘉锡在《世说新语笺疏》中说："有晋一代，唯陶母能教子，为有母仪，余多以才智著，于妇德鲜可称者。题为《贤媛》，殊觉不称其名。"②

> 陶公少时作鱼梁吏，尝以坩鲊饷母。母封鲊付使，反书责侃曰："汝为吏，以官物见饷，非唯不益，乃增吾忧也。"（《世说新语·贤媛20》）

"陶母责子"的故事生动展现了魏晋时期女性的智慧。陶公指陶侃，《晋书》本传称其"士行望非世族，俗异诸华，拔萃陬落之间，比肩髦俊之列"，其地位"超居外相，宏总上流"，可见陶侃才能的卓越。东晋的世家大族蔑称陶侃为"溪狗"，因其是东晋前期政坛上的异类，是以"非常之人"立"非常之功"的。是谁养育了这个"非常之人"呢？正是此则故事里的主

---

① （梁）萧统编，（唐）李善注，江庆柏、刘志伟主编：《文选资料汇编总论卷》，《晋纪·总论卷》，中华书局 2017 年版，第 5 页。

② （南朝宋）刘义庆著，（南朝梁）刘孝标注，余嘉锡笺疏：《世说新语笺疏》，中华书局 2011 年版，第 573 页。

人公——陶母。陶友人范逵见到陶母后叹息说："非此母不生此子！"[①] 这则故事正是陶母湛氏以身作则，教育儿子从政应廉洁奉公的事。可能在很多人眼里，陶母有点小题大做，然而这正是陶母的过人之处，这件小事表明她的德高虑远。史称陶母"贤明有法训"[②]，她对儿子严格管教，实则是出于对儿子的爱。她身体力行地教育陶侃，要做到临事不苟，临财不乱。我们从陶侃后来的为人处世也能找到陶母的影子。

> 王公渊娶诸葛诞女。入室，言语始交，王谓妇曰："新妇神色卑下，殊不似公休！"妇曰："大丈夫不能仿佛彦云，而令妇人比踪英杰！"（《世说新语·贤媛9》）

刘孝标在此注引《魏氏春秋》曰："王广字公渊，王陵子也。有风量才学，名重当世。与傅嘏等论才性同异，行于世。"王广是三国魏名士，其父王凌与丈人诸葛诞都是三国曹魏政权的显贵，后因拥戴曹氏政权，王广父子均为司马懿所杀。公休和彦云两家的地位在当时旗鼓相当。这则小故事发生在两人新婚之夜，也是在情理之中。见面便领教了太太的聪慧，王广没有选择与夫人继续交锋，而是被其夫人的才华机敏折服，化鄙视为欣赏。此后二人相敬如宾，在面对司马氏的追杀时共同赴难，足见二人感情之深厚。这样看来，在魏晋时期，想要赢得才智之士的尊重，需要通过自己的才华机智让对方倾倒，需要有与对方相并肩的独立人格。《贤媛》篇还有很多能够体现魏晋时期女子才智的故事，如"周浚作安东时"条，李络秀说服父兄嫁给了周浚，塑造了一个命运与幸福由自己掌握的妇女形象；许允的妻子阮氏，面貌丑陋，结婚后许允本想抛弃她，可阮氏却用儒家伦理道德责难他，从而说服了许允。同是这位阮氏，当丈夫因任用乡里被捕后，却神态自若，"作粟

---

①（唐）房玄龄等撰：《列女传》，《晋书》卷九十六，中华书局2000年版，第1676页。

②（南朝宋）刘义庆著，（南朝梁）刘孝标注，余嘉锡笺疏：《世说新语笺疏》，中华书局2011年版，第598页。

粥待"，结果"顷之，允至"，原来她知道丈夫用人，"皆官得其人"，表现了一个妇女的见地。另外，《世说新语》中除《贤媛》篇以外的一些妇女故事，也表现出了妇女敢于冲破"妇德"束缚的风气，展现自身才智。如：

> 谢太傅寒雪日内集，与儿女讲论文义。俄而雪骤，公欣然曰："白雪纷纷何所似？"兄子胡儿曰："撒盐空中差可拟。"兄女曰："未若柳絮因风起。"公大笑乐。即公大兄无奕女，左将军王凝之妻也。（《世说新语·言语71》）

魏晋士人向来追求清明恬静的境界，向往优雅飘逸的风度。文中的谢太傅即东晋时期著名政治家、名士谢安，他于危险面前总能保持淡定从容、谈笑自若，于生活中温文尔雅、博学多才。事实上，谢安不仅仅是魏晋之际的重要权臣，更是士林风雅高洁的典范。《世说新语》这则故事记录的是谢安与其晚辈之间的简单生活片段。《晋书·谢安传》称其"处家常以仪范训子弟"，就算在大雪天也要照常为子女讲授文章义理，其对后辈的关爱可见一斑。当他询问子侄的一句"白雪纷纷何所似"一经提出，兄女的一句"未若柳絮因风起"与之形成了绝对，这位侄女正是王羲之次子王凝之之妻，东晋时期著名的女诗人谢道韫，此句充分表现了其作为诗人细腻的感受能力及作为才女的灵襟秀气。

其实"贤"的本义即与才能相关，后来的引申义才与道德相连。以"妇德"著的闺秀可称"贤媛"，以"才智"著的闺秀亦可称"贤媛"。生活在魏晋的女性何其幸运，她们的思想环境比后世更为宽松也更为人性化。名教的禁锢一旦有所松动，女性则有了能跟男性相匹敌的高情远致、灵襟秀气、敏捷才思及深谋远虑。惊人的美貌、卓越的才智和妩媚的风韵，使魏晋名媛们有了迷人的风采：有的"神情散朗，有林下风气"，如女诗人谢道韫；有的"清心玉映，为鬼门之秀"，如张玄之妹"顾家妇"；有的则大难临头气节凛然，如王经之母。《世说新语》中多处描写了魏晋时期优秀妇女的形象，赞美她们临危不惧、母仪风范、相夫教子、耿直刚正的德行；赞美她们智慧贤能、审时度势、识鉴人物、析理断物的能力；赞美她们思辨敏捷、言辞辩给的才情。编撰者所注重的不仅是女性妍姿丽质，更多的是内在的品德和才性所体现的伦理精神，这远远超出了封建礼教要求于妇女的"德言容功"四德。

第 六 章

《世说新语》伦理思想的影响及现代省思

　　《世说新语》全书共涉各类人物 1500 多个，所记虽是只言片语，但内容丰富翔实，广泛地反映了魏晋时期士族阶层的生活方式、精神面貌及伦理价值观——王羲之的曲水流觞，道出一种惬意；王子猷的雪夜访戴，道出一种率性；谢太傅一家的《咏雪》词，道出一种才华；嵇康的《广陵散》，道出一种优雅从容；王安丰夫妇的"卿卿我我"，道出一种举案齐眉的对夫妻伦理规范的超脱……《世说新语》中一幕幕似曾相识的小场景，也是原汁原味的魏晋士人伦理生活群像，此间的人们更擅长探索活色生香之生命。开掘《世说新语》作为"小说书"之外未被阅尽的魏晋时期的伦理思想，就是从距今一千五百多年的魏晋之政治结构、思想文化等方面，深挖古代知识阶层在烽火连天、负重前行的年月里，如何彰显与把握人性的觉醒和自在生命的大智慧。回归《世说新语》的故事本身，其所蕴含的伦理思想，具有非常重要的影响；读懂魏晋士人群体"越名教而任自然"的"怪奇言行"之伦理意蕴，切身感受那被历代学人所赞叹、所向往的魏晋风度，领悟色彩斑斓的个体生命的真谛以窥见魏晋时期对于基本人伦规范的坚守与超越，有助于对《世说新语》所反映的魏晋伦理思想给予客观真实的评价。

第一节　《世说新语》伦理思想的影响

　　《世说新语》作为我国伦理思想史上的经典著作，清晰反映了魏晋时期思想、风度、政治、宗教、社会、人文、艺术等方面的内容，它从形下学视角诠释魏晋玄学，给中国伦理思想研究提供了一种新的范式，促进了中国伦理思想的发展与延续，在一定程度上对中国人的精神世界产生了影响。

一、魏晋玄学的形下学诠释

鲁迅先生曾将《世说新语》的写作特色概括为"记言则玄远冷峻，记行则高简瑰奇"①。《世说新语》全书几乎都在记述魏晋士人的清谈玄学和人物品藻活动，表现了其囿于社会现实，于苦闷精神状态下遵循"求自然"的玄学义理精神及玄远言行。这些放达行为代表了魏晋士人推崇"尚自然"的伦理精神，是魏晋风度的真实写照。《世说新语》与魏晋玄学有着千丝万缕的关系，是互相印证的。

虽然在《世说新语》全书的三十六门中，"孔门四科"排在前面，似乎存在着一种"价值递减"趋势，借此表明了作者对于儒学传统的尊重，但这并不意味着此书即以传统儒学为基本内核。实际上不仅在《世说新语》的其他门类中人物褒贬之尺度有与儒家标准明显相悖的情况，就是前四门中，这种情况也并不少见。而所谓的"价值递减"，也并不是一条严格的规则。《世说新语》伦理思想是在玄学盛行、佛教兴起中形成的。魏晋时期学术思想的活跃程度，哲学思辨的理论深度，以及对整个社会人生的影响程度都是前所未有的。这一时期占主导地位的哲学形态是玄学，玄学具有深刻的哲学义理及较强的思辨色彩，其人格本体论取代了汉代的谶纬神学和烦琐经学，排除了粗陋的神学目的论，在哲学史上具有划时代的意义。玄学对儒家伦理思想的冲击，崇尚自然，不拘名教，尊重个性的理论精神内核，是伦理思想史上思想解放的先声，提高了伦理学说的理论水平；反过来，魏晋伦理思想亦丰富了魏晋玄学的精神意趣。《世说新语》作为反映魏晋伦理思想的经典著作，其伦理主题即名教与自然之间的关系，这与魏晋玄学的核心主题是完全一致的。纵观《世说新语》全书，伦理主题的表达是通过将抽象的玄学义理投射到社会现实层面实现的，通过描写魏晋士人的伦理生活群像，向人示明魏晋

---

① 鲁迅：《中国小说史略》，上海古籍出版社 1998 年版，第 38 页。

时期社会价值的方向和伦理行为立场，于无形中丰富玄学作为形上之学的形下含义，使其从单纯的形上学层面逐渐向社会伦理价值层面延伸。可以说，《世说新语》伦理思想就是以魏晋玄学为精神内核与哲学基础的。

《世说新语》及刘孝标注中涉及人物众多，魏晋两朝，无论帝王、将相，抑或隐士、僧侣，凡是相对重要的人物，基本都包括在内。其描写人物，有的重在才学、有的重在形貌，凡此种种，一言以蔽之，均在表现人物之"玄味"。通过言谈举止刻画人物之独特个性，使玄学气韵跃然纸上。那么何为"玄学气韵"呢？简单来说，即魏晋士人所崇尚的自由、开放、独立、平等的风度，体现的是士人们袒露性情、洒脱率真、清通简要的生活方式和理想人格。抛开形上学层面，从涉及社会实践的人生价值去谈，玄学讨论的主旨是人的自我价值的重新发现及确立，表现为人的自我解放及对独立、自主内在人格的追求。与儒家追求道德的人不同，玄学是要发现和确立本真的我——主体自我或"人自身"。可以说，无论是从《世说新语》反映的魏晋士人对自然生活状态的追求，还是从魏晋玄学体现的自然之生命价值，都充斥着同一个最基本的主题——名教与自然之辨。玄学一直将会通儒道作为最基本的理论旨趣，玄学家们也正是带着自身对历史及现实的真实感受投入了这场学理探赜的漫长历程。他们围绕这一问题进行的探讨，与其说是对纯粹思辨哲学的一种冷静思考，毋宁说是对合理社会存在的热切追求。在魏晋那样一个混乱的时代，玄学家们站在由历史积淀而成的伦理价值理想的高度审视社会现实，旨在克服应然与实然、自由与必然之间的背离，把时代所面临的困境转化为儒与道、自然与名教能否会通的玄学问题，对此的回答不论是什么，均充盈着丰富的社会历史内容，展现了魏晋那个特定时代的精神气质，他们是站在理论的高度回答时代课题。书中有大量描写围绕名教与自然之辨而进行的玄学清谈活动的重要名目，因而从这一层面上来说，《世说新语》伦理思想的主题，为魏晋玄学理论主题的阐发提供了非常好的现实生活场域。

《世说新语》伦理思想还涉及"名教与自然之辨"之外的其他玄学理论

辩题，对玄学伦理意蕴的彰显具有非常大的补充作用。玄学涉及的问题具有浓重的形而上色彩，它关注宇宙本体，追究物象背后的原理，并且经常对人类自身的思维规则及语言表达提出质疑——"玄"这个概念常常和虚、远、深、微妙等形容词相联系，而玄学即使在讨论具有现实政治背景的问题如"名教与自然"时，也喜欢从抽象原理的层面以逻辑论析的方式展开。基于此，魏晋玄学提出和讨论了许多纯哲学问题，例如，它讨论了"有""无"等宇宙本体论问题；提出和丰富了有无、本末、体用、动静、独化等的一系列哲学范畴，极大地充实了中国哲学的范畴体系；运用了"辨名析理""言意之辨"等新方法，极大地锻炼和提高了士人的思维能力和水平。

与之相对应，《世说新语》所涉内容则多处反映了魏晋士人对于玄学伦理意蕴的理解和继承。例如"有无之辨"，无论就魏晋玄学有无之辨产生的根源，还是就其产生后的实际社会效应而言，这一玄学命题都与《世说新语》中所记载魏晋士人的人生态度有着极为密切的关联。魏晋玄学的理论基石经历了从"贵无"到"崇有"，再回归到"虚无"的否定之否定过程。这一过程的转变，实际上就是玄学家从为政治改革寻找出路，转向为士人自身寻找人生精神归宿的过程。而从《世说新语》的内容来看，魏晋士人的人生态度恰好是玄学关于"有""无"思想观点的作用产物和形象演示。同时，这也是玄学从一种政治哲学向士人人生态度转化的过程，它标志着玄学的"有""无"政治论从对理想君王的设计转为士人对自身人生态度的选择。这样一来，魏晋士人便完成了以主观内省、适己从心的玄学解构修身事功的两汉经学的使命，从理论上颠覆了先秦以还的伦理价值体系。

就才性之辨而言，魏晋时期有关"才性四本"论的争论，在《世说新语》中记载如下："会论才性同异，传于世。四本者，言才性同、才性异、才性合、才性离也。尚书傅嘏论'同'，中书令李丰论'异'，侍郎钟会论

'合'，屯骑校尉王广论'离'，文多不载。"①才性之辨作为魏晋玄学的重要论题之一，在魏晋哲学史上具有重要的地位，处处体现出玄学的理论宗旨及在玄学人论方面的独特性。才性之辨起源于清谈，并且是清谈的主要内容之一，那么从作为"清谈之全集"的《世说新语》去找寻魏晋玄学才性之辨的影子，最合适不过了。《世说新语》叙事记人过程中直接涉及"性""才"概念的语句很多，所体现的伦理旨趣也非常明显。对其加以概括、抽象与分析，能够把握在整个玄学清谈过程中，才、性概念到底是指什么，由此总结提炼出《世说新语》体现的魏晋时期对才性关系的态度，进而从伦理价值观的角度推出"才性兼收"的理想人格模式的生成机理，总结才性之辨与玄学本体论之关系。

正因《世说新语》体现的对玄学理论辩题的现实解构，才使魏晋玄学能够从哲学思辨的高度抽离出来，真正与社会实际及人们的人生态度紧密结合，在一定程度上丰富了魏晋玄学的内容。《世说新语》产生的时代，曾经风靡一时的玄学思潮业已式微，刘宋时期的玄学已不具备当初的原创性，而带有总结、盘点的意味。然而书中体现的魏晋士人的万般风流，并没有被黄土掩埋。《世说新语》诞生于此时，恰如玄学思潮回光返照时的惊鸿一瞥，它也因此成了一部记录近三百年历史烟云与社会百态的"伦理写真集"。

二、提供中国伦理思想史研究的一种范式

《世说新语》作为中国传统子部小说中的经典之作，生动描写了魏晋士人的品格、智慧、才情及个性，是其精神生活的真实写照，集中反映了魏晋时期士人道德生活的基本情况及魏晋伦理思想的基本特征，是研究魏晋风流的极好史料。书中对魏晋名士的种种活动如清谈、品题；种种性格特征如栖逸、任诞、简傲；种种人生追求以及种种嗜好，都有生动且生活化的描写。

---

① （南朝宋）刘义庆著，（南朝梁）刘孝标注，余嘉锡笺疏：《世说新语笺疏》，中华书局 2011 年版，第 170 页。

品读《世说新语》，可看到魏晋士人道德生活之群像。通过研读这些碎片化的场景，可大体拼凑出魏晋整个时代的景致轮廓，体味那个时代背后的悲欢离合。

从《世说新语》所用蓝本的多样性及真实性看，其所记历史人物的逸闻逸事是基本符合历史事实的，所收录的每个历史故事虽然细小、分散，却勾勒出了当时的社会思想以及士人生活、心态、人生观及价值选择的各个方面，伦理价值是毋庸置疑的。以往的中国伦理思想史研究多以通史研究、断代史研究、学派伦理思想研究、范畴德目研究为主，这几个层面各有侧重又彼此支撑。而作为展现魏晋士人道德生活全貌的集中载体，《世说新语》可谓一部魏晋道德生活全集。全书倾向于表现在人伦日用之间既成的、现实的社会存在，反映的是魏晋士人直接的，甚至是直观的生活样态。而传统的伦理思想史则更多地倾向于表现基于道德生活而形成的、观念意识领域内的道德认知。换句话说，伦理思想史源于道德生活史，是对某一历史时期现实道德生活的理论总结，因此是宏大深邃却相对抽象的；而道德生活史则是各种伦理思想在现实社会的最真切、最实际的表达，它能够将人们日常社会生活最纯粹的样态直观地展现出来。《世说新语》体现的恰恰是沿着魏晋这一历史脉络形成的伦理道德状况、伦理精神情况、道德规范发展状况、社会伦理关系及社会习俗变化情况，真切地反映了魏晋士人道德生活与伦理思想的关系。全书多角度、全方位地展现了魏晋时期中国传统伦理文化嬗变日新的历史进程以及丰富多彩的生活画卷，有助于探索转化伦理思想史研究范式。

作为中国古代典籍中道德生活史研究的经典之作，《世说新语》体现的是魏晋历史时空中士人的道德生活变迁，彰显着理论与生活之间的内在联系，展现道德哲学与道德生活之间的张力。伦理道德作为社会的意识形态之一，无疑首先表现为人们的品德、行为以及社会的精神气候，但其思想逻辑背后，则是充满实践智慧的人伦日用。"伦理就是人们的生活本身，是当时人们对生于斯、长于斯的社会生活的感受，它应该以感性的、流动的、变化的、丰富多彩的生活之流为其生命载体。"①理论如果脱离生活，便会显得枯燥、乏味。伦理思想史如果脱离历史时空中的人伦日用，远离中国人的生命感受，则只能成为对道德现象的简单描摹，所谓思想史也就成了毫无生命力的断简残篇。当理论拥抱生活之时，"就能更全面真实地展现生活的真貌，使理论本身也显得千姿百态，丰满动人；就会更加灵动活泼，迸发出强大的生机与活力，彰显出新的价值与意义"②。传统的伦理思想史研究较为注重思想、理论层面的呈现与总结，而大众层面的社会日常道德生活所展现的才是特定历史时空下最鲜活、生动、真实的道德记忆。《世说新语》不仅关注帝王将相，同时关注士人的日常生活；不仅使用历代正史和经子文献，同时取材笔记小说等史料；不仅细致爬梳传统伦理规范内涵的变化，同时注重从魏晋民风世俗以及道德状况、道德风尚的变化中捕捉魏晋社会伦理道德变迁的丰富信息。全书从"伦理生活"的方法论视角，将魏晋伦理思想根植于魏晋士人伦理生活的沃土，将思想史与道德生活史结合，紧扣魏晋时期的思潮之变、世风之变，展现了社会变迁视野中的道德变迁，具体历史条件下的社会伦理关系，以及魏晋士人的日常道德生活，透过人伦日用反映世道人心，勾勒出魏晋伦理道德变迁的历史样态。从这个角度说，《世说新语》为拓展伦理学研究范式提供了有益启发，为彰显魏晋道德生活及其在整个中国伦理思想史中的变迁做出了开拓性贡献。

三、促进中国伦理思想史的发展延续

从中国伦理思想史的发展角度看，《世说新语》充斥着魏晋伦理思想的影子，生动地反映了魏晋伦理思想的风尚及发展概况：魏晋伦理思想有着怎样的表现形式？对当时的社会环境产生了怎样的影响？其伦理主题是如何落实到社会现实层面的？理论精髓是如何表现的？所形成的精神风貌又是怎样

---

① 关健英：《范式转换与道德生活史的研究》，《伦理学研究》2007 年第 1 期。
② 陈瑛：《当理论拥抱生活之时——读〈中国伦理道德变迁史〉有感》，《道德与文明》2009 年第 4 期。

的?《世说新语》以其特有的形式对这些问题进行了逐一回答。纵观全书三十六门,不论是其反映的伦理主题、伦理精神抑或是其倡导的人伦观,几乎每一门的每一则故事都或多或少与魏晋伦理思想的精髓相契合。它成为了魏晋伦理思想及魏晋风度最翔实的呈现,在一定程度上冲击了传统儒家伦理思想,体现了对封建伦理纲常的批判及对魏晋道德观念的阐扬。它所蕴含的玄学伦理思想,不仅纠正了两汉经学的弊端,也促进了隋唐"三教"并举局面的形成,为宋明理学的诞生提供了思想资源。

作为《世说新语》伦理价值观形上学依据的魏晋玄学伦理思想,是魏晋时期独有的思想文化现象,随着时间的推移,也在与各家各派的思想斗争中,不断自我更新,吸取并融合了其他学派之长来补充自己的不足,从而构成了内容更为丰富的理论体系。面对两汉经学的流弊,它批判地继承了两汉经学的学术成果,以玄学《庄》《老》之道为主,同时融合儒、释思想,形成了一种调和并融汇儒、道、释三教思想于一炉的新趋势。在《世说新语》各门类中,魏晋思想家们直面混乱、动荡的社会环境,先是援道入儒,而后又融会玄佛,共同的目标是给苦难的现实人生提供意义之源,试图构建起适合人的本性(自然之性)的伦理价值秩序。虽然,玄学家们的沉思和探索最终因过于注重天性的完美和精神境界的达成而被现实否定,但我们从书中即可看出,他们以开阔的视野、精深的思辨和特立独行的人格形象,在中国伦理思想发展史上留下了无法磨灭的印迹,使后世常常被其风度、气质所折服。从历史的维度看,《世说新语》伦理思想是具有两面性的:一方面,它固然会产生分裂与纷乱,但同时也会产生解放与革新。表象背后,隐藏着积极而正面的历史宿命。"旧权威的陵替是重组更有号召力的新权威的前提,旧中心的散落是凝聚更有包容性的新中心的条件,传统在遭遇挑战后才会起而除旧布新,正统在受到否定后才会接纳有生命力的异端。"①

经过魏晋的痛苦熔炼,秦汉的中国乃转型为更博大、更文明的唐宋的

① 唐翼明:《魏晋清谈》,天地出版社 2018 年版,第 272 页。

中国。学术中的权威陵替、中心散落、挑战传统、背离正统的结果乃是独尊儒术、以太学讲经为主要形式、重视章句家法的两汉学术逐渐变为广纳各家、以书院讲学为主要形式、追求义理圆融贯通的唐宋学术。此外，书中所反映的魏晋时期交织于伦理领域的世俗道德与宗教道德之间的相互斗争和吸收，直接促成了隋唐"三教并举"伦理思想局面的形成和发展，重新构建了中国传统伦理思想的新机体，开创了理性主义的伦理精神。虽然在清谈的时代，这一倾向刚刚起步，却已可隐约窥见。经过唐代新经学及唐宋佛学的过渡，对宋明理学这一调和三教的新儒学的诞生产生了巨大影响。具体而言，魏晋之后，道家思想一直是以潜流的形态伴随着官方统治思想，与儒学互为表里、相辅始终的。如果说这种思想格局是对于道家地位的再次审视定位的话，那么宋明理学思潮便是这一审视过程的最终结果。程、朱宣扬承继孔、孟道统复兴儒学，但实际却接受并发展了玄学"自然合理"的形上理论形态。宋明理学在一定意义上可以说是儒家思想的进一步玄学化。《世说新语》伦理思想作为玄学伦理思想中的重要一环，在其中具有不可替代的促进作用。

四、丰富中国人的精神世界

《世说新语》由特定的社会、人生与思想等诸因素酝酿而成，作为魏晋风流的剪影、魏晋名士的群雕，其通过描述魏晋时期的社会风尚、魏晋士人的价值取向、言行举止、精神气质等向我们展示了尽态极妍的魏晋风度。《世说新语》伦理思想对中国文化的深层而微妙的影响，体现在对中国人精神世界丰富的潜移默化上。

《世说新语》伦理思想的哲学基础是魏晋玄学，"玄学思潮深刻影响着人们的心态，影响他们的人生理想、价值取向、生活方式和生活情趣，推动着个体心态的变化"[①]。用汤用彤先生的话来说："魏晋人生观之新型，其期

① 罗宗强：《玄学与魏晋士人心态》，天津教育出版社 2005 年版，第 291 页。

望在超世之理想，其向往为精神之境界，其追求者为玄远之绝对，而遗资生之相对。从哲理上说，所在意欲探求玄远之世界，脱离尘世之苦海，探得生存之奥秘。"①这种新型人格，正是魏晋士人在两汉儒家齐家治国平天下理想于现实中破灭后，面对乱世表现出的一种超凡脱俗的理性追求，可以说是人格觉醒的曲折反映。在特殊时代背景的影响下，魏晋士人选择摆脱实用主义的束缚，超越生存现实，采取自我消解苦痛的人生态度。他们在日常生活中选择化俗为雅，将生存本身推向艺术化。他们以狂傲放荡的叛逆姿态，抵抗外在的礼法、律令、成规、习俗，超越虚伪的伦理、纲常，让生命回归自然，使精神享受自由。"他们经常于世俗的日常生活的细微处，追求着心神的超然远举，超越日常生存的有限性，与无限相接；他们经常在山水林泉之间，在清谈诗歌艺术中，追求生命的自然、自在和自由。他们将玄远与现实和日常连起来，在此岸世界日常的'在'中达至自由，寻求超越。"②可以说，从破除汉代儒家漠视甚至消解个体存在的角度上说，魏晋士人表现出的即便是最荒唐不羁的怪诞行为，也同时具有反抗封建礼教的积极意义。士人们在这一过程中呈现的心态、处世方式和所追求的理想人格，最终凝练成既具有鲜明时代特征又超越时空限制的"魏晋风度"，为中国人提供了一种既心向往之又可能为之的理想人格范式，提供了一个可以自我期许、自我慰藉的精神家园。

我们甚至可以说，《世说新语》体现的伦理思想，已将阮籍、嵇康、刘伶、王戎、谢安等人固化为一种特定的伦理文化符号，让后世从他们身上看到自己的影子，为找到自己的位置提供一种可能。这是魏晋名士对中华文化的重大贡献，也是《世说新语》对中国伦理思想的重大贡献。这部将"以人为本"贯穿始终的名士宝典，翔实生动地记录了魏晋时代士人的心灵史和精神史。书中的三十六门分类，体现了编撰者对人类精神世界的哲学思考和系

---

① 汤用彤：《魏晋玄学论稿》，上海人民出版社 2015 年版，第 219 页。
② 陈迎辉：《〈世说新语〉的生存美学》，《文艺评论》2011 年第 6 期。

统把握。"如果说，三国时刘邵所撰的《人物志》乃是中国最早也最具哲学意味的一部'精神现象学'的理论著作，那么《世说》则堪称这一理论在实践上的一次全面而又生动的展示和总结。"① 既然《世说新语》梳理了魏晋士人的心灵史及精神史，其反映的名士风流便凝结成了一种"伦理文化基因密码"，植入后世中国人的心灵空间及精神世界，成为一种条件反射般的行为方式与思维机制，形成了旷日持久且隐藏颇深的"内模仿"效应。正因魏晋风度是老庄之学发展的产物，魏晋士人展现出的性格特质便沿着"越名教而任自然"的方向一路高歌猛进。除此之外，《世说新语》展现的对人物才识及幽默性格的欣赏，几乎横扫魏晋以后的整个中国伦理精神史，反映的是对特立独行的时代精神及人格风范的玩赏和迷恋。《世说新语》是中国人崇尚之精神世界由"矜持"转向"真率"，由"秩序"转向"自由"，由"重"转"轻"的开始。当然，早在《世说新语》问世之前，中国古人的性格特质也是生动精彩的，但那种性格多出自一种非自觉的"内在冲动"；而自其问世后，这种"内在冲动"除开始有源可循外，还达到了生命自觉的程度。后世的国人，无论心仪儒、释、道三家中的哪一家，都可从原本就杂糅着三家精神的《世说新语》中取资与塑形。如若适逢乱世，《世说新语》彰显的名士风度便更加荡人心腑。

《世说新语》伦理思想体现在魏晋风度上的魅力还在于其本身所包含的双重性，这种双重性对中国人的民族性格产生了深远影响。由于儒家传统伦理思想根深蒂固的主体性地位，在通常情况下，魏晋士人一方面表现出"不滞于物"的浪漫理想，另一方面又显得安于现状、执着当下；一方面张扬自己的个性和情感，另一方面又不免囿于世俗、自闭尘网；一方面注重个体生活的独立性，另一方面又难以彻底摆脱个体生活的无效性。这些双重性的背后，是传统文化中儒、道两家思想的矛盾、冲突和融合的结果。儒家强调积极入世，道家则主张出世无为。表面上看，二者相悖而对立，但事实上却统

---

① 刘强：《世说学引论》，上海古籍出版社 2012 年版，（前言）第 2 页。

一在魏晋士人的人生选择里。在中国伦理文化史中，如何做人、做什么样的人，一直是人们非常在乎和关注的问题。所谓的"修齐治平"之论，"独善""兼济"之说，"无为""有为"之思，"自然""名教"之辨等，都是围绕这个问题所作的文章。特别在社会变革、文化转型的魏晋时代，士人们更加关注于此，因为它直接关乎个体对人生价值取向的选择。正始玄学试图通过建构以"无"为本的理想人格解决这一人生焦虑。余英时先生认为："魏晋南北朝之士大夫尤多儒道兼综者，则其人大抵为遵群体之纲纪而无妨于自我之逍遥，或重个体之自由而不危及人伦之秩序也。"[1]魏晋士人试图会通儒道，把儒家思想纳入玄学的体系。在以玄学为主、玄佛交汇的思想文化背景下，士人们对各种人生哲学的兼摄和融通，使他们的处世心态和性格发生了剧烈的变化：虽然仕者游离于社会矛盾之外，情于声色，不复以国家、社会和生民为念，隐者器局促迫、精神空虚，但他们却追求"仕"与"隐"的兼得。而这种仕隐之间无法规避的人生选择，很快形成一种文化上的"蝴蝶效应"，以至于极大地影响和改变了中国人生存方式的选择及民族性格的建构。不但"兼济天下"与"独善其身"经常是后世人的互补人生路途，而且悲歌慷慨与愤世嫉俗，"身在江湖"而"心存魏阙"，也成为历代国人的常规心理与艺术信念。[2]魏晋时期形成的儒道互补的理想人格结构，在漫长的历史洪流中不断沉淀，最终成为中华民族性格中的重要组成部分，《世说新语》伦理思想对后世的重要影响正体现于此。在魏晋纷乱而悠久的历史长河中，儒学与玄学相互磨合，经过名士学术视野和价值伦理规范领域的轮回翻倒，最终历史与现实继续选择传统儒家思想作为官方意识形态。至于士人自身对于其人生出处和处世原则的思考，则更能体现这一中国古代思想史的重大转折从始至终的发展历程及其必然结果。魏晋之后，中国人之个体精神结构便按照儒道整合的结果发展并建立起来。

---

① 余英时：《士与中国文化》，上海人民出版社 1987 年版，第 398—399 页。
② 李泽厚：《李泽厚十年集》第一卷，安徽文艺出版社 1994 年版，第 58 页。

第二节 《世说新语》伦理思想的现代省思

《世说新语》作为魏晋伦理思想的载体，其精神内核是玄学清谈，写作立场由早期的道德教化转移到表现人性的丰富形态。书中所记录的士人这一特殊社会阶层的生活情状，注意到了人性的丰富多彩及其在多重意义上的合理性。其伦理思想的主题是"名教与自然之辨"，表现在魏晋士人精神追求方面可概括为崇尚自由、追求隐逸、桀骜旷达的理想人格模式。对于这种理想人格模式，我们应辩证地进行评价：魏晋士人对自由精神的追求，一方面具有可贵的一面，为现代人追求人格之独立提供借鉴；另一方面，其本身也有着局限性和消极性。《世说新语》伦理思想中蕴含的魏晋士人不问世事的隐逸心态，一定程度上淡化了知识分子对社会应尽之伦理责任。

一、自由精神及其限度

魏晋在中国历史上有着浓墨重彩的一笔，它的转折性在这一时期凸显得淋漓尽致——政治结构、阶级关系、文学艺术、思想文化等都发生了巨大变化。魏晋玄学强调化"当然"为"自然"，作为"当然"的转化形态，"自然"便成为德性的内在本源。《世说新语》伦理思想即与此相关，那种对本真的自然之性的追求具有鲜明的个体伦理价值取向，最直接的体现即魏晋士人个体意识的觉醒及由此衍生的对自由精神的推崇。这种自由是一种绝对精神的自由，是个体的自由、生活方式的自由，是于乱世中表达对封建王权、现实政治的反抗的自由，是旧有文化传统内藏的不合理性甚至荒谬性引发的人性的反抗。这种对自由精神的追求，在《世说新语》中可概括为"顺其性""性其情"的理想人格模式，它是以追求"顺性至和"为终极目标的。士族阶层作为维系社会稳定的中坚，表现出的个体意识的觉醒及对自由精神的追求为现代人于物欲横流的社会中追求人格独立提供了借鉴。当然，对自由精神的追求，要有一定的限度，如若超出了这个限度，则会形成异化的自由，被推崇的自由也就不再纯粹与珍贵了。

在魏晋士人眼中，自由即顺从自己的天性，任性而动、随心而动。这种以"顺性"为终极目标的个体意识的自觉，"从内在底蕴来说，是强调以个人的体认为真理标准，以一己之心定是非；从外在表现来说，则是处处要显示一己的独特之所在，纵然无法优于他人，也要维持独特气质的行为方式"①，这是一种表现为价值选择方面的精神自由。《世说新语》中的很多故事展现了名士的自由意识：殷浩的"宁作我"、刘伶的"纵酒放达""脱衣裸形"、王子猷的"雪夜访戴"、王羲之的"东床坦腹"，魏晋士风最突出的体现是放达洒脱，表现于人格即是对自由的永恒追求。当时社会政治黑暗，时局动荡，名士们志不得抒，如履薄冰，于是隐在山林之中聚饮啸歌。循规蹈矩和道貌岸然在不知不觉中消失，饮酒、服药、著文，一切都开始变得随意洒脱，自由随性。他们无法挑战权威，便挑战世俗规范，由此完成向自由世界的飞升，彰显自身的价值。士人们这种"顺性"的人生智慧，提倡和追求本真、自由的内在自然，被看作是一种违礼越俗的个体伦理型人格特质。正因士族作为一个特殊阶层，其对皇权具有较少的依附性，才促使其能够较早体验并以自己的方式应对个人尊严的价值、自由的必要、自由与尊严的代价、生命的虚无与美丽等对人类而言具有普遍性的问题。《世说新语》伦理思想体现了魏晋士人对自由的理解与热爱的伦理精神本质。

在追求自由精神的魏晋士人人生智慧中，"性其情"也是重要特点。《世说新语》伦理思想蕴含的对自由的推崇亦表现为"情之自觉"，人有了表达情感的自由，才算"本真"的人。生命的根本不在于外在的束缚，只有在每一个具体的人生遭遇和生活场景下自然涌发的"喜怒哀惧爱恶欲"，那些流动与变幻的情感，才是生命的根本真实。《世说新语》中的"情之所钟，

---

① 骆玉明：《魏晋风流的〈世说新语〉为什么不可复制》，《中国青年报》2020 年 6 月 9 日。

正在我辈"①，正是"情之自觉"的生动体现。李泽厚先生论及魏晋时代，称其主要表现之一便是尊重感情之自由。对于情感的自由来说，最重要的是"真"，唯有"真情"才能彰显人的自然本性。冯友兰先生认为魏晋名士"依托并遵循人的自由本性和天然本真的凸显和重塑以实现'自然之性'的复归"②。在此基础上，以探寻理想的人格本体为核心，体味个体伦理意义上的人格自然本元特性，彰显自由之精神。魏晋名士推崇"应物而无累于物"的自由理念，这种彰显人格独立的理想人格模式成为《世说新语》伦理思想的重要基础。其体现的追求本真、自由的自然之性的伦理精神，具体化为超然于礼俗之外的人格个性与惬意寄情山水的栖居方式。在"仕"与"隐"之间，自由成了魏晋士人精神、灵魂的寄托与归宿。他们用生命体味自由精神之魅力，通过涤除俗虑达成与俗世之间相互尊重的默契，借以感受生命的自由及万物的守恒。

　　现代社会，定义美好生活的代名词除了"物质丰富"外，"精神充盈"亦是重要指标。然而在工业化、全球化不断发展的今天，现代人对精神生活的追求往往是"单向度"的，与对物质的追求比较而言是相对匮乏的。《世说新语》伦理思想映射出的魏晋士人对精神境界的追求，对现代人独立人格的培育有一定借鉴意义。在动荡失序的社会环境下，魏晋士人长期生活在身不由己的权力斗争中，严酷的政治氛围使其难以保全自己，虽在一定程度上表现出消极颓废、放荡不羁的行为举止，内心却是纯真笃定的。翻开《世说新语》的每一则故事，嵇康、阮籍等名士看似用荒诞不稽的言行反抗名教之虚伪、排遣内心之苦闷，实际上却是在把握当下、及时行乐，追求的是有限生命的无限丰富与充实，这是强烈地执着于人生意义的反映，是一种绝对精神的自由。事实上，个体的解放与人类社会的发展是相伴相生的，社会现代

---

①（南朝宋）刘义庆著，（南朝梁）刘孝标注，余嘉锡笺疏：《世说新语笺疏》，中华书局 2011 年版，第 552 页。

②董晔：《论魏晋士人的生态智慧与生命选择——以〈世说新语〉为例》，《烟台大学学报（哲学社会科学版）》2009 年第 3 期。

化的核心标志应是人的现代化，而人的现代化的根本是人格现代化，个人的解放和人格独立是其出发点和最终归宿，这是人的主体性的最直接体现。在现代社会漫长的人生路途中，人们应把握自我，追寻独立人格的回归，达至精神世界的充盈。《世说新语》中士人们的自由精神，一反汉代以前士人群体安邦定国、大义凛然、砥砺前行、勇于担当的常态，转而采取清谈、服药、饮酒等看似极端的行为，他们放达任诞、无视礼法、洒脱不羁。这一系列的行为，实际是对自由人格精神的追求，是冲破传统礼教束缚的一种自然风尚。陶渊明远离政治，隐居田园；"竹林七贤"怡情山水，弹琴赋诗，把酒言欢。他们于生活中体悟玄理、玄趣和哲思，使精神来往于天地之间；他们推重自由率真的个性之美，把握当下，及时行乐，享受生命的过程，追求诗意的栖居，具有从容洒脱、自然平和、超然豁达的心态。在现代社会对美好生活的追寻中，需要人们独立人格的复归。

　　《世说新语》伦理思想体现的自由精神也存在自身的局限性。魏晋士人违礼越俗的伦理精神追求，其思想核心中虽然包含了"真实超脱""个性自由""桀骜旷达"的先进思想，却是过于理想化、相对缺乏科学精神与社会伦理责任感的。随着政权形式上的统一，元康之后，追求享乐、奢侈腐化的不良社会风气逐渐形成。士大夫以清谈雅集为乐，主尚玄虚。贵游子弟则以狂放不羁为荣，或散发裸饮，对弄婢妾，沉溺于女色；或昼夜酣饮，任性不拘，以自鸣其高。当时的任诞派以江左八达为代表，形成了集体嗑药、与猪同饮、裸奔等行为艺术，他们放浪形骸，日醉夜迷，身荡骨虚，这是自由精神发展到一定程度后接近病态的产物。高门大族开始竖起壁垒，清谈嗑药，自得其乐，将士族、寒人、武将视为异类。过度的自由意味着另外一种意义上的封闭，这种病态的士风传到东晋，有了一些"放权自保"的色彩。魏晋时期出现了无数杰出的思想家、文学家，但却很难找出愿意致力于社会发展的人。当八王之乱的硝烟遍布大地，当五胡的铁骑踏破城门，这些代表着魏晋风度的士人几乎没有人愿意挺身而出，仍然活在自己的一方天地之中，不着力于实务，不抓实权。任诞派开启了南方士族精神沦丧之路，他们追求的自由某种程度上是建立在社会等级的隔离和对黎民疾苦的漠视上的，是类似"今朝有酒今朝醉"的精神逃避。这样一来，便埋下了精神虚无的伦理隐患，形成了魏晋风流背后的扭曲。

如若继续按照"非汤、武而薄周、孔"的理念发展，纵欲主义便会泛滥，士人们的生活将与现实相去甚远，走上"一手持蟹螯，一手持酒杯，拍浮酒池中，便足了一生"①的生命状态。《世说新语》中"妇皆卿夫，子呼父字"的放肆现象及"钻核卖李、人乳饮猪"的物欲观，皆是任凭个性肆意发展的表现。这是由政治和经济的双重扭曲造成的。魏晋是一个极其特殊的时期，它的繁荣与昌盛是毋庸置疑的，可是繁华的背后却是极度的扭曲。这一时期整个社会的格局掌握在少部分人的手里，这就意味着社会财富的极度不平衡，这是经济的扭曲。政治的扭曲则分为两个阶段，司马炎之前统治者走的都是高压残暴路线；司马炎之后统治者是用钱财换取权力和地位。经济的扭曲让名士们绝望、走投无路；政治的扭曲则让名士们幻灭，以自由来发泄痛苦。政治与经济上的扭曲，使得这个思想高度发达的时代，这个被后人敬仰、羡慕、向往的时代，成了带有一丝贬义的时代。从前期的高压残暴，直接转变成了后面的自由奔放，中间没有一个过渡期。这会使自由与奔放脱离轨道，变成无序的状态。无序带来的必定是混乱，混乱过后，一地狼藉。曾经的繁荣险些化为泡影，曾经的璀璨险些烧成灰烬，曾经的信仰蕴含了一种绝望。

如若仅以主观上达至自由、率性为最终目标，完全脱离社会现实，致使自然主义泛滥，这样的自由是不会演变成真正的自在自为的和谐的存在的，相反会扭曲自然人性。这种生存方式一旦任其发展，将给个人与社会带来不利影响。用严复的话来说，即超越了自由之界限。真正的自由不是放任，自由意味着责任，自由的度与责任的量是一致的。魏晋时期的自由是绝

---

① （南朝宋）刘义庆著，（南朝梁）刘孝标注，余嘉锡笺疏：《世说新语笺疏》，中华书局 2011 年版，第 639 页。

对精神的自由，同时也是片面的自由。这种自由在当时是可贵的，是对封建专权的一种反抗，然而却不完全适用于现代社会。生活在现代社会的人们，在崇尚魏晋自由精神的同时，应自觉抵御自由意志带来的负面的、消极的影响，明辨自由之限度，辩证地加以判断和沿袭。

二、再论知识分子的伦理责任

《世说新语》所记魏晋士人不问世事的隐逸心态，尽管是无奈之举，但在一定程度上弱化了对整个社会应尽之伦理责任。这种伦理责任的具体指向是对魏晋时期社会风气的牵引问题以及对社会伦理道德的导向问题。事实上，千百年来中国知识分子从来都是主动承担伦理责任的，所谓"士不可以不弘毅，任重而道远"[①]。对于今天的知识分子而言，应将这种对社会的伦理责任积极承担下来，为国家发展贡献自己的力量。

"士"作为中国古代具有显著伦理文化特征的群体，承担着思想传承和创新的使命。中国古代的学术与政治常常扭结在一起，西晋倾覆，有人归咎于魏晋士人达至理想人格的精神生活形式——玄学清谈，认为"如果是林泉隐逸清谈玄理，则纵使无益于国计民生，也不致误国。清谈误国，正因在朝廷执政即负有最大责任的达官，崇尚虚无，口谈玄远，不屑综理世务之故"[②]。"清谈误国"之说，最早见于王衍临死时的自责："呜呼，吾曹虽不如古人，向若不祖尚浮虚，勠力以匡天下，犹可不至今日。"[③]其后干宝在《晋纪·总论》中批评清谈之风，称"学者以《庄》《老》为宗，而黜六经；谈者以虚薄为辩，而贱名俭"[④]。东晋的王羲之称"虚谈废务，浮文妨要，恐非

---

① 杨伯峻译注：《论语译注》，《泰伯篇第八》，中华书局 2012 年版，第 114 页。

② 陈寅恪：《魏晋南北朝史讲演录》，天津出版传媒集团 2018 年版，第 51 页。

③（唐）房玄龄等撰：《王衍传》，《晋书》卷四十三，中华书局 2000 年版，第815 页。

④（梁）萧统编，（唐）李善注，江庆柏、刘志伟主编：《文选资料汇编总论卷》，《晋纪·总论卷》，中华书局 2017 年版，第 6 页。

当今所宜"①。明末清初的学者顾炎武直言："刘、石乱华本于清谈之流祸"②，甚至以"亡天下"之罪归之。本书认为，魏晋清谈是有其学术意义的，它丰富了士人的精神生活，拓展了整个中华民族的精神向度，提高了抽象思维能力。玄学家们通过清谈经虚涉旷，使魏晋时期的哲学思辨达到了空前未有的深度。国家灭亡的原因如若只从某种文化生活或艺术嗜好找原因，则可能掩盖了其深层动因。然而，受魏晋伦理思想影响的士人们崇尚玄远、避世而居、寄情山水、深怀雅趣的行为从一定意义上来讲确实说明了其在本质上是相对自私的，缺乏作为知识分子的社会伦理责任感。

唐君毅先生曾指出，魏晋时期的"时代精神，与汉人精神相比，正全相反。汉代人是厚重、朴实、博大、敦笃。学者之精神，要负载历史，尊天崇圣，通经致用。整个社会之化，在要求凝结、坚固。这使汉人完成了抟合中华民族为一大一统的地上国家的历史任务。魏晋六朝的时代，在政治社会上看，明是衰世。整个中国之世界在分裂。于是人之个人意识，超过民族意识、国家意识。人要求表现自我，发抒个性，不受一切礼法的束缚、政治的束缚。这时代最特出的诗人、艺术家、思想家，都可说是比较缺乏对整个天下国家之责任感的人，或有责任感，而自觉无法负责任的人"③。经过汉代社会思想、政治乃至道德的驯化，人们已经逐渐将自己的人生价值，定位于社会角色的实现，并以此取代个人的快乐和享受。从士人的基本属性看，如果能将士人的社会压力转变为社会责任，使其关心社会，关心人类的命运，即中国士人所谓"天下兴亡，匹夫有责"，不失为一种有益的人生价值。从这个意义上说，从汉末清议运动到竹林名士与司马氏政权的抗争，都是汉代社会文化氛围造就的士人具备伦理责任的集中反映。然而随着汉代一整套社会

---

① （南朝宋）刘义庆著，（南朝梁）刘孝标注，余嘉锡笺疏：《世说新语笺疏》，中华书局 2011 年版，第 115 页。

② （清）顾炎武撰，（清）黄汝成集释，栾保群校点：《日知录》卷二十九，中华书局影印集释本 1985 年版，第 529 页。

③ 唐君毅：《中国人文精神之发展》，广西师范大学出版社 2005 年版，第 13—15 页。

价值观念的崩溃，士人们开始对人生价值中社会价值与个人价值二者孰轻孰重的问题产生了怀疑。尤其是夏侯玄、李丰、何晏、嵇康等司马氏反对党的惨遭杀害，广大士人关心社会政治的积极性受到极大的打击。人们从这些事件中猛然意识到：与其热衷社会政治人生，不如关心自己的个性价值。于是，以及时享乐为核心的人生快意说取代了以关心社会为目的的人生责任说。魏晋士人其实是痴爱政治的，只不过被政治拒斥，于是采取批判政治又想努力介入政治的姿态。这就会遭遇双重矛盾撕裂。这种做法在他们看来能够远离政治生活，实际完全是其基于想象的政治构思。由于时代的局限及所处政治环境的复杂，魏晋士人虽然揭示了封建伦理纲常的虚伪性和不合理性，但却没有真正触动传统封建伦理纲常的大厦，他们的行为只是反映了一种古时中国传统文化的解脱机制。宁稼雨先生曾表示："在历代知识分子身上，这种'儒道互补'的人生观表现得更为集中和突出。作为时代的精英，知识分子常常会超越历史，去观照和反思人类的普遍命运，人们通常称之为'忧患意识'。它与'儒道互补'的人生观的撞击，就形成历代知识分子对现实世界既介入又超然的两种基本心态。"[①] 这种神经质的、诗性化的文人思维至今仍对知识分子产生着深远影响，关乎具体的时代背景下知识分子安身立命之抉择。

　　古今中外都把知识分子理解为社会的"良识分子"，强调知识分子的社会批判精神及伦理责任。作为时代的"良知"，知识分子是国民精神家园的捍卫者和开垦者。某种程度上讲，知识分子的生活方式不仅是自己的还是社会的，他们的一言一行均会引起社会民众的争相效仿，因而有着将社会风度向积极方向牵引、将社会伦理道德向健康方向引导的责任。知识分子的脊梁折断了、风骨磨逝了、道德沦丧了、责任淡化了，国民之精神家园亦会岌岌可危。知识分子的伦理责任可分为知识意义上的判断责任和道义责任。前者

---

① 宁稼雨：《魏晋风度——中古文人生活行为的文化意蕴》，东方出版社 1992 年版，第 153 页。

基于学识认知，后者则上升为伦理道德；前者是谈学术的责任，后者则是谈社会现实的责任，二者相辅相成。

习近平总书记在庆祝中国共产党成立 100 周年大会上的讲话中指出："今天，我们比历史上任何时期都更接近、更有信心和能力实现中华民族伟大复兴的目标。"① 当代知识分子是推动中华民族伟大复兴的中国梦实现的中坚力量，在任何情况下，知识分子都不能丢弃对理性、理想的判断和坚持，不能做"精致的利己主义者"，不能做"价值虚无主义者"，更不能做"犬儒主义者"，这是一名知识分子真正的价值所在，是其对国家、对社会民众最重要的贡献。知识分子要义不容辞地肩负起时代赋予其的特殊历史使命和社会伦理责任。具体包括：以史为鉴，追求"为天地立心，为生民立命，为往圣继绝学，为万世开太平"的人生理想；秉具博爱济众、服务社会的仁者之心，增强维护社会道德伦理的使命意识和责任意识；修身致教，点化民众，为社会提供饱含时代精神的理论指引，引导社会维护健康精神体系；紧扣时代脉搏，关注社会发展潮流，深入了解国情，基于国情判断理解问题；忠诚于国家，奉献于国家，明辨是非，激浊扬清，更好地平衡个体价值和社会价值。

在社会主义现代化建设的历史进程中，知识分子既要继承魏晋士人高尚而不朽的、充满自由精神的个体伦理智慧，学习他们率真放达、享受生命、自然平和、独立自然的个性，又应对这种具有古典形态的、历史性的个体伦理精神作进一步改造，为其注入现代科学精神，注入社会伦理责任，使其更具科学性、时代性与责任感，从而更好地将这种个体伦理智慧融入新时代社会伦理观，丰富其人文内涵，成为现代社会建设、民族发展的宝贵资源。

---

① 习近平：《在庆祝中国共产党成立 100 周年大会上的讲话》，人民出版社 2021 年版，第 17 页。

结　语

　　魏晋时期，中国经历着巨大的社会变迁。社会的政治结构、思想文化、文学艺术等在这一时期均发生了重要变化。名教的式微及社会的动荡失序致使价值系统的重塑逐渐成为这一时代的重要课题，士族阶层在政治及社会中的地位日益彰显。《世说新语》作为集中反映魏晋历史及士人精神风貌的重要典籍，作为魏晋时代士人人生哲学及伦理道德观念的最佳结合体，作为承载儒、释、道三家思想文化的经典作品，它的许多条目与重要的历史背景相关联，能反映出特定的历史氛围，在中国伦理思想史上具有重要的地位和影响。

　　过去对《世说新语》的研究，大多着眼于文学文献、历史文化、语言修辞、艺术审美等方面，但当我们将它视为代表中国古代思想文化的一部具有经典意义的著作时，着眼点就不能仅限于此。本书依托对《世说新语》文本的深入解读，坚持从第一手资料出发，基于其本身所具有的深厚的魏晋玄学思想背景和时代背景，以逻辑为导引，以历史为验证，先把此书放在它所处的文化情境中进行解读，再将其置于中国哲学史和伦理学史流变大背景下，找到《世说新语》与魏晋伦理思想的主要关联，再以这些关联为依据综合剖析，阐释它的重要意义。在研究过程中，坚持文献、文本与文化相结合的思路，综合运用哲学、美学、文化学、社会学、伦理学等学科的相关理论，比较了《世说新语》反映的魏晋伦理思想与其他时代伦理思想的不同，彰显此书独有的学术特质，勾勒出了与众不同的魏晋风华。

　　伦理思想的表现形式有很多，大体可分为以下几个方面：伦理关系、伦理规范、道德选择、道德评价、道德修养、理想人格等。基于《世说新语》"名士底教科书""风流之宝鉴""清谈之总集"的重要学术地位及所记述主要内容，本书将《世说新语》的伦理主题、人伦观、伦理精神、影响及现代省思几个方面作为研究重点，基本涵盖了伦理思想研究领域的重要层面。然而《世说新语》所蕴含的伦理思想应更为丰富，由于能力及篇幅限制，本书得出以下几方面的结论，权当抛砖引玉。

　　一是《世说新语》的伦理主题是"名教与自然之辨"。《世说新语》伦理思想的哲学基础是魏晋玄学，其实质是从本体论的角度去探讨政治问题、人生问题和精神境界问题，再从认识论的角度去彰显面对时代的局限性及社会价值秩序重建的迫切性时所体现的打破传统礼教束缚的新的价值判断。《世说新语》的伦理主题就是通过魏晋玄学落实到社会人生层面的"名教与自然之辨"体现的。"名教与自然之辨"作为魏晋时期重要的哲学概念，是魏晋整个时代的核心伦理问题，有着深刻的伦理意蕴。它与魏晋整个社会政治背景相互影响，旨在思考士人的生活方式与社会秩序之间的关系，关注儒家的纲常教化与知识分子苦闷心态之间的紧张与一致。面对社会的混乱和士人精神世界的崩塌，玄学家们开始着手建造一种全新的伦理价值体系。这样一来，名教与自然之辨不但是人们在为学角度上建立玄学义理的方法，是对纯粹哲学问题的深刻思考，还是他们自觉依循的生活方式以及对社会合理存在的现实追求。从名教与自然关系的发展历程看，虽然各阶段玄学家的思想不尽相同，经历了从调和、对立到统一的正、反、合三个过程，后者不断否定与批判前者，但他们的思考均倾注着深刻的人文关怀，共同目的都在于建立起一个合理有效的伦理道德体系。在《世说新语》中，我们随处可见反映名教与自然之间冲突与调和过程的事例。名教在当时被普遍认为是在传统儒学中被认定的道德规范和评价标准，与其不同的是，"自然"对于魏晋士人而言，是一种经过认真审视而最终确定的崇尚个体本性的价值判断及人生选择。《世说新语》书中包含了反映魏晋士人名士风度、伦理精神、人伦关系以及道德规范等与社会伦理相关的事例，这些事例反映出的代表魏晋时代风尚的社会伦理样态，几乎无一不被关于名教与自然关系的探讨裹挟前行。在关乎个人价值判断与道德选择的问题面前，士人们似乎常常被"归名教"

还是"任自然"这样的伦理抉择所影响，从而体现出两种不同的理想人格模式。

二是《世说新语》的人伦观彰显着对传统的延续与嬗变。在中国封建社会，儒家名教遵循的传统人伦观一直是维系封建宗法等级制度的基本伦理大义。这种个体被消解、"他者"被漠视的绝对化的人伦观及其所衍生出的人伦规范，到了魏晋时期发生了一系列嬗变——父与子、君与臣、夫与妻之间开始相互激赏、寻求平等对话，人与人之间的伦理关系呈现前所未有的新气象。子女、臣下、妻子作为三个独立的群体，在政治、生活、个体尊严方面均表现出了强烈的自主意识，逐渐成为魏晋时期人的自觉、魏晋文化和魏晋人文精神的重要组成部分。结合《世说新语》各门类之内容，可以看到，刘义庆在组织编撰《世说新语》之时，是十分注重所著内容的人伦教化作用的，对彼时人伦关系的展示也是多层次、多角度、多方面的——对于名教之传统既有坚守亦有超越，充分展现了"名教与自然"矛盾关系而泛化出的魏晋的人伦风采。有赖于人伦规范这一"道德底线"在时刻支撑着魏晋时期孝子、忠臣、贤妻的基本行为方式，彼时的社会秩序在一定程度上得到了有效维护，因而《世说新语》中所涉人伦内容实际上与社会发展对基本人伦秩序的要求是密切相关的。而人作为具有感性、知性与理性能力的道德实体，基本人伦秩序的构建亦能够更好地满足个体生活之需要。魏晋时期个体对人伦秩序的自发维护，为人类生命更好地存在构建了良好的屏障。

三是《世说新语》伦理精神的表征是魏晋风度，其实质是人性的解放与回归。伦理精神是自觉的伦理思想表现出的精神实质与精神结构，包括人伦关系原理、伦理规范体系、价值取向、精神指向、性格特征及个体生命的秩序等，是一种人伦的精神与人格的精神。《世说新语》以记载魏晋士人的言行逸事为主，书中体现的伦理精神，是以"魏晋风度"为表征的。正是魏晋风度构成了《世说新语》伦理思想内涵的特异性，它是在怀疑和否定旧有传统礼教和价值的条件下，人对自己生命、意义、命运的重新发现、思索、把握和追求；它是魏晋名士人生态度、处世方式、人格精神的具体体现，是魏晋时代特有的伦理气质。魏晋风度可以表现在许多不同的层次上：既可表现为世俗文化形态，即世风，包括人们的行为倾向、生活方式等；也可表现为深层次的意识形态，包括价值观念等；同时还可表现为思想意识的表达方式，如文风、学风等。本书抓住魏晋风度意识形态层面的深层意蕴，认为《世说新语》伦理精神的精神实质是魏晋士人人性的解放与回归。书中所列内容，流露着魏晋士人内心世界自我与规范的纠结、有情与无情的彰显、重压之下生命意识的觉醒及多故之世的生存智慧，体现着魏晋士人在思想和行为等方面表现出来的特殊风格和伦理精神。

　　四是关于《世说新语》的影响及现代省思。首先，《世说新语》是魏晋玄学的一种形下学诠释。魏晋玄学作为具有深刻哲学义理及较强思辨色彩的思想理论，本身是抽象的。《世说新语》伦理主题的表达是通过将抽象的魏晋玄学义理投射到社会现实层面实现的，使其从单纯的形上学层面逐渐向形下学层面延伸。《世说新语》伦理思想涉及了许多魏晋玄学理论辩题，对玄学伦理意蕴的彰显具有形下学补充作用。其次，《世说新语》为中国伦理思想史研究提供一种新的范式。它从"伦理生活"的方法论视角，将魏晋伦理思想根植于魏晋士人伦理生活的沃土，将思想史与道德生活史结合，展现了社会变迁视野中的道德变迁，展现了具体历史条件下的社会伦理关系，显现了魏晋士人的日常道德生活，透过人伦日用反映世道人心，勾勒出魏晋伦理道德变迁的历史样态。《世说新语》拓展了伦理学的研究范式，有利于从道德生活史角度理解伦理思想史，为魏晋道德生活及其在整个中国伦理思想史中的变迁研究做出了开拓性贡献。再次，促进了中国伦理思想史的发展延续。全书反映了魏晋伦理思想的发展概况。随着时间的推移，各家各派在思想斗争中，不断自我更新，吸取并融合其他学派之长来补充自己的不足，构成了内容更为丰富的理论体系。从历史的维度看，《世说新语》体现的伦理思想是具有双面性的，一方面会产生分裂与纷乱，但同时也会产生解放与革新。书中所反映的魏晋时期交织于伦理领域的世俗道德与宗教道德之间的相互斗争和吸收，直接促成了隋唐"三教并举"伦理思想局面的形成和发展，重新构建了中国传统伦理思想的新机体，开创了理性主义的伦理精神。经过唐代新经学及唐宋佛学的过渡，对宋明理学这一调和三教的新儒学的诞生产生了巨大影响。最后，丰富了中国人的精神气质。《世说新语》伦理思想对中国文化的深层而微妙的影响，体现在对中国人精神世界丰富的潜移默化上。全书梳理了魏晋士人的心灵史及精神史，其反映的名士风流凝结成一种"伦理密码"，植入后世中国人的精神世界，成为一种行为方式与思维模式，形成了旷日持久且隐藏颇深的"内模仿"效应，形塑了中国人的精神世界。魏晋士人对自由精神的追求，一方面具有可贵的一面，为现代人追求人格之独立提供借鉴；另一方面，其本身也有着局限性和消极性。《世说新语》伦理思想中蕴含的魏晋士人不问世事的隐逸心态，一定程度上忽视了知识分子对社会应尽之伦理责任。对于今天的知识分子而言，应将对社会的伦理责任积极承担下来，为民族的发展贡献自己的力量。

总的来说，对《世说新语》伦理思想进行系统梳理和总结阐释，具有非常重要的学术意义。然而鉴于笔者能力有限，未能给予《世说新语》这部经典伦理宝鉴以最合理的分析与评判，对于它所蕴含的伦理思想梳理得尚浅，这都是之后研究者可以继续挖掘且值得去挖掘的地方。经过多年的文献阅读、学术积累和撰文论述，笔者已被魏晋伦理思想之深邃深深折服，感慨于那个年代有识之士慷慨悲歌、适性自足的人生历程，必将继续沿着这条学术之路一路走下去，温和而坚定。

参考文献

一、《世说新语》注本及研究专著

戴建业:《戴建业精读世说新语》,上海文艺出版社 2019 年版。

董晔:《〈世说新语〉美学研究》,人民文学出版社 2017 年版。

范子烨:《〈世说新语〉研究》,黑龙江教育出版社 1998 年版。

龚斌校:《世说新语校释》,上海古籍出版社 2011 年版。

蒋凡:《〈世说新语〉研究》,学林出版社 1998 年版。

李天华:《世说新语新校》,岳麓书社 2005 年版。

刘强:《世说新语会评》,凤凰出版社 2007 年版。

刘强:《世说学引论》,上海古籍出版社 2012 年版。

骆玉明:《世说新语精读》,复旦大学出版社 2016 年版。

宁稼雨:《〈世说新语〉与中古文化》,河北教育出版社 1994 年版。

宁稼雨:《〈世说新语〉与魏晋风流》,商务印书馆 2020 年版。

宁稼雨:《魏晋士人人格精神:〈世说新语〉的士人精神史研究》,南开大学出版社
　2003 年版。

申家仁:《〈世说新语〉与人生》,上海古籍出版社 2003 年版。

王能宪:《世说新语研究》,江苏古籍出版社 1992 年版。

王叔岷:《世说新语补正》,艺文印书馆 1975 年版。

王晓毅等编著:《世说新语解读》,中国人民大学出版社 2010 年版。

魏风华:《绝版魏晋——〈世说新语〉另类解读》,山东画报出版社 2008 年版。

夏德靠:《〈世说新语〉生成研究》,天津出版传媒集团 2018 年版。

徐震堮:《世说新语校笺》,中华书局 2017 年版。

杨勇:《世说新语校笺》,中华书局 2006 年版。

易宗夔:《新世说》,山西古籍出版社 1997 年版。

（南朝宋）刘义庆著，（南朝梁）刘孝标注，余嘉锡笺疏：《世说新语笺疏》，中华
　书局 2011 年版。

张万起、刘尚慈译注：《世说新语译注》，中华书局 2019 年版。

［日］井波律子：《中国人的机智：以〈世说新语〉为中心》，学林出版社 1998
　年版。

［比利时］Bruno Belpaire, *Anthologie Chinoise Des Vet VI Siecles: Le Che-chouo-sin-
　yu*, Paris: Editions Universitaires, 1974.

二、相关经史子集

（春秋）老子：《道德经》，中华书局 2021 年版。

（战国）庄子：《庄子》，中华书局 2015 年版。

（战国）韩非：《韩非子》，中华书局 2015 年版。

（战国）文子：《文子疏义》，王利器编，中华书局 2009 年版。

（西汉）刘安撰：《淮南子》，中华书局 2012 年版。

（西汉）贾谊著，阎振益等注：《新书校注》，中华书局 2000 年版。

（东汉）班固撰，（唐）颜师古注：《汉书》，中华书局 2000 年版。

（东汉）王充著，黄晖校释：《论衡校释》，中华书局 2018 年版。

（东汉）许慎：《说文解字》，中华书局 2013 年版。

（东汉）郑玄注，（唐）贾公彦疏：《仪礼注疏》，上海古籍出版社 2020 年版。

（东汉）郑玄注，（唐）孔颖达正义：《礼记正义》，上海古籍出版社 2008 年版。

（东汉）桓谭著，吴则虞辑校：《桓谭〈新论〉》，社会科学文献出版社 2014 年版。

（魏）王弼注，楼宇烈校释：《老子道德经注校释》，中华书局 2008 年版。

（魏）王弼撰，楼宇烈校释：《王弼集校释》，中华书局 1980 年版。

（魏）阮籍著，陈伯君注：《阮籍集校注》，中华书局 2015 年版。

（魏）嵇康著，戴明扬校注：《嵇康集校注》，中华书局 2014 年版。

（西晋）陈寿撰，（宋）裴松之注：《三国志》，中华书局 2000 年版。

（西晋）郭象注，（唐）成玄英疏：《庄子注疏》，中华书局 2011 年版。

（西晋）郭颁：《魏晋世语》，北方文艺出版社 2021 年版。

（东晋）葛洪撰：《抱朴子》，中华书局 2011 年版。

（东晋）裴启：《裴启语林》，文化艺术出版社 1988 年版。

（东晋）郭澄之：《郭子》，《轶事小说集》，上海古籍出版社 2000 年版。

（东晋）袁宏撰，李兴和点校：《袁宏后汉纪集校》，云南大学出版社 2008 年版。

（东晋）张湛注，陈明校：《列子》，上海古籍出版社 2019 年版。

（南北朝）刘勰：《文心雕龙》，中华书局 2012 年版。

（北齐）魏收撰：《魏书》，中华书局 2000 年版。

（南朝宋）范晔撰，（唐）李贤等注：《后汉书》，中华书局 2000 年版。

（梁）沈约撰：《宋书》，中华书局 2000 年版。

（梁）萧子显撰：《南齐书》，中华书局 2000 年版。

（梁）萧逸：《金楼子》，（清）永瑢、纪昀等编：《四库全书（文渊阁版本）》，台湾
　　商务印书馆 1986 年版。

（梁）萧统编，（唐）李善注，江庆柏、刘志伟主编：《文选资料汇编总论卷》，中
　　华书局 2017 年版。

（梁）刘勰著，王运熙、周锋译：《文心雕龙译注》，上海古籍出版社 2016 年版。

（唐）房玄龄等撰：《晋书》，中华书局 2000 年版。

（唐）姚察等撰：《梁书》，中华书局 2000 年版。

（唐）魏徵撰：《隋书》，中华书局 2000 年版。

（唐）李延寿撰：《南史》，中华书局 2000 年版。

（唐）李延寿撰：《北史》，中华书局 2000 年版。

（唐）刘知几撰，（清）浦起龙通释：《史通》，上海古籍出版社 2015 年版。

（唐）李隆基注，（宋）邢昺疏：《孝经注疏》，上海古籍出版社 2009 年版。

（后晋）刘昫等编撰：《旧唐书》，中华书局 2000 年版。

（北宋）宋祁、欧阳修、范镇等编撰：《新唐书》，中华书局 2000 年版。

（北宋）邢昺疏，金良年校，（唐）李隆基注：《孝经》，上海古籍出版社 2014
　　年版。

（南宋）朱熹撰：《四书章句集注》，中华书局 2011 年版。

（明）王阳明撰，邓艾民注：《传习录注疏》，上海古籍出版社 2012 年版。

（清）苏舆撰，钟哲点校：《春秋繁露义证》，中华书局 1992 年版。

（清）陈立撰，吴则虞点校：《白虎通疏证》，中华书局 1994 年版。

（清）赵翼撰：《廿二史札记》，中华书局 2008 年版。

（清）赵翼著，王树民校：《廿二史札记校证》，中华书局 2013 年版。

（清）纪昀编纂：《四库全书总目提要》，河北人民出版社 2000 年版。

（清）郭庆藩撰，王孝鱼点校：《庄子集释》，中华书局 2006 年版。

（清）王先慎撰，钟哲点校：《韩非子集解》，中华书局 2004 年版。

（清）王先谦撰：《荀子集解》，中华书局 2012 年版。

（清）赵翼撰：《陔余丛考》，中华书局 1963 年版。

（清）严可均辑：《全晋文》，商务印书馆 1999 年版。

（清）顾炎武撰，（清）黄汝成集释，栾保群校点：《日知录》，中华书局影印集释
　　本 1985 年版。

李学勤主编：《毛诗正义》上，北京大学出版社 1999 年版。

杨伯峻译注：《论语译注》，中华书局 2012 年版。

杨伯峻译注：《孟子译注》，中华书局 2012 年版。

杨伯峻编著：《春秋左传注》，中华书局 2018 年版。

张觉撰：《荀子译注》，上海古籍出版社 1995 年版。

黎翔凤撰，梁运华校注：《管子》，中华书局 2004 年版。

吴毓江撰，孙启治点校：《墨子校注》，中华书局 2004 年版。

黎翔凤撰，梁运华校注：《管子》，中华书局 2004 年版。

胡奇光、方环海撰：《尔雅译注》，上海古籍出版社 2004 年版。

许维遹著，梁运华整理：《吕氏春秋集释》，中华书局 2009 年版。

周振甫译注：《诗经译注》，中华书局 2002 年版。

三、相关研究著作

白寿彝：《白寿彝民族宗教论集》，北京师范大学出版社 1992 年版。

白寿彝总编：《中国通史》第五、六卷·中古时代·三国两晋南北朝时期，上海人
　　民出版社、江西教育出版社 2013 年版。

卞敏：《魏晋玄学》，南京大学出版社 2009 年版。

陈寅恪：《陶渊明之思想与清谈之关系》，《金明馆丛稿初编》，生活·读书·新知
　　三联书店 2001 年版。

陈寅恪：《魏晋南北朝史讲演录》，天津出版传媒集团 2019 年版。

樊浩：《中国伦理精神的历史建构》，江苏人民出版社 1992 年版。

范子烨：《中古文人生活研究》，山东教育出版社 2001 年版。

冯友兰：《三松堂学术论文集》，北京大学出版社 1984 年版。

冯友兰：《中国哲学史新编》第四册，人民出版社 1986 年版。

冯友兰、李泽厚等著，骆玉明、肖能选编：《魏晋风度二十讲》，华夏出版社 2009
　　年版。

冯友兰：《中国哲学史》第三册，商务印书馆 2011 年版。

贺昌群：《魏晋清谈思想初论》，商务印书馆 2011 年版。

侯外庐：《中国思想通史》第三卷，人民出版社 2011 年版。

胡适：《先秦名学史》，安徽教育出版社 2006 年版。

李晃生：《儒家的社会理想与道德精神》，百花洲文艺出版社 2006 年版。

李泽厚、刘纲纪：《中国美学史》第二卷，中国社会科学出版社 1987 年版。

李泽厚：《华夏美学》，中外文化出版公司 1989 年版。

李泽厚：《李泽厚十年集》第一卷，安徽文艺出版社 1994 年版。

李泽厚：《美的历程》，生活·读书·新知三联书店 2009 年版。

刘大杰：《魏晋思想论》，岳麓书社 2010 年版。

刘师培：《刘师培文选》，上海远东出版社 2011 年版。

刘伟航：《三国伦理研究》，巴蜀书社 2002 年版。

鲁迅：《鲁迅小说史大略》，陕西人民出版社 1981 年版。

鲁迅：《中国小说史略》，上海古籍出版社 1998 年版。

逯耀东：《魏晋史学的思想与社会基础》，中华书局 2006 年版。

罗振玉：《补宋书宗室世系表》，上海古籍出版社 2013 年版。

罗宗强：《玄学与魏晋士人心态》，天津教育出版社 2005 年版。

吕思勉：《两晋南北朝史》，江苏人民出版社 2018 年版。

马良怀：《崩溃与重建中的困惑——魏晋风度研究》，中国社会科学出版社 1993
　　年版。

牟宗三：《才性与玄理》，吉林出版集团有限公司 2010 年版。

宁稼雨：《魏晋风度——中古文人生活行为的文化意蕴》，东方出版社 1992 年版。

瞿林东：《中国史学史纲》，北京师范大学出版社 2010 年版。

任继愈：《中国哲学史》第二册，人民出版社 2000 年版。

荣肇祖：《魏晋的自然主义》，东方出版社 1996 年版。

尚建飞：《魏晋玄学道德哲学研究》，人民出版社 2013 年版。

汤一介：《郭象与魏晋玄学》，中国人民大学出版社 2016 年版。

汤用彤：《汉魏两晋南北朝佛教史》，武汉大学出版社 2008 年版。

汤用彤：《魏晋玄学论稿》，上海人民出版社 2015 年版。

唐君毅：《中国人文精神之发展》，广西师范大学出版社 2005 年版。

唐翼明：《魏晋清谈》，天地出版社 2018 年版。

唐长孺：《魏晋南北朝史论拾遗》，中华书局 1983 年版。

唐长孺：《魏晋南北朝史论丛》，商务印书馆 2010 年版。

田余庆：《东晋门阀政治》，北京大学出版社 2012 年版。

王枝忠：《汉魏六朝小说史》，浙江古籍出版社 1997 年版。

王仲荦：《魏晋南北朝史》，上海人民出版社 2016 年版。

肖群忠：《孝与中国文化》，人民出版社 2001 年版。

徐复观：《中国艺术精神》，商务印书馆 2010 年版。

许建良：《魏晋玄学伦理思想研究》，人民出版社 2008 年版。

杨泓、李力：《魏晋南北朝文化史》，新世界出版社 2018 年版。

姚维：《才性之辨——人格主题与魏晋玄学》，人民出版社 2007 年版。

余敦康：《魏晋玄学史》，北京大学出版社 2004 年版。

余英时：《士与中国文化》，上海人民出版社 2003 年版。

袁行霈：《清思路：袁行霈自选集》，首都师范大学出版社 2010 年版。

张锡勤、柴文华：《中国伦理道德变迁史稿》，人民出版社 2008 年版。

张锡勤：《中国传统道德举要》，黑龙江大学出版社 2009 年版。

朱大渭等：《魏晋南北朝社会生活史》，中国社会科学出版社 2005 年版。

宗白华：《美学散步》，上海人民出版社 1981 年版。

宗白华：《艺境》，商务印书馆 2011 年版。

［德］黑格尔著，王造时译：《历史哲学》，上海书店出版社 2006 年版。

［法］卢梭著，李平沤译：《爱弥儿》，商务印书馆 1978 年版。

四、相关研究论文

刘盼遂：《唐写本世说书跋尾》，《清华学报》1925 年第 2 期。

周一良：《〈世说新语〉和作者刘义庆身世的考察》，载《魏晋南北朝史札记》，中华书局 1985 年版。

白寿彝：《关于中国民族关系史上的几个问题》，《北京师范大学学报》1981 年第 6 期。

陈寅恪：《书世说新语文学类钟会撰四本论始毕条后》，《中山大学学报》1956 年第 3 期。

陈迎辉：《〈世说新语〉的生存美学》，《文艺评论》2011 年第 6 期。

陈赟：《宗法秩序到伦常秩序——早期中国伦理范式的嬗变》，《学海》2018 年第 1 期。

陈战国：《魏晋人的道德观》，《社会科学战线》1985 年第 4 期。

成林：《从〈世说新语〉看魏晋时代家庭伦理观念》，《南京审计学院学报》2007 年第 6 期。

戴丽琴：《〈世说新语〉与佛教》，博士学位论文，华中师范大学 2010 年。

丁虎：《从“有无之辨”走向“自然之境”》，博士学位论文，华东师范大学 2016 年。

董晔：《论魏晋士人的生态智慧与生命选择——以〈世说新语〉为例》，《烟台大学学报》2009 年第 3 期。

法子：《魏晋风度的研究——简评〈世说新语〉整体研究》，《江海学刊》1995 年第 4 期。

高娟：《30 年来〈世说新语〉研究纵论》，《江汉论坛》2014 年第 10 期。

关艺：《伦理视域下魏晋玄学的名教与自然之辩》，硕士学位论文，南京大学 2019 年。

洪修平：《儒佛道三教关系与中国佛教的发展》，《南京大学学报》2002 年第 3 期。

侯忠义：《〈世说新语〉思想艺术论》，《北京大学学报（哲学社会科学版）》1987 年第 4 期。

胡阿祥：《六朝文化研究刍议》，《东南文化》2009 年第 1 期。

蒯定：《〈世说新语〉人学研究》，博士学位论文，上海师范大学 2014 年。

李修建：《〈世说新语〉中魏晋士人形象的美学研究》，硕士学位论文，中国人民大学 2005 年。

李艳玲：《魏晋六朝情性论》，硕士学位论文，云南师范大学 2011 年。

刘蕾：《〈世说新语〉成语研究》，硕士学位论文，内蒙古大学 2013 年。

刘强：《二十世纪〈世说新语〉研究综述》，《文史知识》2000 年第 4 期。

刘强：《〈世说〉学引论》，博士学位论文，复旦大学 2004 年。

刘强：《从"清谈误国"到文化研究——魏晋清谈研究的历史回顾》，《学术月刊》2005 年第 10 期。

刘强：《归名教与任自然——〈世说〉研究史上的"名教"与"自然"之争》，《学术研究》2019 年第 6 期。

刘忠阳、姜鲁琳：《从〈世说新语〉中魏晋士人形象看"人的觉醒"》，《怀化学院学报》2011 年第 4 期。

骆玉明：《魏晋风流的〈世说新语〉为什么不可复制》，《中国青年报》2020 年 6 月 9 日。

宁稼雨：《刘义庆的身世境遇与〈世说新语〉的编纂动因》，《湖北大学学报（哲学社会科学版）》2000 年第 1 期。

宁稼雨：《从〈世说新语〉看魏晋士族婚姻观念变化》，《广州大学学报》2007 年第 3 期。

祁银凤：《〈世说新语〉中魏晋士人形象研究》，硕士学位论文，西南大学 2017 年。

孙翀：《从〈世说新语〉看晋宋之际道教的发展》，《宗教学研究》2010 年第 1 期。

汤一介：《略伦王弼与魏晋玄学》，《学术月刊》1963 年第 1 期。

唐翼明：《清谈与清议考辨》，《东方杂志复刊》1989 年第 10 期。

王俊飞：《〈世说新语〉儒学思想辨析》，硕士学位论文，兰州大学 2007 年。

王能宪：《〈世说新语〉在日本的流传与研究》，《文学遗产》1992 年第 2 期。

王仁智：《〈世说新语〉友朋相处之道及其现实意义探究》，《山西青年》2017 年第 10 期。

王晓毅：《浅论魏晋玄学对儒释道的影响》，《浙江社会科学》2002 年第 5 期。

韦承金：《〈世说新语〉研究展现多重视角》，《中国社会科学报》2017 年 11 月 13 日。

魏学倩:《魏晋有无之辨研究》,硕士学位论文,西北师范大学 2017 年。

肖能:《魏晋的自然主义》,博士学位论文,复旦大学 2011 年。

许抗生:《谈谈玄学中"名教与自然"问题和"有无"之辩的关系》,《孔子研究》
　　1994 年第 3 期。

喻双:《论两晋礼学与玄学的互动》,《求索》2015 年第 9 期。

张丽君:《魏晋道德问题研究》,博士学位论文,华中师范大学 2013 年。

赵前明:《魏晋风度的内涵与接受研究》,《渭南师范学院学报》2012 年第 11 期。

甄静:《从〈世说新语〉看魏晋士人的社会生活》,硕士学位论文,华南师范大学
　　2003 年。

朱洁:《〈世说新语〉人称代词研究》,硕士学位论文,北京语言大学 2006 年。

朱贻庭:《"伦理"与"道德"之辨——关于"再写中国伦理学"的一点思考》,
　　《华东师范大学学报(哲学社会科学版)》2018 年第 1 期。

[美] Richard B.Mather,范子烨译:《世说新语的新世界》,《学术交流》1996 年第
　　1 期。

[韩] 金长焕:《世说新语研究》,博士学位论文,延世大学 1987 年。

[韩] 全星迓:《〈世说新语〉:历史向文学的蜕变》,《社会科学战线》1999 年第
　　3 期。

[日] 松冈荣志:《〈世说新语〉原名重考》,《思想战线》1988 年第 5 期。

后　记

2014年夏天硕士毕业后，我带着收拾好的行李从寝室搬了出来，提着它们蹒跚地走上又走下二十几级的台阶，忽然有了一种奇怪的感觉：衰老第一次袭来。

这一年，妈妈端详着我的照片说我好像老了，不再是孩子的脸了。我黄雀在后地看着妈妈，她更是如此，我能看到她发根的白，手背上也浮现了老年斑。衰老像是遵循着抛物线的轨迹，也就是说当你意识到时，它已经高歌猛进地开始了。它最让我害怕的从来不是身体上任何一个部位的下垂，而是磨蹭不得。这个被地心引力不断拉向坟墓的身体正在变得愈发不好伺候，它需要我像狙击手一样地做决定。大多数的悔恨和眷恋，就像是跳下悬崖的人留在崖边的最后一声尖叫，清晰、尖锐且无用。所以我就省了这些悔恨和眷恋用来做别的。

我把所有的时间都用来向前走。

我的硕导曾经跟我说过，他的工作让他成功地克服了一个小人物对于大城市的恐惧，过上了衣食无忧的生活。这句话让我印象深刻。或许朴素的语言适合表达那些奔突而没有出口的复杂情感，我解释不了到底什么是对于大城市的恐惧，但我知道，这种恐惧我有，它让我浑身不适，让我的情绪很容易滑向不稳定，但它神秘地偷走了我质问的冲动，改变的决心和拒绝的勇气，让我不仅无法治愈这种恐惧，甚至依赖这种恐惧指导我的人生。

感谢我的硕导曲文勇教授，是他让我明白，思想若不能付诸实践，最终带来的落差和挫败，会让我活得还不如一个从没有思考过的人。我的人生也将进入一种无法叫停、无意义、且无休止的失控状态。我会成为都市旋涡中的一块舢板，抑或三线小城里某个无法治愈的失眠患者，总而言之，不是我自己。与必然会到来，且不知何时到来的死亡相比，这么短暂的人生，何其珍贵，又是何其无所谓。为了这份珍贵，不该辜负自己；为了这份无所谓，不必害怕失去什么。

这一年，我有了一份满意的工作。

感谢给了我第一份工作的黑龙江省社科联，是它让我开始真正接触学术与科研；在工作之余积攒学术成果、总结治学经验、拓宽学界人脉；无条件支持与鼓励我继续读博深造；在我真正明白自己追求的是什么时，容忍我的任性。这样一来，离别于我就成了一个大难题。每一次离别，哪怕是和自己，我都总是发现还有很多话没来得及说。

感谢我的博导关健英教授，是她让我懂得，治学与做人是一回事。正是因为看到了她美好的样子，才让我重新思考自己这些年来走过的路。我开始怀念春天校园里的大片丁香花了，也开始怀念哈尔滨的天气刚刚凉爽下来时风和月光一起打在图书馆落地窗上的美妙感受了。于是我回到校园，跟着她开始了艰辛而又珍贵的读博生涯。三年的时光短暂而又漫长——说它短暂是因为以一名学生的身份在知识的海洋里徜徉实在是件舒服的事；说它漫长是因为其中的辛苦似乎说不尽。是关老师一直陪着我，给我提供机会，听我诉说苦闷，为我指点迷津。她像一株海芋花，内心纯净、淡雅高洁，严谨与慈爱的转瞬间，使我的读博生涯充满温情。是她让我知道，当生活真正开始时，它有自己的节奏甚至是判断力。所有发生的事，都由经纬编织在当下和未来。岁月尚好，时间允许我们渐渐拿掉所有不必要的装饰和限制，并赞叹所剩下的那些，有多美。

感谢哲学学院所有教过我的、没有教过我但是帮助过我的老师、前辈们。是他们带着我走进了哲学世界的大门，让我体会到了哲学作为一门自由学问的永恒魅力；是他们让我明白原来醉心学术也是件令人觉得蛮酷的事，原来挑灯夜读的感受竟如此适意又美好。

感谢我的父母。写到这里，夜已渐深，窗外的月光斜照进来，思绪开始不受控制，回忆翻飞。我出生在一个普通家庭，母亲身体不好，父亲常年在外地工作，母亲一个人撑起了照顾我和姐姐的重担。我是被富养长大的，所以长大后有了一个优点，东北话叫作：不眼皮子浅。虽然家里条件一般，但是别人有的，我们姐妹俩都有；别人没有的，父母会想尽办法从自己身上紧出来后，让我们也有。我和姐姐是一路读书读出来的，我读了博，姐姐用全奖在新加坡南洋理工大学拿了双硕士学位。对于学习这件事，父母举双手赞成，随之付出的代价便是，他们苦了一辈子。父母的学历都不高，唯一能做的，就是全力支持我们姐妹俩做的每一个决定。自从 7 岁踏上求学之路，至今已有二十多年了。这二十多年来，父母跟我说得最多的一句话就是："我们很好，你忙你的。"这最简单又最有力的一句话，支持着我一路走到现在。当我觉得可以凭借自己的能力让他们过上好日子的时候，父亲病了。他病了，但见到我时嘴上还是说着那句让我听腻了的话："我很好，你忙你的"，别过脸去的瞬间我分明看到的是三十多年来从未见过的父亲的泪水。我把父母从老家接到身边，在医院附近离我最近的地方买了房，开始了我一边陪他求医，一边工作的日子。我把书房搬到了病房，每隔 21 天陪着父亲去报一次到，这样的日子已经有很多年了。对于父母而言，我始终是亏欠的，我能好好陪伴他们的时间，太少太少了。

　　最后要感谢我的爱人，我的公公婆婆。读博期间宝宝出生了，身为母亲的我最应该是那个肩负起照顾她责任的人，但这一切他们都替我承担了。白天我把自己锁在书房，听着她一遍一遍叫"妈妈"；晚上我还是把自己锁在书房，让她被"妈妈"之外的一切安抚睡去。于宝宝而言，我也是亏欠的。感谢爱人和公公婆婆给予我的支持、理解我的苦衷、包容我的脾气、带给我的温暖。是他们让我感受到生活的美好，让我不舍得不珍视，让我纵使筋疲力尽，还是忍不住有所期待。

　　外面下着夜雨，写到这里突然有一丝暖意向我袭来。背后这一方温暖的椅背，那些我爱的人，头顶看了三十多年的夜空，它们于我都已不再是之前的体会。经过了那么多的沉睡与苏醒，那么多的欢喜与悲痛，那么多的笃定与怀疑之后，我品尝过的所有知觉和遇见的所有人，于我来说都是财富。他们给予我的每一个微笑、每一次宽容、每一场邀请，都让如今我的内心更加丰盈而美好。感谢所有不计较我的任性，仍然对我付出关心和支持的人们。

2022 年 10 月 21 日写于家中

责任编辑：贺　畅
文字编辑：周　颖
封面设计：武守友

图书在版编目（CIP）数据

《世说新语》伦理思想研究 / 徐雪野著. — 北京：人民出版社，2024.1
ISBN　978 - 7 - 01 - 026133 - 1

I.①世…　II.①徐…　III.①《世说新语》– 伦理思想 – 研究　IV.① I207.419

中国国家版本馆 CIP 数据核字（2023）第 227255 号

《世说新语》伦理思想研究
SHISHUOXINYU LUNLI SIXIANG YANJIU

徐雪野　著

人民出版社出版发行
（100706　北京市东城区隆福寺街 99 号）

北京九州迅驰传媒文化有限公司印刷　新华书店经销

2024 年 1 月第 1 版　2024 年 1 月北京第 1 次印刷
开本：710 毫米 × 1000 毫米 1/16　印张：14.25
字数：204 千字

ISBN 978 - 7 - 01 - 026133 - 1　定价：63.00 元

邮购地址 100706　北京市东城区隆福寺街 99 号
人民东方图书销售中心　电话（010）65250042　65289539